KB118377

말 좀 끊지
말 아 줄 래 ?

말 좀 끊지
말 아 줄 래?

최정나 소설

문학동네

차례

말 좀 끊지 말아줄래? • 007

잘 지내고 있을 거야 • 045

사적 하루 • 073

한밤의 손님들 • 109

전에도 봐놓고 그래 • 139

해피 해피 나무 작업실 • 163

케이브 인 • 195

메리 크리스마스 • 219

해설 | 황현경(문학평론가)
보자 보자 하니까 진짜 • 247

작가의 말 • 269

말 좀 끊지 말아줄래?

검은 양복을 입은 소년이 식장에서 뛰쳐나왔다. 소년은 어디로 가야 할지 모르겠다는 표정으로 입구에 우뚝 서서 뒤를 돌아봤다. 소년을 찾는 사람은 없었다. 품이 큰 양복이 소년의 어깨 위에서 들썩였다. 긴 소맷자락으로 눈물을 닦아낸 소년은 울음을 멈추는 가 싶더니 이내 더욱 서럽다는 듯 엉엉 울면서 알아들을 수 없는 말을 지껄였다. 조문객들은 의아한 표정으로 소년을 바라보면서 도 소리에 질려 인상을 찌푸리거나 양손으로 귀를 틀어막았다. 그 러고는 아 씨, 시끄러워, 왜 저래, 몰라, 어쩌라고 등과 같은 말을 토해냈다. 소년이 복도 끝을 향해 뛰었다. 복도 끝은 왼쪽으로 꺾 어져 다른 복도로 연결되었다. 맞은편에서 모퉁이를 돌아나온 우 씨, 이씨가 달려오는 소년을 피하려고 몸을 살짝 비틀었다. 멈칫

거리던 소년이 모퉁이를 돌아나가자 우씨의 발밑에서 검은 그림
자가 쑥 빠져나갔다. 우씨는 휘청거리다가 몸의 중심을 잡고 이씨
를 따라 걸었다.

화환이 늘어선 복도를 따라 조금 더 들어가면 양옆으로 장례식
장이 이어졌다. 우씨와 이씨는 전광판 앞에서 걸음을 멈췄다. '요
람에서 무덤까지.' 병원측에서 내건 문구 밑으로 죽은 사람들의
이름이 주르르 딸려 있었다. 우씨, 이씨가 전광판을 보고 있을 때
커다란 화환을 가슴에 안아 든 배송 직원이 옆으로 다가왔다. 화
환이 눈앞을 가렸기 때문에 직원은 고개만 옆으로 내밀어 전광판
을 확인했다. 직원이 전광판 옆에 있는 14호실 입구에 화환을 부
려놓았다. 그의 팔뚝에 눌려 있던 백합이 검은 리본을 건드리고는
바닥으로 툭 떨어졌다. 그가 돌아서자 멀찍이 있던 인부 둘이 빠
르게 다가왔다. 첫번째 인부가 바닥에 떨어진 백합을 쓰레받기에
쓸어 담으며 말했다.

제자가 많았나봐요. 화환이 이렇게 많은 걸 보면.

아무래도. 두번째 인부는 물걸레로 바닥을 닦았다.

선생이면 죽어도 나쁘지는 않겠어요.

쓸데없는 소리 하는군.

쓸데없기는요. 잘 살았다면 가는 길에 꽃을 놓아줄 수도 있지
요.

자네 눈에는 저것이 꽃으로 보이나?

10

꽃이 그럼 꽃이지, 꽃이 아니면 뭐란 말이에요?

내 눈에는 우리가 치워야 할 쓰레기로 보이는데. 공장에서 나온 폐기물처럼 죄다 똑같지 않은가? 두번째 인부가 말하고는 껄껄 웃었다.

에이, 형님도! 말을 해도 꼭 그렇게 하세요? 첫번째 인부가 눈을 흘겼다.

자네, 신참인가?

싱거운 소리 그만하세요. 몇 달을 같이 일하는데 매일 똑같은 걸 물어요?

14호실 입구 데스크에는 이름이 빽빽하게 적힌 방명록이 펼쳐져 있었다. 몇몇 사람이 거기에 자신의 이름을 써넣은 뒤 유족에게 부의금을 건넸다. 그들 뒤로 우씨와 이씨가 대기했다. 둘은 방명록에 이름을 적어야 하는지 말아야 하는지에 관해 논의하다가 그들이 이곳에 왔고, 이곳에 방명록이 있기 때문에 이름을 적어야 한다는 것에 합의했다. 우씨가 먼저 방명록에 이름을 적었다.

이름을 왜 그렇게 못 쓰냐? 무슨 글자인지 영 모르겠다. 이씨가 타박했다.

우씨는 글씨를 잘 쓸 수도 있지만 삼십대에 들어선 지 얼마 지나지 않았으므로 그러기 싫으며 따라서 글씨를 잘 쓰지 못하는 부끄러움 정도는 참을 만하다고 말했다. 그러나 아직까지 어떻게 해야 할지 몰라 부끄러운 것은 부의금 문제라고 말하고는 이씨를 데리고 복도로 나왔다. 이씨가 그게 무슨 말이냐고 묻자 우씨는 사회생활과 백수생활의 경계에 있는 인간의 모습에 제대로 적응하지 못한 자신을 탓하고는 부의금으로 얼마를 내는 것이 적당한지, 이씨의 의견을 물었다. 이씨는 적절한 부의 금액을 모르는 것이 어째서 경계인의 모습이냐고 따져 물었다. 그리고 갑자기 침울한 표정을 지으며 이런 데는 기본이 오만원이라고 대꾸했다. 우씨가 바지 주머니에서 지폐를 꺼내 한 장씩 펼쳐보았다. 천원짜리와 만원짜리 몇 장이 있었지만 오만원에는 부족했다. 둘은 마주보고 멋쩍게 웃었다.

카드로 긁을 수도 있다. 이씨가 우씨의 어깨를 토닥이며 무인 수납 단말기를 가리켰다.

그렇게 되면 고인은 돈을 보지도 못하게 된다. 카드회사에서 돈을 지급할 때까지 영면하지 못하고 구천을 떠돌면 어떻게 하냐.

어차피 사십구 일 동안 구천을 떠돌게 될 텐데 상관없다.

죽어봤냐, 사십구 일인지 어떻게 아냐?

그러는 너는 죽어봤냐, 구천을 떠도는 걸 어떻게 아냐?

음, 어려운 문제군. 조금 더 생각해본 후에 다시 의논하기로 하자.

둘은 복도에 설치돼 있는 현금인출기를 지나 14호실 데스크도 빠르게 통과했다. 상조회사 직원이 다용도 집게로 조문객이 벗어놓은 신발을 정리했다. 가늘고 긴 스테인리스 집게가 허리 아래쪽에서 두 개의 다리로 벌어졌다. 직원이 신발 구멍에 집게를 넣은 후 손잡이를 움직였다. 다리 끝에 달린 고무 발이 오므라지면서 신발이 들렸다. 허공에서 백팔십 도 회전한 신발은 앞코가 바깥쪽을 향해 놓였다. 바닥에는 정리해놓은 신발이 수두룩했다. 정리에는 신발의 종류와 크기, 신발을 벗어놓은 사람의 성별과 연령 등이 고려되었고, 그에 맞춰 좌우대칭을 이루고 있었지만 신발 대부분은 검은색이었다.

이 집게로 말하자면 신발 정리는 기본이고 오물이나 폐물, 물에 빠진 골프공 수거, 미꾸라지 낚시에도 독자적인 경지에 이르렀지요. 직원이 흐뭇한 표정을 지으며 다른 직원에게 말했다.

독자적인 경지요? 다른 직원의 눈이 휘둥그레졌다.

이쪽 계통에선 그 무엇도 따라올 수 없는 절대적인 경지랄까. 직원이 자식을 보는 듯한 눈길로 집게를 들어 보이고는 대견하다는 투로 말했다.

다른 직원이 집게를 살피며 감탄했다.

이씨가 한쪽에 구두를 벗어놓고 접객실로 올라섰다. 허공에 들린 그의 신발은 대형의 끄트머리에 놓였다. 우씨는 운동화 끈을 푼 후에 발을 탈탈 털어냈다. 우씨의 발에서 벗겨져 나간 운동화가 가지런히 놓인 신발 사이에 처박혔다. 우씨가 끙 소리를 내며 접객실로 올라서자 이번에는 직원이 끙 소리를 냈다. 집게를 든 직원은 기계처럼 움직여 마룻바닥 아래쪽을 빠르게 정리했다.

우씨, 이씨가 조문을 하려고 빈소 밖에 서 있을 때 조심! 조심!

뒤에서 외치는 소리가 들렸다. 화환을 든 남자 둘이 다가오는 것을 본 우씨, 이씨가 한쪽으로 비켜섰다. 두 남자는 빈소 안으로 들어가려고 부산스레 움직였지만 화환은 빈소와 접객실 사이에 난 중문을 통과하지 못했다. 화환을 높이 쳐들면 화환 머리 부분이 천장에 닿았고, 화환을 낮게 내려 들면 화환 다리 부분이 문지방에 부딪히는 식이었다. 오른쪽으로 이동! 접객실 쪽에서 누군가 외쳤다. 화환을 든 남자 둘이 오른쪽으로 이동했다. 어? 아닌데. 소리가 수그러들었다. 자, 다시 왼쪽으로 이동! 소리에 따라 두 남자가 움직였다. 아냐, 아냐, 그게 아니야. 대각선이야! 대각선! 또다른 목소리가 외쳤지만 둘이 생각하는 대각선의 방향은 달랐다. 둘은 고장난 기계처럼 우왕좌왕 움직였다. 화환에서 몇 송이의 꽃이 떨어졌다. 눕혀! 눕혀야 해요! 높고 날카로운 목소리가 이어졌다. 누여! 누이라고요! 날카로운 소리에 짜증이 배어들었다. 둘은 화환을 오른쪽으로 기울여 중문을 겨우 통과했다. 화환은 영좌 왼쪽에 놓였다. 상주는 빈소 밖에서도 글자가 잘 보이도록 화환에 달린 리본을 매만지고는 상주 자리로 돌아갔다. 할일을 마친 두 남자는 손을 털고 밖으로 나갔다.

　우씨, 이씨가 빈소 안으로 들어섰다. 둘이 상주를 향해 허리를 숙였을 때 한 사내가 그들을 지나쳐서 영좌 앞으로 다가갔다. 사내는 뚱뚱한 몸을 한쪽 다리에 의지하고 있었는데 근육이 붙은 한쪽 다리와는 달리 다른 쪽 다리는 비쩍 말랐고 바닥에서 반 뼘쯤 떨어져 있었다. 바닥을 쓸듯이 걷는 마른 다리가 몸의 균형을 무너뜨리기 직전에 근육이 붙은 다리를 내뻗었기 때문에 발소리는 이상한 리듬을 만들었다. 영좌 앞으로 다가간 사내는 국화 다발과 향 다발을 내려다보고 잠시 고민하는가 싶더니 향에 불을 붙였다. 향에 붙은 불은 쉽게 사그라지지 않았다. 사내는 손에 쥔 향을 허공에 대고 휘젓다가 입바람을 불어 불을 껐다.

익명호. 향로에 향을 꽂은 사내가 위패를 보고 중얼거리듯 말했다.

상주는 고인의 이름을 나지막이 부르는 사내를 미심쩍다는 표정으로 바라봤다. 우씨, 이씨는 엉거주춤하게 서서 사내의 뒷모습을 바라봤다.

드릴 저기가, 그러니까 말씀이 없습니다. 얼마나 망극하십니까? 사내가 상주를 향해 몸을 돌렸다. 상주가 대답하려고 하자 사내가 다시 입을 열었다. 정말 애통하고 비통해서 눈물이 납니다.

그렇습니다. 상주가 의심의 눈초리를 거두고 차분하게 말했다.

신고를 오래 앓으셨습니까?

갑자기 저리되셨습니다.

주옥같이 훌륭한 말씀을 남기시느라 저 자신은 아픈 줄도 몰랐나봅니다.

상주는 아무 말도 하지 않고 고개를 숙인 채 사내의 행색을 살폈다.

아직 못다 한 이야기가 참으로 많습니다.

그런데 제 남편과는 관계가 어떻게 되십니까? 상주가 고개를 살짝 들어 사내와 눈을 마주쳤다.

침묵이 이어졌다.

우리는 그러니까 고인의 조카의 친구입니다. 외가인지 친가인지 거기까지는 잘 모르고요. 우씨가 불쑥 대답하고는 멀뚱멀뚱 영좌를 바라봤다. 향에서 피어오른 연기가 영정 근처에 머물다가 공기 중으로 흩어졌다. 아니, 조카가 아니라 손자라고 했나, 정확하게 기억나지는 않아요. 우씨가 안절부절못하며 말을 정정했다.

삼가 고인의 명복을 빌겠습니다. 옆에 있던 이씨가 고개 숙여 조의를 표했다.

상주는 그들에겐 관심이 없다는 듯 사내에게서 시선을 떼지 않았다.

그게, 그러니까, 사내가 입을 열었다. 고인의 제자이며 동료인 동시에 친구올시다. 가르침을 받았고, 지금은 그 가르침의 뜻을 이어받아 후학 양성에 전념하고 있지요. 사내가 헛기침했다.

상주가 눈을 가늘게 뜨고 무언가를 더 말하려고 했을 때 한 무리의 조문객이 몰려들었다. 열 명 남짓한 조문객은 성경을 쥔 손을 가슴 앞에 모으고 일렬로 들어와 들어온 순서대로 섰다. 그들을 본 상주의 눈시울이 붉어졌다. 기도합시다. 그중 하나가 말하자 사람들이 동시에 눈을 감았다. 상주도 눈감았다. 우씨와 이씨는 어떻게 해야 할지 모르겠다는 듯 눈을 마주치고는 접객실로 나왔다.

길게 이어붙인 좌식 테이블에는 검은 옷을 입은 사람들이 무리지어 앉아 있었다. 막 일어서려던 사람이 일행에게 붙잡혀서 다시 착석하거나 막 도착한 사람이 일행과 인사를 나눈 후 대화에 합류했다. 사람들은 침통하게 앉아 있다가 조심스레 근간의 이야기를 꺼냈고, 그런 다음 목소리를 높였다. 이야기를 듣고 있던 사람들은 그렇지, 왜 아냐? 맞장구치다가 이내 설전을 벌이기도 했다. 술에 취한 사람은 계속 술을 마셨고, 고인을 추억하는 사람은 계속 말을 이었다. 상조회사에서 나온 직원들은 조문객의 시중을 들거나 상자에서 술병을 꺼내 냉장고 안에 채워넣었다. 검은 치마를 입은 여자가 장부에 숫자를 써넣었다. 병원 직원이 육개장이요! 외치며 커다란 스테인리스 국솥을 들고 움직였다. 머리 위에서 펄펄 끓는 국솥이 이동하자 사람들은 잔뜩 긴장해서 몸을 웅크렸다. 하아, 어이쿠, 에에와 같은 말을 내뱉던 사람들이 다른 데로 옮겨간 국솥을 보고 웅크린 등을 폈다.

우씨, 이씨는 검은 등 사이를 종종걸음으로 지나 구석자리로 향했다. 우씨가 빈소와 면한 테이블을 가리키며 이씨를 돌아보는 사이, 어느새 빈소에서 나온 사내가 재빨리 움직여 구석자리를 꿰차고 앉았다. 자리를 뺏긴 우씨는 양손을 비비적거리다가 하는 수 없다는 듯 사내의 옆 테이블에 앉았다. 직원이 음식을 가져와 우씨, 이씨 앞에 내려놓았다. 육개장과 밑반찬, 떡과 과일 따위가 술과 함께 테이블에 놓였다. 우씨는 육개장에 밥을 말아 허겁지겁 먹었다. 이씨는 종이컵에 소주를 따랐다. 유족 휴게실에서 나온 조씨가 두리번거리다 그들에게 다가와 우씨 옆에 앉았다.

네가 고생이 많구나. 이씨가 말했다.

상주가 어리거든. 그래도 상조회사에서 다 해주니까 나는 별로 할일이 없다.

상주가 어리다니?

자식 말이야. 어린애가 장례식장에서 무슨 일을 하겠어? 나보고 도와달라고 했어.

조금 전에 우는 애를 봤는데, 걘가?

맞아! 얼마나 시끄럽던지 복도가 떠나가지 않은 게 다행이었어. 우씨가 맞장구치며 빠르게 껴들었다.

맞아. 걔가 걔야. 걔는 늘 울어. 울다가 꿍얼거리거나 꿍얼거리다가 울거나. 아빠를 닮아 칭얼칭얼 말이 많은가봐.

저런, 그런 아이를 두고 어쩌다가 돌아가신 거야? 이씨가 의례적으로 물었다.

나도 자세히는 몰라. 그냥, 배였나? 아무튼 어디가 아파서 병원에 갔는데 이미 암세포가 퍼져서 손쓸 수가 없었대. 불행인지 다행인지 가족들은 몇 달 동안 임종 준비를 한 거나 다름없었지. 그래서인지 다들 잘 견디고 계신 것 같아.

18

셋은 고개를 끄덕이며 테이블에 놓인 음식을 입에 넣고 우물거렸다. 그러고도 한참 동안 아무 말도 하지 않고 젓가락만 부지런히 움직였다. 눈치를 살피던 이씨가 쥐어짜낸 소리로 고인에 관해 물었다. 조씨는 이십 년간 교단에서 강의했다는 것 외엔 아는 것이 별로 없다고 대꾸했다. 고인에 관한 화젯거리가 떨어지자 그들 사이에 다시 어색한 침묵이 이어졌다. 셋은 주위를 살피는 체하며 딴청을 피웠다.

이씨 옆자리에는 검정 뿔테 안경을 긴 남자가 앉아 있었다. 얼굴이 시뻘게진 남자가 큰 소리로 떠들었다. 맞은편에 앉은 여자는 남자의 입에서 튀어나온 침의 향방을 주의깊게 살폈다. 남자가 몸을 앞으로 내밀고 말했다.

우리는 배운 대로 말합니다. 배우지 않았다면 말할 수 없었을 것을 어린 시절에 배웠으니까 지금에 이르러 말을 한다 이 말입니다. 예를 하나 들자면 학교에서 배운 교과목이 그렇습니다. 제2외국어 시간에는 독일이 독어로 도이칠란트라는 것을 배웠고, 세계사 시간에는 독일이 동독과 서독으로 나뉘어 있었다는 것을 배웠습니다. 또한 동독의 수도는 동베를린이었으며 서독의 행정부는 쾰른 아래, 본에 있었다는 것을 배웠습니다. 이걸 제가 다 어떻게 알았겠습니까? 그리고 수십 년이 지나도 잊어버리지 않고 어떻게 다 말할 수 있겠습니까? 배움 때문이다 이겁니다.

훌륭하시네요. 여자가 대꾸했다.

그만큼 배움이 중요하다는 말입니다.

쓸데가 있어야지요. 여자가 푸념하듯 말했다.

그렇지가 않습니다. 덕분에 지금까지 먹고살지 않습니까? 게다가 이처럼 유익한 대화도 이어가고 있습니다.

그렇게 되나요?

그렇게 됩니다.

맞아요. 덕분에 먹고살지요. 나도 어릴 때 크게 배운 적이 있어요. 그러니까 하룻밤이 지나기 전 수십 번 고뇌한 끝에 자살을 결심한 적이 있었답니다. 어떻게 해야 스스로 생을 마감할 수 있는지 지금과 마찬가지로 그때도 알지 못했어요. 한산한 동네 마트에서는 좀더 각별히 조심해야 한다는 것을 알았어야 했는데 그때는 전혀 알지 못했어요. 중학생이었으니까요.

자살과 한산한 마트라, 연관성이 있었습니까?

있었답니다. 저는 그때 마트에서 오징어를 훔쳤어요. 그걸 마트 사장이 바로 알아차린 거예요. 마트 안은 한산했으니까요. 밖으로 나가려는데 사장이 제 뒷덜미를 잡지 뭐예요. 부모님 전화번호를 내놓으라고 하더군요. 그래서 저는 부모님이 안 계신다고 했습니다. 그러자 누가 봐도 학생이었던 제게 다니는 학교와 담임선생님의 이름을 대라고 하는 게 아니겠습니까? 저는 학교도 다니지 않는다고 했습니다. 그랬더니 사장이 윽박지르기 시작하더군요. 학교에서 망신당하고 싶지 않으면 엄마를 부르라고요. 그 호령에 저도 모르게 엄마의 전화번호를 알려주었답니다.

그 주인도 너무했군요. 배고픈 소녀가 오징어 한 마리 훔친 건 훈계로 끝내도 될 터인데.

실은 오징어는 한 마리가 아니었어요. 그러니까 한 서너 마리 정도 되려나. 엄마도 창피하셨는지 저를 데리러 오지 않으셨어요. 대신 삼촌을 보냈죠. 예민한 시기에 고개를 들 수가 없었어요.

모친은 딸의 예민한 나이에 대해 배움이 부족했던 것 같습니다.

그렇지요. 그걸 삼촌에게 말한 것도 모자라 담임선생님과 상의까지 하셨다고 하더군요. 당시 전 담임을 사랑하고 있었답니다. 그간 예쁘게 보이려고 애쓴 게 모두 물거품이 된 거지요. 공들여 쌓은 탑이 한순간에 와르르 무너져내리는 걸 느꼈어요. 다음날 담임에게 불려갈 바에야 차라리 그날 밤 죽는 게 나을 것 같았죠. 오징어 좀 훔친 게 뭐 그리 큰일이라고 동네방네 떠들고 다닌 엄마도 용서할 수가 없었고요. 생을 마감하는 것으로써 학교에서 받을 모멸과 엄마를 향한 복수, 사랑하는 사람이 간직하게 될 저에 대한 기억, 그 모든 것을 해결할 수 있을 것 같았어요. 그래서 집에서 나와 밤거리를 배회했어요. 천변까지 울면서 걸어가는데 밤하늘이 어찌나 반짝이던지 별들도 제 죽음을 마중나온 것 같았어요. 그러나 다리에서 뛰어내릴 수가 없는 거였습니다. 그날 이후 저는 도둑질은 하지 않게 되었지만요. 물론 배회 같은 것도 하지 않습니다. 엄마는 당시를 회상하며 말씀하시더군요. 그때는 너무나 기가 막혀서 누구에게라도 이야기하지 않으면 죽을 것 같았다고요.

자식이 받게 될 상처보다도 중요한 것은 모친 본인의 감정이었나봅니다.

맞아요. 그 일은 고스란히 제 가슴에 박혀 있다가 어느 순간 화병을 유발했어요. 그래서 심리치료를 받았답니다. 병원에서는 그때 받은 상처로 인해 엄마에 대해, 나아가서는 엄마를 길러낸 사회에 대해 부정적인 감정을 갖게 되었다고 했어요. 그리고 잠복해 있던 당시의 울화가 어느 순간 용암처럼 분출해 나온 것이라고요. 그것이 제가 가진 트라우마라고 하더군요.

내가 도이칠란트를 알게 됐을 때 선생은 그런 것을 배우고 있었군요. 하나의 사건으로 이루 말할 수 없는 것들을 배웠으니 대단합니다.

정확하게 그렇지는 않아요. 선생님이 도이칠란트에 대해 배울 때저는 미취학아동이었으니까 제가 조금 더 늦게 배운 셈이겠네요.

그렇게 됩니까? 좌우지간 시기는 달랐어도 우리는 배움에 대해 귀중한 것을 알았습니다. 어린 고양이처럼 오징어 몇 마리를 품에 숨기는 모습은 상상만으로도 귀여운데 왜 그렇게 되었을까. 아무튼 죽지 않고 도벽을 끊을 수 있었던 것은 그날의 배움이 컸던 모양입니다. 자, 그럼 고인의 명복과 살아 있는 자의 도리를 위해 각자 잔에 술을 따르겠습니다. 술잔은 부딪치지 않는 게 예의니까 그저 손으로 들어올리기만 합시다. 남자가 소주잔을 들었다.

그러시지요. 여자가 맥주잔을 들었다.

삼가 고인의 명복을 빕니다. 남자와 여자가 조그만 목소리로 말하고는 동시에 술을 마셨다.

이씨는 짐짓 우울한 표정으로 그들의 대화를 엿들었다. 우씨는 발가락을 꼬물꼬물 움직였다. 조씨는 무료한 얼굴로 잔에 술을 따랐다.

그런데 왜 이렇게 늦었냐? 오다 죽은 줄 알았잖아. 조씨가 불쑥 물었다.

우리가 죽지 않아서 아쉬운 거냐? 침묵을 견딜 수 없다는 듯 우씨도 빠르게 맞받아쳤다.

늦은 주제에 뻔뻔하긴. 심심해 죽는 줄 알았다.

준비하는 데 몇 시간이나 걸렸어. 이씨가 대꾸했다.

뭘를 준비하면 몇 시간이나 걸릴 수 있는 거냐? 나도 좀 알려줘라. 시간 좀 때우게. 조씨가 이씨를 바라봤다.

두 달 전에 해외 직구 사이트에서 원서를 주문했거든. 이씨가 주위를 둘러보고는 낮은 소리로 말했다. 그런데 그게 안 오는 거야. 오늘 아침에 갑자기 생각나서 미국으로 전화를 걸었지. 십이 만원짜리 원서 한 권이 두 달이 넘도록 도착하지 않고 있다고 말이야. 내가 방금 십이만원이라고 한 거 잘 들었지? 그랬더니 그쪽에서 배송 업체를 탓하면서 사과를 하는 거야. 사과를 듣기는 했는데 그건 아무리 들어봐도 사과가 아닌 것 같았어. 그 말에 밀리면 안 되겠다는 생각이 들어서 내가 먼저 엄포를 놓았지. 내가 원하는 건 사과가 아니다. 오직 환불이다. 다른 합의는 없다. 물론 영어로 말이야. 그랬는데 이것들이 대답을 안 하잖아. 좀 약한가 싶어서 약간 과장을 해야겠다고 마음먹었어. 우리나라에 우주에 관한 가장 유명한 학회가 있는데 거기에 보고할 것이 있어서 그 책을 꼭 참고했어야만 했다. 그런데 도착했어야 할 책이 오지 않아서 내가 받은 물질적, 정신적 대미지가 이만저만이 아니다, 심하게 컴플레인 걸었더니,

학회라니? 우씨와 조씨가 동시에 물었다.

그냥 생각나는 대로 말했지.

거짓말을 한 거냐?

우주먼지에 관해 연구하는 팀이라고 말했어. 아무튼 들어봐! 그랬더니 그쪽에서 긴가민가하면서 좀 수그러드는 거야. 그래서 때는 이때다 싶어 아주 끝장을 봤지. 내가 다시 전화하게 하지 마라! 환불에 관해 협의한 후 그쪽에서 전화해라! 이렇게 말했더니,

역시 아무 말이 하는 거나 듣는 거나 재미는 있다. 우씨가 입안에 든 떡을 우물거리며 부정확한 발음으로 말했다.

변호사를 부르겠다고 하지. 우리 친구 중에 공부하는 애 있잖아. 이름이 그, 뭐더라…… 조씨가 이름을 기억하려는 듯 눈동자를 굴렸다.

말하는데 자꾸 말 끊지 말아줄래? 그리고 변호사는 필요 없었

어. 내가 영어를 더 잘하는데 뭘. 아무튼 내가 말을 거침없이 하니까 이놈이 보통 놈이 아니구나 생각하는 것 같더라고. 그제서야 그쪽에서 쩔쩔맸다니까.

나도 그런 일이 있었다. 프랑스에 살 때 말이야. 조씨가 말하고는 침을 삼켰다.

지금 그게 중요한 게 아니야. 중요한 건 그쪽의 대답이었어. 이씨가 조씨의 말을 자르고 빠르게 말을 이었다. 그쪽에서 말하기를 빠른 배송을 통한 고객의 행복 실현이라는 기업 철학을 배신했다고 할 만한 일이 벌어졌으며 그것에 대해 심히 부끄럽게 여긴다는 거야.

그쪽이라니? 우씨가 물었다.

아이참, 뭘 듣고 있는 거야? 해외 직구 사이트 말이다. 이씨가 타박하고는 다시 말을 이었다. 무엇보다 고객의 신의를 무너뜨린 것에 대해 깊이 반성하겠다며 신용카드 번호를 알려달라고 했어. 바로 환불해준다며. 그리고 진짜 중요한 건 사실 이건데, 배송중인 서적이 도착한다면 그건 그쪽에서 보내주는 선물이라고 생각하래. 이씨가 으쓱댔다.

아주 박박 우겼구나. 우씨가 웃었다.

우기다니, 아무 말이나 막 하는 거냐? 이번 건은 논리적으로 의견을 개진해서 손해를 복구한 경우라고 할 수 있는 거야.

이제 나 얘기해도 되는 거냐? 조씨가 입을 열었다.

우씨, 이씨가 조씨를 바라봤다.

내가 프랑스에 살 때 말이야. 바이올린을 하나 샀는데 너무 감격해서 몸통에 손을 대는 것조차 아까웠어. 현이 끊어질까봐 켜보지도 못했잖아. 그러다가 만져보는 건 괜찮겠지 싶어 몸통만 어루만졌는데 문득 만지기만 하면 뭐하나 싶은 생각이 드는 거야. 그래서 창문을 열고 그 앞에 서서 바이올린을 켜기 시작했어. 밤바람이 창을 타고 넘어와서 머리카락을 간질였지. 아! 가로등 불이 고즈넉한 밤거리를 내려다보며 바이올린을 켜는 기분이란! 예술가가 된 기분이었어. 그런데 그랬더니 시끄럽다고 온갖 데서 민원이 들어오더라고. 바이올린 대신 밤새 전화기를 붙들고 싸우기 시작했어. 아, 물론 나는 영어가 아니라 불어였지. 조씨가 어깨를 들어올리며 말을 마쳤다.

바이올린을 켰다고, 네가? 그것도 프랑스에서? 이씨가 따지듯 물었다.

그랬지. 그때 나는 그 많은 민원에도 불구하고 바이올린을 어깨 위에서 내려놓지 않았다. 그런데 신기한 일이 벌어지더라고. 바이올린을 켜니까 사람들이 먼저 말을 걸어오는 거야. 외톨이로 지냈는데 말이지. 바이올린 때문에 친구가 생기고, 친구가 생기니까 생활이 바뀌더라. 체질이 완전히 바뀐 기분이었어.

그건 먹는 것도 마찬가지야. 우씨가 말을 이었다. 우리집 개도 사료 바꾸니까 체질이 완전히 달라졌어. 똥을 얼마나 많이 싸는지 몰라. 빛깔도 아주 좋아져서 버리기가 아까울 정도야. 체질이 달라지니까 똥 빛깔도 오줌 빛깔도 역시 달라지더라고. 그 조그맣고 동그란 배에 똥이 얼마나 많이 들어찼는지 너희가 보면 아마 놀라서 기절할 거다. 우씨가 눌린 돼지머리 한 점을 입안에 넣고 우물거리며 말했다.

그래, 맞다. 똥 빛이 좋아지는 사료를 먹인 건 정말 잘한 거야. 좋은 음식을 먹고 웰빙 라이프를 실현해야 웰다잉도 가능하지. 이씨가 빠르게 맞장구치고는 조씨를 바라봤다. 그런데 넌 언제 프랑스에서 살다 왔냐? 게다가 바이올린을 켠다고?

이씨가 추궁하자 조씨는 시선을 돌렸다. 빈소 안에서 웅성거리는 소리가 잦아들더니 장례를 위한 예배가 시작되었다. 접객실에 앉아 있던 사람 몇몇이 빈소 가까이 다가갔다. 빈소 안을 기웃거리던 사람들은 두 발을 가지런히 모으고 밖에 섰다. 단체로 들어온 제자들도 그들 옆이나 뒤에 자리를 잡고 서서 두 눈을 감았다. 성경을 쥔 조문객 중 하나가 사회를 맡아 기도했다.

아버지, 우리의 형제가 어젯밤 영면의 길로 들어섰습니다. 비록 생의 마지막 순간에는 항암 치료로 몸이 몹시 쇠약해졌지만 매우 강인한 의지로 고통의 시간을 견뎌 우리에게 훌륭한 본보기를 보이고는 그곳으로 돌아갔나이다. 지칠 대로 지친 가운데서도 우리의 형제는 그가 가진 지식을 끝까지 우리와 함께 나누며 굳건하게 살다가 아버지께 돌아갔나이다. 지금 밖에는 미세먼지가 가득

하지만 우리의 형제는 맑은 가을밤 평안하게 영면에 들었으니 복된 죽음을 선사받았습니다. 우리의 형제가 풀어낸 소중한 이야기가 영원히 우리와 함께 있으니 이것 또한 아버지께서 선사하신 복된 죽음이라고 할 수 있습니다. 바라옵건대 이제 그곳에서 아버지의 고귀한 말씀을 듣게 하여주시옵소서. 눈물도 없고, 아픔도 없는 곳에서 영원토록, 영원토록 아버지의 말씀을 듣게 하여주시옵소서.

영원토록 아버지의 말씀을 듣게 하여주시옵소서. 기도가 끝나자 조문객들이 함께 외쳤다.

승천하신 우리의 형제를 위한 예배를 시작하겠습니다. 이제 이승의 육신을 통해 아버지의 말씀을 듣사옵니다. 사회자가 뒤로 물러났다.

사회자 뒤에서 대기하고 있던 한 남자가 마이크 앞으로 다가갔다. 기도합시다. 그가 말하자 사람들은 다시 두 눈을 꼭 감았다. 빈소 밖에 있던 제자들은 접객실에 설치된 빔 프로젝터를 조작했다. 그중 하나가 울먹이며 조문객들에게 말했다.

오늘 이 자리에 모이게 되어 유감입니다. 우리는 일주일에 한 번씩 요양원으로 찾아가 마지막이 될지도 모르는 선생님과의 만남을 휴대폰 카메라에 담았습니다. 선생님의 병상 강의와 촬영은 지난 석 달에 걸쳐 이루어졌으며 건강하실 때 찍은 강연 영상에 덧붙여 추모 영상을 만들었습니다. 선생님께서 남기신 말씀은 우리의 삶 구석구석 스며들어 우리와 영원히 함께할 것입니다. 삼가 고인의 명복을 빕니다.

제자가 말을 마치자 접객실 내부에 설치된 대형 TV에 고인의 생전 모습이 나왔다. 편집된 강연 영상이 빠르게 지나갔다. 영상을 찍은 날짜도 빠르게 바뀌었다. 영상 속에서 고인은 건강해 보였고, 확신에 찬 어조로 말했다. 화면이 바뀌고 죽기 얼마 전 선생의 모습이 나왔다. 선생은 요양원 앞 정원 의자에 앉아 무릎 담요를 덮고 있었다. 장밋빛으로 물든 햇빛이 그의 몸을 비추었다. 테이블에 둘러앉은 제자들은 아득한 눈빛으로 선생을 바라봤다. 선생은 고요한 표정으로 끊임없이 말을 이었는데 입을 움직일 때마다 비쩍 마른 볼살이 움푹움푹 들어갔다. 제자들은 선생의 말을 노트에 받아 적거나 선생을 위로하듯 말끝마다 추임새를 넣었다. 몇몇은 감정에 취하여 눈물을 흘리다가 갑자기 소리 내어 울었다. 선생의 얼굴을 향해 있던 카메라가 눈물을 흘리는 제자의 얼굴을 비추었다. 카메라가 심하게 흔들리더니 화면에 다시 선생의 얼굴이 나왔다. 눈시울이 붉어진 선생 뒤로 저녁놀이 지고 있었다. 정원 담벼락을 뒤덮은 여름 장미가 바람에 흔들렸다. 붉은 꽃잎이 황혼에 물든 허공으로 날아오르다 나무 그늘을 건드리고는 바닥으로 떨어졌다. 선생이 흩날리는 꽃잎을 바라봤다. 참새떼가 선생의 시선을 가로질러 하늘로 날아올랐다. 새떼가 화면 밖으로 사라지자 새들이 지저귀는 소리, 나뭇가지가 발에 밟혀 부러지는 소리, 차가 지나는 소리, 사람들이 소곤거리는 소리가 잡음처럼 화면 안으로 들어왔다. 선생의 안경에 화면에 없는 풍경이 비쳐 들었다. 아빠의 손을 잡은 아이의 조그만 등이 서서히 멀어지자 멀리 보이는 이면도로를 차 한 대가 휘잉 지나갔다. 이렇게 선생님의 말씀을 듣고 그것을 적고 또 그것을 촬영하면 무엇을 할 거냐고 제자 중 하나가 소리쳤다. 선생은 고개를 끄덕이며 한동안 생각하더니 무언가 말을 하려고 제자를 향해 시선을 돌렸다. 그러나 말을 잇지 못하고 고개를 푹 숙이고서 훌쩍훌쩍 울었다. 선생의 마른 어깨가 들먹거리자 주위에 있던 제자들도 엉엉 소리 내 울었다. 그들 뒤로 장미 꽃잎이 바람에 날렸고, 바닥은 붉게 물들었다.

조문객들은 숨죽인 채 추모 영상을 바라봤다. 여기저기서 우는 소리가 들렸다. 흐느끼는 소리도 들렸다. 사람들은 선생을 추억하며 제 앞의 상대와 대화했다. 문자메시지 알림음 소리와 통화하는 소리, 낭송하는 소리와 합창하는 소리, 영상 속 선생과 제자들의 울음소리가 한데 뒤섞여 장례식장 내부를 채웠다.

우씨는 주변의 눈치를 보다가 재킷 안주머니에서 작은 파우치를 꺼내 테이블에 올려놓았다. 이씨, 조씨가 관심을 보이지 않자 다시 작은 파우치에서 그보다 더 작은 비닐봉지를 더욱 비밀스럽게 꺼냈다. 우씨가 봉지에 손가락을 넣었다. 엉겨붙은 담뱃잎이 손가락에 딸려 올라왔다. 우씨는 담뱃잎을 적당한 양으로 뭉쳐 얇은 종이 위에 올려놓았다.

그게 뭐냐? 그제야 조씨가 궁금하다는 표정을 지었다.

기분도 울적한데 담배나 피우러 가자. 우씨가 말했다.

그거 좋은 생각이다. 그런데 그게 뭐냐니까?

외국에는 말아 피우는 담배가 많다는데 너는 모르나보지? 우씨가 슬쩍 웃었다. 나는 담배가 왜 기호품인지 이걸 통해 알았다. 인스턴트커피만 마시다가 원두커피를 알았을 때의 놀라움이랄까. 담뱃값이 비싸서 바꾼 건 절대 아니다. 한번 피워볼래? 잘 말아줄게.

우씨가 담뱃잎을 뭉쳐놓은 얇은 종이 위에 필터를 올려놓고 담배를 말았다. 테이블은 담뱃가루 때문에 금세 너저분해졌다. 조씨가 종이에 침을 묻히는 우씨를 보고 장례식장에서 혀를 놀리는 것은 결례라고 말했다. 이씨도 말아 피우는 담배는 독해서 이가 까맣게 변하는데다 건강에도 좋지 않다고 덧붙였다. 우씨는 금세 시무룩해졌다.

내게도 하나 말아줄 수 있겠소?

셋은 소리 나는 데를 쳐다봤다. 사내가 구석자리 벽면에 몸을 붙이고 앉아 셋을 바라보고 있었다.

어, 계속 거기 있던 거예요? 우씨가 놀라 물었다. 이씨도 사내의 대답을 기다렸다. 조씨는 누구냐고 묻는 표정으로 우씨, 이씨를 번갈아 봤다. 사내가 상체를 기울여 우씨 옆으로 다가왔다.

침 대신 물을 이용하면 결례가 아니니 아무 문제도 아니게 됩니다. 사내가 종이컵을 건넸다.

아! 우씨가 감탄하고는 사내가 내민 컵을 제 앞에 가져다놓았다. 금방 말아주겠다고 우씨가 대꾸하자 조씨가 담뱃잎에 관심을 보였다. 이씨는 재킷 안주머니에서 전자담배를 꺼냈다.

실은 나도 바꿨거든. 이씨가 전자담배를 테이블에 올려놨다. 담뱃값이 비싸서라기보다는 이게 좋더라고. 나는 하와이안 블루베리 맛인데 너는 뭐냐?

나는 누룽지 맛이다. 우씨가 담뱃잎을 종이에 둘둘 말면서 대꾸했다.

전자담배도 괜찮더라. 냄새가 안 나서 아무때나 피울 수 있어. 이건 맛 액상에 니코틴을 섞으면 끝이야. 맛도 향도 수백 가지가 넘으니까 마음에 드는 걸 골라 피울 수도 있고, 취향껏 블렌딩할 수도 있지.

그것도 몸에 좋지 않다고 하더라. 요즘은 쑥 맛이. 나는 담배가 인기라는데 너넨 모르냐? 쪄서 피우는 담배 말이야. 조씨가 물었다.

내가 중요한 것을 몇 가지 알려주겠네. 셋의 대화를 듣고 있던 사내가 갑자기 목소리를 낮추며 껴들었다. 전자담배를 피울 때는 주의해야 할 것이 있는데 하와이안 블루베리 맛은 피우고 나서 귤을 먹으면 귤이 쓰다네. 그런데 그린 그레이프 맛을 피운 후에는 귤이 달지. 향에 따라 맛의 궁합이 다 다르다는 말이네. 담배를 피우고 귤을 먹어야 하는 경우가 생기면 하와이안 블루베리 맛에 다른 맛을 섞어서 극복할 수 있다네. 그다음으로는 말아 피우는 담배인데, 여기서 주의해야 할 점은 이에 니코틴이 달라붙거나 폐가 안 좋아지는 것보다도 미각이 둔해진다는 데 있지. 말아 피우는 담배를 자주 피우고 음식을 먹으면 모든 맛의 최종점에선 종이 맛이 나게 되네. 왜냐하면 이미 담배를 말면서 혀를 쓰기 때문에 의도치 않게 종이를 계속 맛보게 되거든. 그 맛이 혀에 남아 음식의 맛을 덮어버리지. 단점을 몰랐을 때는 혼란스럽지만 알게 되면 얘기는 달라지는 거네. 놀이가 되지. 자네들을 보니 나도 기분이 좋아지는군.

놀이가 된다고요? 우씨가 물었다.

그렇다네. 담뱃값이 좀 비싼가? 그 때문에 다들 금연을 위해 노력하는데 창의적인 발상으로 재미있는 흡연의 방법을 찾은 것이 아닌가? 흡연에 대한 욕망이 재미있는 발상을 만들었으니 그것이 놀이가 아니고 무엇인가?

쪄서 피우는 담배는요? 조씨가 물었다.

그것에 관해서는 다음에 다시 만날 기회가 있다면 그때 알려주겠네.

선생님은 어떻게 그런 걸 다 알고 계십니까?

셋은 눈을 동그랗게 뜨고 사내의 말을 기다렸다.

선생이니까 모두 다 아는 거라네.

조씨가 들떠서 사내의 잔에 소주를 따랐다. 우씨는 말아놓은 담배 하나를 사내에게 건넸다. 사내가 다시 벽에 몸을 붙이고는 그

윽한 눈길로 냉장고 쪽을 바라봤다.

냉장고 옆 테이블에는 교복을 입은 소녀 셋이 주르르 앉아 무표정한 얼굴로 정면을 바라보고 있었다. 맨 오른쪽에 앉은 소녀가 조심스레 가방 지퍼를 열었다. 그러고는 가방 안에 슬며시 손을 넣었다가 뺐다. 소녀의 손에는 과자 하나가 들려 있었다. 소녀는 옆에 있는 두 소녀에게 들키지 않으려고 입안에 넣은 과자를 씹지 않고 녹여 먹었다. 소녀가 다시 가방 안에서 과자를 꺼내 제 입에 넣었다. 같은 행동을 반복하는 소녀를, 두 소녀가 동시에 노려봤다. 둘과 시선이 마주친 소녀는 무덤덤한 표정으로 가방 안에 손을 넣었다. 소녀의 손에 과자 세 개가 딸려 나왔다. 소녀는 과자를 두 소녀에게 건넸다. 셋은 인형처럼 앉아 입을 우물거리며 과자를 먹었다.

우리 소주 대신 막걸리 마실까? 소주보다는 막걸리가 웰메이드 잖아. 건강에 좋대. 사내의 시선을 좇아 냉장고 안을 바라보던 조씨가 말했다.

막걸리도 있어? 우씨, 이씨가 입을 쩍 벌렸다.

그럼! 이렇게 큰 식장에는 없는 술이 없어. 사람들이 몰라서 못 마시는 거지.

조씨가 직원을 불러 막걸리를 가져다 달라고 부탁했다. 직원이 은밀한 미소를 건네며 고개를 끄덕였다.

사업을 하나 해볼까 하고. 이씨가 불쑥 말했다.

이번에는 또 무슨 사업이냐? 조씨가 놀라지 않고 물었다.

프랜차이즈 레스토랑을 운영해보면 어떨까 싶어. 영업점이 많이 생기면 해외로 진출할 수도 있잖아. 영어가 되니까 좀더 쉬울 거야.

레스토랑 사업도 아는 게 많아야겠더라. 조씨가 말했다.

뭘 알아야 하는데?

얼마 전에 커피전문점에서 아르바이트했거든. 그때 아는 게 없어서 정말 고생했어.

카페 아르바이트는 레시피만 외우면 괜찮은데. 이씨가 아는 체했다.

아니야. 요즘은 손님들이 말을 엄청 어렵게 해.

말을? 우씨가 껴들었다.

주문대 위에 메뉴가 적혀 있는데 거기에 있지도 않은 걸 시키더라고. 제주 말차 티 주세요. 겐마이 마차 없어요? 시그니처 라테 주세요. 퓨어 소이 밀크티는 없어요? 그럼 서머 레몬 티로 주세요. 이런다니까.

그게 다 뭐냐? 이씨가 물었다.

사장한테 물어봤더니 우리는 가르쳐줄 사람 없으니까 본능적으로 행동하라는 거야. 그래서 본능적으로 알아내느라 힘들었는데 녹차나 라테나 두유나 레몬차 같은 거래. 그런데 너는 무슨 레스토랑을 하고 싶은 거냐?

생각해봐야지.

그렇게 말하니까 재미있는 사업 아이템이 떠올랐어. 저기 고급 소주가 있거든. 조씨가 냉장고를 가리켰다. 그냥 소주가 아니라 진짜 누룩으로 발효한 증류식 소준데 가격이 어마어마하게 비싸. 칠백오십 밀리 단가가 이만원이나 하지. 그 술을 우리가 좀 빼돌리면 어떨까? 그걸로 사업을 하자. 돈이 좀 될 거야.

어떻게?

내게 좋은 수가 있어. 어차피 우리 집안 거니까 술은 내가 빼돌릴게. 사업은 약간의 도덕심만 버리면 누구나 할 수 있다고 들었어. 게다가 우리에겐 변호사도 있잖아. 구성은 다 갖춰져 있는 거다.

술장사에는 술상무가 있어야 하는데 우리는 없잖아? 우씨가 물었다.

왜 없어? 쟤가 바지사장 했었잖아? 이번에 술상무도 하면 되지.

안 돼. 쟤는 술을 못 마신다.

술을 잘 못하니까 술상무로는 더없이 제격이다.

왜 그러냐? 이씨가 물었다.

술상무가 술에 취하는 거 봤냐? 마시는 척만 하고 분위기 조성하는 거지. 게다가 영어도 하니까 미군 부대나 해외 쪽도 뚫을 수 있을 거야.

그럼 나는 뭘 해? 우씨가 입을 비죽거렸다.

가만있자, 너는 차량을 제공하면 좋겠다. 관절에 철심 박아서 장애인증명서 있잖아? 저번 심사에서 4급까지 올라갔다며? 가스차라 주유비도 얼마 안 들잖아.

아! 맞다. 우씨가 의기양양하게 외쳤다. 장애인증만 있으면 주차비도 깎아준다. 세 시간 있어도 얼마 안 나오지. 그럼 우리집 개도 끼워줘야 해. 아무래도 그런 일에는 경비견이 필요하잖아.

너, 장애인이었어? 이씨가 입을 쩍 벌렸다.

예전에 장애인증 따려고 엄청나게 노력했다. 그게 방법이 있는데, 이건 비밀이지만 내가 특별히 가르쳐줄게. 그러니까 병원에 오랫동안 다니면서 아프다고 우겨라. 단점은 지속해서 다니려면 그것도 다 돈이라는 거야. 하지만 잘만 하면 장애인증 받는 건 시간문제지. 사업 파트너가 된 기념으로 알려주는 거다.

그럼 지금부터 우리는 진정한 친구가 된 거다. 조씨는 직원이 가져온 막걸리를 각자의 술잔에 따랐다.

진정한 친구라니? 이씨가 물었다.

주류사업도 하겠다. 장애인증의 비밀도 알았겠다, 우린 이제 찢어질 수 없는 친구가 된 거다.

그렇게 되는 거냐?

그럼! 우린 모두 진정한 친구다. 조씨가 대꾸하고는 술잔을 들었다.

셋이 술잔을 부딪치며 큰 소리로 웃었다.

거기에 나도 낄 수 없겠나? 사내가 껴들었다.

우씨, 이씨, 조씨가 술을 마시려다 말고 사내를 쳐다봤다. 사내가 손을 내밀었다. 셋은 얼떨결에 사내와 악수했다. 우씨가 어떤 일을 맡고 싶은지 묻자 사내는 조금 더 생각해보고 난 후에 논의하는 것이 좋겠다고 말하고는 종이컵을 내밀었다. 우씨가 사내를 바라봤다. 사내는 턱짓으로 막걸리병을 가리켰다. 우씨가 아하, 외치며 사내의 컵에 막걸리를 따랐다. 셋은 낄낄대며 사내와 건배했다.

그럼 기념으로 우정 사진 한 장 찍자. 그들이 함께 외쳤고, 이씨가 자리를 옮겨 우씨, 조씨 옆에 앉았다.

셋이 옹기종기 모였다. 조씨가 한 손을 뻗어 휴대폰을 높이 들었다. 셔터 소리와 동시에 벽에 붙어 있던 사내가 그들 쪽으로 상체를 기울였다. 셋의 얼굴과 함께 씨익 웃고 있는 사내의 얼굴이 화면 귀퉁이에 걸쳐졌다.

눈을 감았잖아! 사진 속 자신의 얼굴을 보고 조씨가 투덜댔다.

우씨, 이씨는 찍는 사람이 눈을 감으면 어떡하느냐고 조씨를 타박했다.

옆 테이블에서 술을 마시던 뿔테 안경의 남자가 인상을 찌푸리며 넷을 노려봤다. 여자가 술이 절반쯤 남아 있는 소주병을 한쪽에 치우고 남자의 잔에 물을 따랐다. 남자는 물을 술인 양 들이켜며 캬, 소리를 냈다.

요즘 젊은 사람들은 공부를 안 해서 생각이란 게 없습니다. 그래서 그들에게 도움을 주려고 공부란 무엇인가에 관한 책을 써보려고 합니다. 물론 학원에 있는 젊은 선생들도 포함해서 말입니다. 그들은 모두 잘났지만 그렇다고 내가 그들보다 못난 건 아닙니다. 이번에 책을 써서 내가 공부에 진 것이 아니라 공부를 봐준 것이라는 사실을 증명하려고 합니다. 이참에 젊은 사람들의 의식 구조도 개선하고 말입니다. 그러면 좀 살 만한 세상이 되지 않겠습니까? 나도 대학 시절에는 문학청년이라는 소리를 꽤 들었습니다. 그게 무슨 말이냐. 아직 꿈이 있다는 뜻입니다. 의미 있는 꿈이란 사회에 진 빚을 갚는 것이 아니겠습니까? 선생은 문학청년이었던 적이 있습니까? 그러니까 내 말은 꿈이 있느냐 말입니다. 다시 말해 사회에 보탬이 되는 사람인가에 대한 문제입니다. 남자가 손에 쥔 젓가락으로 허공을 찔렀다.

취하셨어요.

술 때문에 말이 엇나가는 것이지 술에 취한 것은 아닙니다.

어련하시겠어요?

그렇게 못 믿으시겠다면 앞으로 술을 마시지 않겠다는 의지를 다지기 위해 여기까지의 술값은 내가 계산하겠습니다.

선생님, 농담이 지나치세요. 고인이 가시면서 우리에게 맛난 것을 주셨다고 조금 전에 말씀하셨잖아요.

고인이라니요? 아, 맞습니다. 그런데 고인은 어떻게 돌아가신 겁니까?

취하셨어요. 이만 돌아가는 게 좋겠어요.

남자가 옆 테이블 맞은편에 있는 조씨를 바라봤다.

외람된 질문이지만 고인은 어떻게 돌아가셨습니까?

아, 그게 돌아가실 때는 편안하게 가셨다고 들었습니다. 사내가 조씨 대신 태연하게 대꾸했다. 다만 살아 계실 때 인류에 대한 걱정이 많았다고 했는데 돌아가시기 직전에는 그 걱정이 더욱 깊어져서 남아 있는 사람들이 당신을 잊지 못해 고통스러워할 것을 걱정하면서 몹시 고통스러워하셨다고 들었답니다.

옳거니, 그것이 평생의 일기를 집약한 암호 같은 것이 아니겠습니까? 혀가 꼬인 남자가 맞장구쳤다.

바로 보셨습니다. 배움의 집대성이라고 할 수 있습니다. 사내가 말하고는 짐을 챙겨 자리에서 일어났다. 그러고는 여자 옆으로 다가가 그 앞에 놓인 음식을 접시째 들어 배낭 안에 구겨넣었다.

지금 뭐하시는 거예요? 여자가 물었다.

우씨, 이씨도 의아한 얼굴로 사내를 쳐다봤다. 조씨는 조금 전까지 사내가 앉아 있던 테이블을 바라봤다. 빈 접시 몇 개가 놓여 있을 뿐 테이블은 깨끗했다. 술병이나 음료수병도 없었다.

배움을 버리는 중입니다. 사내가 씨익 웃었다.

여자가 놀라 으악, 소리쳤다.

옳거니! 술에 취한 남자가 휘청대며 자리에서 일어났다. 이런 데만 전문적으로 돌아다니는 거지가 있다는 말은 들어본 적이 있었지만 이렇게 직접 만나게 될 줄은 몰랐습니다.

남자가 여자의 시선을 의식하며 사내의 배낭을 낚아챘다. 그러고는 지퍼를 끝까지 열어 배낭 속에 있는 것을 전부 끄집어냈다. 비닐봉지에 차곡차곡 담긴 음식이 배낭 밖으로 나왔다. 맥주병과 소주병도 나왔다. 소란이 일자 조문객들이 그들을 주시했다.

그만하세요! 여자는 남자의 손에 들린 배낭을 잡아채 사내에게 돌려줬다.

사내는 바닥에 떨어진 음식을 주섬주섬 모아 도로 배낭에 넣었다. 우씨는 발밑에서 소주병을 집어 사내에게 건넸다. 이씨, 조씨도 거들었다. 상조회사 직원이 다가와 사내의 등을 쳤다. 우씨, 이씨, 조씨가 직원을 바라봤다. 사내는 직원의 경고에 아랑곳하지 않고 여자가 치워놓은 술병을 집어 병나발을 불었다. 접시에 남아 있는 과일도 빠르게 낚아채 입에 넣고 우적우적 씹었다. 직원이 사내의 뒷덜미를 움켜잡았다. 사내가 조문 온 사람을 죽이려 한다며 고래고래 소리쳤다. 남자와 여자는 사내의 입에서 튀어나온 음식물을 피하느라 몸을 웅크렸다. 사내는 직원의 손을 뿌리친 후에 입구 쪽을 향해 걸었다. 사내가 절룩이며 앞으로 나아가자 등뒤에 매달린 커다란 배낭이 좌우로 흔들렸다. 앉아 있던 사람들은 배낭에 부딪히지 않으려고 몸을 웅크렸다. 사내가 걷는 길을 따라 검은 등이 홍해처럼 갈라졌다. 여기저기서 기도하는 소리가 새어나왔다.

우씨, 이씨는 입을 벌리고 사내의 뒷모습을 바라봤다. 조씨는 사업 파트너에 대해 다시 생각해볼 필요가 있다고 말했다. 우씨, 이씨가 담배를 가지고 일어났다. 그들을 따라 일어난 조씨는 냉장고 안에 진열해놓은 술병을 바라보며 입맛을 다셨다. 냉장고 옆에 앉은 소녀 셋은 입안에 무언가를 넣고 움직이지 않았다. 신발장 옆에 서 있는 직원은 집게처럼 움직여 마룻바닥 아래쪽을 빠르게 정리했다.

말하자면 나 스스로 집게가 되었다고나 할까? 직원이 말했다.

옆에 있던 다른 직원이 슬며시 움직여 벽에 걸린 다용도 집게를 손에 넣었다.

식장 밖으로 나온 셋은 복도 끝 모퉁이를 돌았다. 복도는 또다른 복도로 연결되어 휴게광장에 이르러서 여섯 갈래의 좁다란 복도로 나뉘었다. 광장을 아치형으로 감싸고 있는 천장에는 하늘이 그려져 있었는데 그 사이로 구름이 떠다녔다. 여섯 갈래의 좁다란 복도 천장으로 뻗어나간 하늘은 제각각이었다. 커다란 빗방울이 그려진 천장에는 몇 개의 검은 우산이 떠다녔다. 장밋빛으로 물든 하늘이나 보랏빛이 감도는 하늘도 있었다. 셋은 광장 중앙에 설치되어 있는 모형 분수대 앞으로 다가갔다. 분수대에 물은 없었다.

여기가 좋겠다. 우씨가 말아놓은 담배를 꺼내 입에 물었다.

여기서 담배를 피워서는 안 돼. 저 하늘은 진짜가 아니란 말이다. 조씨가 소리쳤다.

앗! 담배를 피울 뻔했다. 우씨가 담배를 도로 집어넣었다.

셋은 분수대 기둥에 부착된 길 안내 표지판을 확인한 후 검은 하늘이 그려진 복도를 향해 걸음을 옮겼다. 커피전문점과 편의점, 제과점과 은행을 지나자 복도 끝에서 회전문이 나왔다. 셋은 차례 대로 회전문 안으로 들어갔다.

분명히 이쪽이 맞는데. 회전문을 통과한 조씨가 두리번거렸다.

저기 문이 있다! 이씨가 복도 벽면에 난 작은 문을 가리켰다.

우씨, 조씨가 달려가서 문을 열었다. 통로는 어둡고 습했다. 퀴 퀴한 냄새도 났다. 셋은 서로의 어깨를 손으로 짚고 앞으로 나아 갔다. 그들 뒤로 부스럭거리는 소리가 들렸다. 셋이 놀라 뒤돌아 봤다. 뒤에는 아무것도 없었다. 셋은 다시 앞을 보고 걸었다. 그런 데 저게 뭐냐? 어두워서 안 보인다. 저기 있잖아. 어디? 아무것도 없는데. 아냐, 분명히 있어. 배관처럼 길게 이어진 통로에 셋의 목 소리가 뒤섞였다. 통로 끝에서 빛이 새어 들어왔다. 조씨가 달려 가서 문을 열었다. 셋은 환한 빛을 맞으며 밖으로 나왔다.

죽지 않고 살아 나온 거냐? 맨 뒤에 있던 우씨가 말했다.

조씨와 이씨는 입을 벌리고 서서 앞을 바라봤다.

화환이 늘어선 복도 천장에서 창백한 빛이 쏟아져내렸다. 배송 직원이 화환을 부려놓고 돌아섰다. 인부 둘이 빠르게 움직여 바닥 에 떨어진 꽃을 쓰레받기에 쓸어 담았다. 유모차에 실린 아이가 목청껏 울었다. 여자가 아이를 어르다가 소리치며 다그쳤다. 아이는 더 큰 소리로 울어댔다. 검은 양복을 입은 소년이 그 옆에 쭈그리고 앉아 알아들을 수 없는 말을 토해냈다. 조문객들이 인상을 잔뜩 찌푸리고는 소리를 꽥꽥 질러댔다. 여자가 아이의 유모차 안에 장난감을 넣었다. 아이가 장난감을 흔들며 까르르 웃었다. 방울 소리가 쟁강쟁강 허공을 울렸다. 복도 안에 떠도는 소리가 한데 엉켜 백색소음처럼 퍼졌다. 우씨, 이씨, 조씨가 복도를 통과해 다시 장례식장 앞에 도착했다.

잘 지내고 있을 거야

쓰레기가 뒤섞인 흙더미 위에 검은 새가 떼 지어 앉았다. 살수차가 소독액을 뿜어내자 허공으로 떠오른 새들이 매립장 주변을 맴돌았다. 몇 마리의 새는 가스 포집관에 앉아 살수가 끝나기를 기다렸다. 공사 구간을 따라 플라스틱 펜스가 설치돼 있었고, 펜스 입구에서 안전 유도 인형이 붉은 깃발을 흔들었다. 인부들은 믹스커피가 든 종이컵을 들고 드럼통 주변에서 움직였다. 드럼통에선 장작이 탔다. 연기가 공중을 휘돌아 도로 쪽으로 빠져나갔다. 검은 리무진은 서행하다 비포장도로 앞에서 멈춰 섰다. 제2골 프장 건설을 반대하는 플래카드가 리무진 위에서 펄럭였다. 차 안에는 종훈 부부와 종미 부부, 넷이 타고 있었다. 고개를 비틀어 창밖을 내다보는 종훈의 한쪽 뺨이 운전대에 닿았다.

길이 이상한데. 종훈이 말했다.

조수석에서 문영이 끄덕였다.

유턴해야 할 것 같아요, 형님. 뒷좌석에서 영도가 유리창 너머를 가리켰다.

바리케이드를 연결한 쇠사슬에 진입금지 표지판이 걸려 있었다. 쇠사슬이 늘어져 표지판은 바닥에서 뒹굴었다. 종훈이 내비게이션을 켜고 상담원 버튼을 눌렀다.

어디로 가십니까? 상담원의 목소리가 스피커를 통해 흘러나왔다.

스카이 시시. 종훈이 대답했다.

상담원은 지금 있는 곳이 그곳이라며 의아해했다.

문영이 스카이 시시 뒤에 제1골프장이라고 덧붙였다. 내비게이션 화면에 스카이 컨트리클럽 입구라는 문구가 자동으로 완성됐다. 지도에는 붉은 선이 나타났다. 목적지는 500미터도 안 되는 거리에 있었다.

어머, 이게 뭐야, 오빠? 종미가 물었다.

이게 스마트 서비스라는 거다. 운전하면서 내비게이션 조작하면 위험하잖아. 이건 버튼만 누르면 상담원이랑 바로 연결된다. 전화 단말기가 내장돼 있거든.

종훈이 유턴해서 왔던 길을 지났다. 맞은편에서 자갈을 잔뜩 실은 덤프트럭이 헤드라이트를 비추며 다가왔다. 모자를 푹 눌러쓴 기사가 갓길에 붙은 리무진을 힐끔거리며 지나갔다.

신차라고 다 있는 게 아니야. 이 차니까 있는 거지. 수입차랑 경쟁하려고 그런다는데 정말 잘 만들었더라. 종훈이 말했다.

비싸겠네. 종미가 입술을 비죽거렸다.

운전이나 해요, 여보. 문영이 종훈에게 말하고는 뒷좌석 쪽으로 고개를 돌렸다. 가입만 하면 다 되는 거예요, 아가씨.

이건 자동차회사에서 개발한 단말기니까 그럴지도 모르지. 그렇지만 정말 놀라운 건 자동 운전에 있어.

자동 운전이라니? 종미가 물었다.

차가 혼자 운전을 한다고. 막히는 길에선 쓸 만하더라. 종훈이 운전대에서 자동 운전 버튼을 누르고 오른발을 들어 보였다. 종미가 운전석과 조수석 사이로 얼굴을 들이밀었다.

차가 혼자 가지? 그러다 앞차가 멈추면 같이 멈춘다. 앞차가 가면 같이 가고. 흐름을 이어가는 거지. 종훈이 손가락으로 자신의 발을 가리키며 자랑했다.

시야가 가려진 영도는 종미 머리 위에 턱을 받쳤다.

옆에서 다른 차가 끼어들면 어떻게 해요, 형님. 그것도 알아서 해요? 영도가 물었다.

아직 거기까진 안 해봤어. 목숨이 두 개도 아닌데 오작동 나면 어떻게 해? 암튼 이게 최고급 사양에만 있는 건데 세상이 참 좋아졌어.

종훈 옆에서 못마땅한 표정을 짓고 있던 문영이 뒷좌석 쪽으로 고개를 돌렸다. 종미 부부와 얼굴이 닿을 뻔하자 문영이 몸을 뒤로 뺐다. 종미 부부도 등받이에 몸을 붙였다.

할부로 산 거예요, 아가씨. 전에 있던 차가 너무 오래됐었잖아요. 바꿀 때가 넘기도 했어요.

그거야 우린 모르죠. 다시 만난 지 일 년밖에 안 됐는데. 종미가 싸늘하게 말했다.

차내는 조용해졌다.

그나저나 정서방, 골프 친 지 얼마나 됐지? 종훈이 룸 미러를 통해 영도를 쳐다봤다.

저야 뭐 얼마 안 됐죠. 가족 골프 치기로 하면서 시작한 거니까. 연습장도 가고 스크린도 가고 열심히 배워야죠.

그래. 연습 좋지. 그런데 연습장에 백번 가는 것보다 필드에 한 번 나오는 게 백배는 나아. 연습하면 실력이 는다고 하는데 아니야. 잔디를 밟아야 늘어. 군대에선 짬밥을 먹지만 우린 잔디 밥을 많이 먹어야 해.

그런 것 같아요. 천연 잔디는 차원이 다르더라고요. 공도 잘 안 뜨고 어려워요.

이제 우리도 한 달에 한 번은 나오기로 했으니까 정서방도 일취월장할 일만 남았어.

여기 온다고 해서 스크린 골프 몇 번 쳤는데 별로더라고요.

요즘은 스크린이 대중화돼서 개나 소나 다 치는 게 골프라지만 실상은 달라. 라운딩은 한 번 나가면 두당 삼사십이 금방이거든. 하물며 우리처럼 가족이 나오는 건 축복받은 거지. 감사해야 해. 안 그런가?

그렇지, 아버지께 감사해야지. 그렇게 많은 돈을 남기고 가실 줄 누가 알았겠어? 종미가 껴들었다.

차내에 다시 짧은 침묵이 흘렀다.

종미는 골프 배운 지 얼마나 됐지? 종훈의 목소리는 부드러웠다.

영도씨랑 같이 시작했으니까 육 개월 정도 됐지. 연습장에 가면 진짜 별별 사람들이 다 있더라. 자식 자랑, 남편 자랑, 자랑하는 방법도 가지가지더라고.

종미의 말에 종훈이 큰 소리로 웃었다. 문영이 종훈의 눈을 보며 인상을 찌푸렸지만 종훈은 알지 못했다.

너도 가족 골프 나간다고 말해주지 그랬어? 자기 피알은 자기 스스로 해야지 누가 해주지를 않아요. 말을 안 하고 있으면 아무도 모른다고.

뭘 그런 걸 말해?

그런 걸 말해야지, 그럼 뭘 말하고 다니는 거야?

리무진은 도로에 내걸린 수십 장의 플래카드를 지나 제1골프장 진입로로 들어섰다. 벚나무가 이어진 도로는 좁고 그늘졌다. 하늘은 나무에 가려 잘 보이지 않았다. 벚꽃 터널 속으로 리무진이 미끄러졌다. 바퀴 근처에서 꽃잎이 일다 가라앉았다. 희고 붉은 벚꽃이 눈처럼 날렸다. 제복을 갖춰 입은 사내가 경비초소에서 나와 거수경례했다. 사내는 리무진이 지날 때까지 관자놀이에 붙인 손을 떼지 않았다. 백미러로 사내의 모습을 바라보는 종훈의 눈가에 미소가 번졌다. 벚꽃 터널을 빠져나오자 드넓은 필드가 그들 앞에 펼쳐졌다.

리무진은 표지석을 돌아 주차장으로 들어갔다. 늘어진 벚나무 가지가 차창에 음영을 만들었다. 차에서 내린 종훈이 클럽 하우스를 쳐다봤다. 타지마할을 흉내낸 둥근 지붕은 색이 붉었고, 소용돌이 장식을 머리에 인 기둥은 곡선이 우아했다. 넷은 입구 양옆에 놓인 고양이 석상을 지나 로비로 들어갔다. 프런트에 대기중인 직원들이 그들을 향해 인사했다. 종미가 들뜬 표정으로 실내를 훑어봤다. 벽면 유리창으로 골프장 전경이 비쳐 들었다.

나이스 샷! 종훈이 공을 쳤을 때 종미가 외쳤다. 공은 직선으로 뻗어나가다가 왼쪽으로 급격하게 휘었다. 종훈이 인상을 찡그리며 티그라운드에서 내려왔다.

치기도 전에 나이스 샷이라니? 초보가 훼방질부터 배우면 안 된다. 골프는 매너가 구십 프로야.

치고 나서 말했는데 그래.

거짓말 마라. 일부러 그랬지?

아냐. 분명히 잘 친 것 같았는데.

잘하자, 아버지가 다 보고 계신다.

종미가 종훈을 지나쳐 티그라운드에 섰다. 스윙의 기본은 어깨 힘을 빼는 데 있다며 종훈이 종미를 따라가 시범을 보였다. 클럽이 둥근 궤적을 그리며 허공에 휙휙 소리를 남겼다. 종미가 따라 했다. 못마땅하게 지켜보던 종훈이 클럽으로 종미의 어깨를 살짝 쳤다. 캐디는 짜증 섞인 표정으로 먼산을 바라봤다. 종미가 샷을 날렸다. 공은 30미터쯤 떠올랐다가 잔디에 떨어졌다.

오빠, 잔소리 좀 그만해. 프로 경기 안 봤어? 스윙하기 전에는 다들 조용하잖아? 오빠 때문에 힘이 더 들어갔어. 그러잖아도 엘보 때문에 아픈데. 종미가 한 손으로 팔꿈치를 꾹꾹 눌렀다.

엘보가 왔어?

연습을 무리하게 했나봐. 요즘 팔꿈치가 아파서 밥솥도 못 들잖아. 여기 오려고 한의원 다녔어. 그것도 돈을 줘야 하는 거 아니야?

그게 다 어깨에 힘 들어간 게 원인이야.

아냐. 원인은 가족 골프에 있어. 그러니까 병원비도 대주는 게 합리적이야.

나도 얼마 전에 갈비뼈가 부러졌었다.

갈비뼈가 부러졌었어요? 문영이 깜짝 놀라 물었다.

부러졌었잖아. 도통 관심이 없으니까 남편이 갈비뼈 아픈 것도 모르지.

오빠는 갈비뼈가 왜 부러졌어?

클럽을 하도 휘두르니까 부러지지 왜 부러졌겠어.

클럽을 휘두르면 갈비가 나가?

몸을 자꾸 꼬면 갈비뼈도 꼬이잖아. 자기 자리에 다른 게 침범하면 좋아할 애가 어디 있겠어? 못 견디면 금도 가고, 그러다 부러지기도 하는 거지.

아팠겠네.

아팠지. 숨쉬기도 힘들었어. 그것도 엄밀히 말하면 가족노동으로 인한 재해에 해당하지만 나는 혼자 이겨냈다.

형님, 한번 부러졌던 뼈는 더 단단해진대요. 오히려 그전보다 더 강해져서 부러진 데는 다시 부러지지 않는다던데요.

글쎄, 그런가? 그럼 갈비가 더 많이 부러져야 튼튼한 갈비를 갖겠군.

그럼요. 막강 갈비죠. 갈비는 병원에서 해줄 수 있는 것도 없고 자가 치유밖에는 방법이 없거든요. 그런 점에서 점심은 갈비찜으로 하시는 게 어때요? 갈비가 아프면 갈비로 보충하는 게 보신이잖아요.

그런가? 그럼 도가니탕도 괜찮겠군. 종미 관절도 생각해줘야지.

갈비찜이나 도가니탕이나 저는 다 좋습니다.

그나저나 내 공은 어디 있지? 종훈이 두리번거렸다.

햇살은 환하게 비쳐 들었고 하늘은 맑았다. 벚나무 아래에는 둥

글게 짠 레이스처럼 벚꽃이 펼쳐져 있었다. 영도가 꽃잎이 쌓인 잔디를 클럽으로 휘적댔다.

공은 없지? 종훈이 다가왔다.

이제 봄도 다 지나가네요, 형님. 영도가 머리에 붙은 꽃잎을 털어냈다.

봄이 지나는 건 지극히 정상적인 거야. 이상한 건 공이 안 보인다는 거지. 그런데 흰 공이 이런 데 있을 리 없잖아. 종훈이 카트 길 너머 산기슭을 바라봤다. 카트에는 문영과 종미가 타고 있었다.

거기 아니에요! 여기에 있어요! 카트 옆에서 캐디가 소리쳤다.

종훈이 활짝 웃으며 달려갔다. 영도도 따라갔다. 공을 살펴보던 종훈이 실망해서 자신의 것이 아니라고 말했다.

다른 공은 없었어요. 산으로 올라갔나봐요. 캐디가 하는 수 없다는 표정을 지었다.

비탈을 오르려 뒤돌아선 종훈을 향해 캐디가 뒤쪽에 사람이 밀렸다고 재촉했다.

공을 찾아야 움직이지! 찾아보지도 않고 없다고 하면 쓰나, 캐디 아가씨. 저 위에는 올라가봤나? 종훈이 고개를 홱 돌려 소리쳤다.

거긴 수풀이 우거져서 못 찾아요.

그 공이 하나에 오천원짜린데 찾지도 않고 없다고 하면 되겠어?

오빠 이럴 때 보면 아버지랑 똑같아. 아버지가 보셨다면 우리

아들 잘한다고 좋아하셨을 텐데 말이야. 종미가 말했다.

캐디가 뭘 잘 모르잖아. 종훈이 퉁명스레 대꾸했다.

그만해요. 산으로 간 공을 어떻게 찾겠어요? 문영이 말렸다.

홀 시작 부근에는 다른 카트 한 대가 대기중이었다. 챙이 넓은 모자 안에 스카프를 뒤집어쓴 중년 여자 둘이 종훈이 있는 쪽을 쳐다봤다. 안면 마스크 위에 고글을 끼고 있었기 때문에 표정은 알 수 없었다. 그 옆에 얼굴이 하얗게 뜬 남자 둘이 서 있었다. 그들이 종훈을 향해 손가락질했다.

저건 뭐야? 왜 저러고 다녀? 카트에 탄 영도가 놀라 물었다.

아랍계인가? 니캅도 아니고 히잡도 아니고 도대체 뭐예요? 문영도 그들을 쳐다봤다.

신경쓰지 마. 저런 거 일일이 신경쓰면 제명에 못 죽는다. 남한테 손가락질할 시간에 저 예의 없는 복장 좀 어떻게 하라고 하든가, 복장규정이 있는데도 규제를 왜 안 하는지 모르겠어. 종훈이 캐디를 노려보며 카트에 올라탔다.

관에서 방금 나온 시체들 같은데. 종미가 킥킥 웃었다.

그러니까 말이에요. 남자들도 그러네요. 선크림을 얼마나 발랐는지 가부키 배우들 같아요. 문영이 종미의 어깨를 장난스럽게 건드렸다.

저런 게 진짜 소하고 개 아니에요?

아가씨도 참, 닌자와 가부키죠.

암튼 끼리끼리 다니네요.

카트는 길을 따라 이동했다. 계수나무 숲에서 달콤한 향기가 끼쳐왔다. 햇살은 어린잎을 투과해 카트에 그림자를 남겼다. 문영과 종미는 닌자와 가부키에 대해, 니캅과 히잡에 대해 이야기하다 가부키와 온천으로 화제를 옮겼다. 종훈의 얼굴에 흐뭇한 미소가 번졌고, 영도는 자신의 공을 찾느라 코스를 살폈다. 페어웨이 중앙에서 오리가 뒤뚱대며 걸었다. 노란 털이 보송보송한 새끼들이 어미를 쫓았다.

여보, 다음달에 여자들끼리 일본 여행 가려고요. 말 나온 김에 가부키도 보고 온천도 하고. 애들도 데리고요.

음, 그거 좋은 생각이야. 종숙이는?

그냥 우리끼리 다녀오죠 뭐.

종숙인 아직도 그래?

똑같죠. 저번에는 어머니 댁으로 들어간다더니 이번에는 간병을 한다고 그러네요.

종숙 언니가요? 그래도 딸이 아들보다 낫네요. 종미가 껴들었다.

가족 통장을 달라지 뭐예요? 간병인 내보내고 큰아가씨가 어머니를 직접 돌본다고요.

통장을요? 아버지 살아 계실 때는 뭐하다가 이제 와서 그런대요? 종미가 놀라 되물었다.

종숙이도 골프 좀 배우라고 해. 이럴 때 함께 다녀야지. 종훈이 혀를 찼다.

그러니까요. 가족이 오순도순 지내면 얼마나 좋아요?

그럼 종숙인 놔두고 애들하고 다녀오든지.

쇼핑도 좀 하려고요. 요즘 엔화가 떨어져서 일본이 인기래요.
다음주에 알아볼 테니까 통장에서 돈 좀 빼주세요.

오빠, 우리 루이비통 가방 하나씩 사도 되지? 환율이 좋을 땐 쓰
는 게 버는 거래. 생각에 잠겨 있던 종미가 눈빛을 빛내며 말했다.

너네만 사냐? 남자들 것도 하나씩 사 와라. 종숙이 것도 사 오고.

뭐하러 종숙 언니까지 챙겨?

그럴게요. 그래도 어머니한테 자주 가시나봐요. 자식들 얼굴은
다 잊어버려도 성격은 그대로신데 큰아가씨도 고충이 왜 없겠어
요?

간병인도 있는데 왜 자기가 유난을 떨어? 어릴 때부터 유난스
럽기가 둘째는 아니었어. 하는 짓이 아버지랑 똑같아서 엄마한테
도 많이 맞았잖아. 그래도 우린 엄마한테는 안 맞았다. 종미가 투
덜댔다.

모른 척해라. 종숙이도 나름대로 서운한 게 있겠지.

일본 가면 이제 얼마나 남는 거지, 오빠?

글쎄, 계산을 안 해봐서 정확히 모르겠다.

영도씨도 이번에 사업을 준비하잖아? 종미의 말에 영도가 몸을
앞으로 기울였다.

쓸데없는 소리 말고 지금 하는 거나 잘해라.

아이, 오빠는 들어보지도 않고 그래? 종미가 샐쭉해져서 말했다.

아버지가 어머니 간병비에 생활비 하라고 남기신 건데 쓰기만 하면 나중에는 어떻게 감당하려고 그래?

캐디가 카트를 세웠다. 넷은 공을 찾아 흩어졌다. 영도의 공은 길게 자라난 잔디에 박혀 있었다. 영도가 클럽을 휘둘렀다. 비껴 맞은 공이 제자리에서 살짝 벗어났다. 얼굴이 붉어진 영도가 주변을 확인했다. 종훈은 다른 곳을 보고 있었다. 영도가 다시 스윙하려는 순간, 건드린 거 아니야? 정확히 해. 내가 다 세고 있어, 종훈이 멀찍이서 외쳤다. 영도가 움찔댔다. 공은 앞으로 구르다 연못에 빠졌다. 그러니까 욕심을 내면 안 되는 거야. 종훈이 웃었다.

영도가 연못을 향해 걸어갔다. 분수는 허공으로 솟았다가 매끄러운 물막을 형성하며 아래로 떨어졌다. 햇빛은 물막 주변에서 여러 빛깔의 띠로 나뉘었다. 수면에도 무지갯빛이 떠올랐다. 연못을 둘러 가시연이 군락을 이뤘고 넓은 잎사귀는 물위에 떠 있었다. 막 돋아나기 시작한 잎자루가 허공을 향해 비죽이 솟아올랐다. 영도가 허리를 굽히고 연못을 들여다봤다. 물에 잠긴 방사형 줄기는 이끼로 뒤덮여 있었다. 부들과 갈대 뿌리도 뒤엉켜 있었다. 영도가 클럽을 물에 넣고 휘저었다. 수면에 물살이 일자 하늘이 휘고 구름이 흐트러졌다. 썩은 잎에 깔린 수십 개의 공은 이끼에 엉겨붙어 잘 떨어지지 않았다. 영도는 어렵게 건져낸 공 몇 개를 잔

디에 문질러 닦았다. 종미를 향해 뛰어가는 영도의 바지 주머니가
불룩했다.

　문영의 스윙은 부드러웠다. 클럽 단면이 공을 밀어내는 순간,
문영의 옷깃이 경쾌하게 휘날렸다. 공은 하늘을 날아 그린에 떨어
졌다. 뒤를 돌아보는 문영의 표정이 여유로웠다. 넓고 긴 페어웨
이가 굴곡진 지형을 따라 물결쳤다. 햇살이 비쳐 든 잔디는 녹색
융단을 깔아놓은 듯 빛났다. 종미는 모래 벙커에서 빠져나오지 못
했다. 그들 뒤에서 닌자와 가부키들이 샷을 하려고 기다렸다. 문
영이 인상을 찌푸리며 시선을 돌렸다. 종훈의 공은 부드러운 곡선
을 그리며 하늘을 날았다. 문영의 얼굴에 미소가 스쳤다. 공이 클
럽 하우스를 배경으로 그린에 떨어졌다. 문영이 큰 소리로 나이스
샷! 하고 외쳤다. 종훈이 미소 지으며 걸어갔다. 이 넓은 잔디를
우리만 쓴다는 게 대접받는 기분이에요. 날씨도 좋고 꽃도 예쁘고
말이에요. 문영의 말에 종훈이 고개를 끄덕이며 날아가는 새를 바
라봤다.

　넷이 그린에 모였을 때 진행요원이 탄 카트가 다가왔다. 정장을
입은 요원이 캐디에게 무전기로 얘기했다.

　뒤 팀이 순서를 바꾸자고 하는데 어떻게 할까요? 캐디가 종훈
에게 다가와 조심스럽게 물었다.

　알아서 좀 합시다. 종훈이 요원을 의식하며 말했다.

　요원은 뒤 팀 캐디에게 무전기로 종훈의 말을 전했고, 뒤 팀 캐

디는 닌자와 가부키들에게 상황을 설명했다. 닌자 중 하나가 불쾌한 듯 돌아서더니 그대로 샷을 날렸다. 공은 종미와 문영 사이로 날아들었다. 둘은 비명을 지르며 잔디밭에 주저앉았다.

미쳤어? 종훈이 펄쩍펄쩍 뛰었다.

닌자는 딴청을 부리며 종훈의 시선을 피했다. 가부키들이 건성으로 손바닥을 들어 보였다. 실랑이와 삿대질 끝에 사과를 받아낸 종훈이 씩씩대며 그린 밖으로 나갔다. 종훈이 카트에 올라타자 나머지 셋도 재빨리 따라 탔다. 카트 안에서 숨을 고르던 종훈이 문영과 종미를 곁눈질하다 놀라지 않았느냐고 다정하게 물었다. 문영이 괜찮다고 하자 종훈은 신경쓰지 말자는 듯 일부러 크게 웃었다.

종훈은 다음 홀에서 티샷을 준비했다. 영도가 뒤에서 종훈을 지켜봤다. 문영과 종미는 카트에 앉아 있었다. 카트 뒤로 뒤 팀의 카트가 다가왔다. 닌자와 가부키들이 티그라운드에 서 있는 종훈을 힐끔댔다. 종훈이 샷을 날렸다. 영도가 굿 샷, 하고 외치자 문영과 종미도 허공을 나는 하얀 공을 따라 시선을 돌렸다. 공은 그린에 안착한 뒤 홀 컵 근처에서 사라졌다. 종훈이 입을 벌렸다. 영도도 발뒤꿈치를 들었다. 공은 보이지 않았다.

홀인원이에요, 홀인원! 공이 홀 컵으로 쏙 들어갔어요! 캐디가 호들갑스럽게 외쳤다.

문영과 종미도 티그라운드에 올라가 아래쪽을 살폈다. 넷은 입을 벌린 채 서로를 번갈아 봤다.

홀인원이라고? 종훈이 믿을 수 없다는 표정으로 중얼댔다.

저도 봤어요. 홀 컵이 공을 끌어당기는 것 같았어요. 여보, 진짜 홀인원이에요. 문영이 종훈의 팔을 잡고 뛰었다. 종미와 영도도 덩달아 뛰었다.

아이고, 감사합니다. 이럴 줄 알았으면 홀인원 보험을 들어놨어야 했는데. 종훈이 인사했다.

형님, 축하합니다. 어제 좋은 꿈 꾸셨나봐요. 오늘 돈 좀 나가겠습니다.

홀인원 했는데 왜 돈이 나가? 종미가 영도의 귀에 대고 소곤댔다.

아, 이 사람이! 평생에 한 번 올까 말까 한 행운인데 당연히 돈이 나가지. 기념식수 기본이고 동반자 라운딩 비용에 홀인원 팁이 얼마야. 캐디도 오늘 운수대통이네. 형님 다시 한번 축하합니다!

그럼 오늘 비용은 오빠가 다 내야겠네. 이건 가족 통장하고는 상관없는 일이야.

가족 통장으로 놀다가 돈 쓰게 생겼는데 왜 상관이 없어? 애초에 원인은 가족 통장에서 나왔는데.

아버지가 엄마 간병하라고 남기신 돈인데 적당히 써야지. 종미가 비꼬았다.

이 정도는 적당의 범주 안에 들어가!

종훈의 목소리가 높아지자 캐디가 눈치를 살피며 말했다.

동반자분도 기념 트로피를 제작해서 선물하셔야죠. 보통은 순금 한 냥짜리 골프공을 얹어요.

한 냥이나요? 종미가 놀라 물었다.

요즘 금값이 얼마나 비싼데. 영도가 중얼댔다.

넷은 그린 쪽으로 시선을 돌렸지만 그린을 보고 있지는 않았다. 가부키가 종훈에게 다가왔다. 닌자도 따라왔다.

골프장 전세 낸 줄 알았어요. 우리야 치라면 치고, 기다리라면 기다리고, 세월아 네월아 쉬엄쉬엄 치니까 그렇지, 다른 팀 같았으면 벌써 난리 났을 거예요. 오늘 뒤 팀 잘 만나서 잘된 거예요. 그렇지 않아요? 닌자가 쳐다보자 가부키가 아암, 하며 호탕하게 웃었다.

그렇습니다. 뒤 팀이 하도 재촉을 하니 공도 한 번에 들어갑니다. 종훈이 퉁명스레 말하고는 뒤돌아섰다. 종미와 영도는 딴 데를 쳐다봤다.

그 뭐죠, 종을 땡땡 치면 거기 술값은 혼자서 다 내는 거, 이름이 있잖아요?

닌자의 말에 가부키가 그, 뭐 있어, 그거, 하고 얼버무렸다.

뒤 팀 잘 만났으니까 요 앞 그늘집에서 맥주 한잔 사세요. 닌자가 호호 웃었다.

교양 없는 닌자네요. 종미가 문영에게 속삭였다.

그러게요. 교양이 없어서 무슨 말인지 통 알아들을 수가 없네요. 문영이 대꾸했다.

넷은 카트에 올라탔다. 카트가 그린을 향해 달릴 때 영도가 어어, 형님! 하고 소리쳤다. 셋은 영도가 바라보는 쪽으로 고개를 돌렸다.

어머나, 저게 뭐야? 종미도 소리쳤다.

홀 컵 옆에 내리막 경사가 있는 것 같아요. 운전대를 잡은 캐디가 그린 주변을 힐끔거렸다.

문영이 공은 어디에 있느냐고 묻자 종훈은 인상을 썼다. 캐디가 카트를 멈추고 그린 쪽으로 뛰어갔다.

홀 컵이 비었어요. 캐디는 양팔을 겹쳐 엑스 자 표시를 했다. 역시 내리막이 있었어요. 캐디가 시무룩하게 말했다.

그럼 우린 저기서 뭐한 거야? 종미가 홀 시작 지점을 쳐다봤다. 닌자와 가부키들이 손가락질하며 깔깔댔다.

카트로 돌아온 캐디가 종훈에게 클럽을 쥐여주며 버디라도 잡으세요, 하고 말했지만 공은 종훈의 뜻대로 움직이지 않았다. 타수가 늘어나자 닌자와 가부키들은 더 크게 웃었다. 종훈이 화가 나 클럽을 내던졌다. 셋은 슬금슬금 종훈을 피했고, 캐디는 종훈의 눈치를 보며 쩔쩔맸다.

캐디가 똑똑하질 못하니 우리가 이런 무안을 당합니다. 종훈이 캐디에게 눈길을 주지 않은 채 말했다.

그래도 다행이에요. 우리는 트로피 만들지 않아도 되고 형님도 돈이 굳었어요.

그런가, 다행인가, 홀인원 보험도 안 들길 잘한 건가.

밥이나 먹어요. 배가 고파요. 문영이 종훈의 어깨에 손을 올렸다.

그래, 이런 기분으로는 어렵겠어. 그래도 되겠지요, 캐디 아가씨?

지금 종료하셔도 18홀 요금을 정산하는 게 규정이에요.

누구 때문에 이렇게 됐는데! 종훈이 소리쳤다.

여보, 밥 먹고 생각해요. 기분이 좀 나아질 수도 있잖아요.

오빠, 나도 배고파. 뭐 좀 먹자.

너는 한 게 뭐가 있다고 배가 고파? 뛰지도 않고 먹기만 하니까 몸이 무겁지. 초보들은 무조건 뛰어야 해. 우리야 가족이니까 봐주는 거지, 원래가 카트 타기도 힘들다고. 앞으로는 좀 빨리빨리 움직이고 빨리빨리 움직이려면 살도 좀 빼라.

내가 뺄 살이 어디 있다고 그래? 오빠 배나 좀 보고 얘기하셔.

너 때문에 우리 팀 느려지고 뒤 팀 밀리고 압박당하고 그래서 어떻게 됐어? 홀인원 될 수 있는 공이 비껴 맞은 거 아니야? 종훈이 소리치자 종미가 홱 돌아섰다.

화장실 앞에는 배수로가 길게 이어졌다. 흙탕물이 맑은 소리를 내며 흘렀다. 문영이 배수로를 사뿐히 뛰어넘어 화장실로 들어갔다. 종미도 따라 뛰었다. 종미가 화장실 파우더 룸에서 모자를 벗었다. 모자에 눌린 이마가 땀으로 번들댔다.

저럴 땐 진짜 아버지랑 똑같아요.

아가씨가 이해하세요. 그래도 집안의 장남인데.

장남이라 그전에는 연락도 없었던 거예요? 다 늦게 무슨 장남이에요?

아가씨도 자식인데 닮은 데가 왜 없겠어요?

제가요? 저는 하나도 안 닮았어요.

아가씨도 고집이 만만하지가 않아요. 연락 한 번 안 하셨잖아요?

어머, 지난 오 년 동안 발길 딱 끊은 게 누군데 그래요?

그땐 그럴 수밖에 없었어요. 우린 못 간 거고 아가씨는 안 간 거니까 사정이 같진 않아요.

어머니한테 신경 좀 쓰라고 한 게 이유가 돼요?

간병비를 내라고 하셨잖아요.

종미가 문영을 쳐다봤다. 문영이 파우치를 뒤적대다 고개를 들었다. 거울 속에서 둘의 눈이 마주쳤다. 둘은 얼른 눈을 피했다.

아가씨가 그러면 저도 서운해요. 다 잊어버리고 다시 시작하자고 약속하고도 그래요. 그리고 정확히 말하면 서로 그런 말 할 처지는 아니에요. 다 똑같죠. 문영이 파우치 안에서 콤팩트를 꺼냈다.

저도 서운해서 이러는 거예요. 우리 일에는 관심도 없잖아요?

종미가 거울을 흘깃거렸다. 문영은 모른 체했다.

영도씨가 발명가 아카데미를 한다고 저래요. 사업이 전도유망한 것 같더라고요. 사회적 기업으로 성장하면 보람도 클 것 같고요. 발명 전문 인력을 양성하는 사업이라 정부 지원도 받을 수 있대요. 입시생들도 꽤 다닌다고 하던데 자금이 부족해서 걱정이 많아요. 권리금이 생각보다 웃돌더라고요. 오빠한테 말 좀 잘해줘요.

제가 말해줄 게 어디 있어요? 아까 오빠가 다 말하던데요.

둥근 거울에 둘의 모습이 비쳤다. 종미가 이마에 흐른 땀을 휴지로 닦았다. 크리스털 샹들리에가 반짝대자 종미의 이마에 난 흉터가 흉하게 도드라졌다. 그 위에 파우더를 펴 바르는 종미를 문영이 물끄러미 바라봤다.

어쩌다 그랬어요? 문영이 물었다.

종미가 거울에 얼굴을 바짝 붙이고 이마에 난 흉터를 살폈다.

대들다가 아버지한테 맞았죠 뭐. 그래도 빗맞아서 다행이었죠. 종미가 헤헤 웃었다.

아가씨도요? 문영이 놀라 묻다가 입을 다물었다.

둘은 서로의 눈을 바라보며 고개를 끄덕였다. 화장실 문이 열리고 햇살이 비쳐 들었다. 문영이 눈을 찡그렸다. 닌자가 들어왔다. 역광 때문에 몸의 윤곽선이 하얗게 드러났다. 그늘진 앞모습은 검은 그림자 같았다. 종미가 흠칫 놀라 뒷걸음질쳤다. 닌자가 둘을 지나쳐 거울 앞에 섰다. 거울에는 부연 얼룩이 묻어 있었다.

종훈과 영도는 그늘집 테라스에 앉아 있었다. 영도가 테이블에 몸을 바짝 붙이고 앉아 종훈의 눈치를 살폈다. 종훈은 벚꽃을 바라보는 체하다 문영과 종미를 보고 얼른 일어나 의자를 빼주었다.

이제 딱 일 년이지, 오빠? 종미가 자리에 앉아 물었다.

그렇게 됐지.

제사도 지내야겠네.

그래야지.

아버지는 그렇게 많은 돈을 남기고 어떻게 눈을 감았을까?

그렇게 돈이 있었는데 왜 회사까지 찾아오셨는지 모르겠어요. 문영이 말했다.

회사에 찾아가셨어요?

돌아가시기 얼마 전에 오빠 회사에 찾아오셨잖아요. 어머니 간병비 정산하라고요. 그게 얼마였죠, 여보?

돈이 문제가 아니라 아버지가 소리치는 걸 직원들이 다 봤으니 회사에서 체면이 말이 아니었지. 그때 일은 생각하기도 싫다. 지난 얘기는 해서 뭐하겠어. 앞으로가 중요하지. 아버지도 그걸 바라실 거야.

그래서 돈을 드렸어?

아가씨도. 우리가 그 많은 돈이 어디에 있었겠어요?

서빙 카트를 밀고 나온 직원이 유기그릇 네 개를 테이블에 올려놓았다. 금빛이 도는 유기에는 길쭉한 갈빗대 몇 개가 들어 있었다. 문영이 가위로 살을 발라냈다. 영도도 따라 했다. 종훈은 갈빗

68

대를 손으로 잡고 뜯었다. 종미는 코를 킁킁대며 냄새를 맡았다.

보험금도 나오잖아요? 종미가 불쑥 물었다.

그게 어렵다더라고요. 문영이 대답했다.

어렵다니요?

그렇다고 하더라고요. 생전에 정신질환이나 심신상실 상태란 걸 입증해야 하는데 병원기록도 없고 쉽지 않아요.

참 나, 그걸 왜 입증을 못해요? 입증할 거야 천지에 많을 텐데. 종미가 생각에 잠겨 있다가 말을 이었다. 그럼 가족 통장에서 조금만 갖다 쓰면 안 될까요. 나중에 채워넣어도 되잖아요. 사실 놀러 다니는 것보다야 필요한 데 쓰는 게 좋잖아요?

그게 무슨 말이에요. 가족 통장은 아버지가 간병비에 쓰라고 남겨두신 거잖아요. 동생이 그러면 오빠도 서운하죠.

우리도 살 만하면 이러지 않아요. 동생 형편도 좀 봐주면서 오빠의 못다 한 가족 사랑을 실천해도 되잖아요? 종미가 종훈의 눈치를 살폈다.

종훈은 모른 체하며 숟가락으로 국을 떠먹었다.

까아, 까아, 새가 짖었다. 종훈이 인상을 찌푸리고는 소리 나는 데를 쳐다봤다. 검은 새 몇 마리가 벚나무 가지에 앉아 그들을 내려다보고 있었다. 훠이! 종훈이 손으로 허공을 휘저으며 소리쳤다. 새들은 꼼짝하지 않았다. 저리 가! 종훈이 갈빗대를 던졌다. 나뭇가지에 앉아 있던 새들이 푸드덕거리며 날아올랐다가 갈빗대가 떨어진 곳으로 모여들었다. 부리로 뼈를 콕콕 쪼던 새들이 머리를 좌우로 틀고는 그들이 앉은 테이블 근처로 경중경중 뛰어왔다. 종훈이 발을 구르며 새를 쫓아내려고 애썼다. 종미가 종훈을 쳐다보다 고개를 숙였다.

그렇게 돌아가신 게 심신 허약의 증거가 아니면 뭐가 증거겠어. 종미가 중얼거렸다.

저 우라질 놈의 까마귀! 종훈이 의자를 뒤로 밀치며 벌떡 일어났다.

문영이 뒤로 넘어진 의자를 도로 세웠다. 영도는 갈빗대를 잡고 눈을 끔벅거렸다. 종미도 입을 우물거렸다. 새들은 날아올랐다가 내려앉기를 반복하며 테이블 근처에서 맴돌았다. 종훈은 지친 눈으로 새들을 바라봤다.

바람이 불자 벚꽃이 일었다. 넷의 머리 위에도 꽃잎이 내려앉았다.

아마 잘 지내고 계실 거야. 종훈이 시선을 돌려 하늘을 쳐다보며 말했다.

꽃잎은 분분하게 낙하했다. 쓰레기를 매립해 조성한 필드 위에도 꽃잎이 흩어졌다. 연못에, 가시연에 빛처럼 쏟아졌다. 카트 길로는 수십 대의 전동 카트가 지나갔다. 라운딩을 마친 사람들은 클럽 하우스 앞에서 악수했고, 보스턴백을 든 남자들은 고양이 석상을 지나 로비로 들어갔다. 표지석을 돌아 차들이 들어오고 나갔다. 주차장에 늘어선 벚나무는 가지를 늘어뜨렸다. 검은 리무진 위로 꽃잎이 쌓였다. 허공에서 떨어지는 꽃잎은 명정처럼 차 지붕을 덮었다.

털어야겠다. 종훈이 주차장 쪽을 가리키자 셋은 말없이 고개를 끄덕였다.

안면 마스크를 한 여자들과 얼굴이 하얀 남자들이 그들 쪽으로 다가왔다.

사적 하루

온천 지구에서 비켜나 마을 쪽으로 붙어 있는 '사계절온천'은 새로 지어진 호텔이나 리조트에 비해 노후했지만 주변 지세와 어우러져 소박하고 아담한 인상을 풍겼다. 회색 벽면에 붉은 지붕을 얹은 단층 건물 주변에서는 김이 뿜어져나왔다. 고양이들은 맨홀 뚜껑 위에 앉아 피어오르는 흰 연기를 잡으려 앞발로 허공을 할퀴었다. 지하수가 흐르는 배수로 옆 콘크리트 바닥에도 몇 마리의 고양이가 자리를 잡고 누워 지열을 쬐고 있었다. 온천 입구로 걸어가던 종은이 고양이들을 향해 발을 쿵쿵 굴렀다. 갈색 얼룩 고양이가 화단으로 뛰어오르자 검은 얼룩 고양이가 등을 곧추세우고 종은을 위협했다. 종은은 뒷걸음질치면서도 고양이를 내쫓으려고 손을 휘저었다. 수연은 그만하고 가자는 듯 종은의 뒤에서 그녀의 어깨를 건드렸다. 둘은 다시 온천 입구를 향해 걸었다. 둘의 발걸음을 따라 수증기가 얼어붙은 흙바닥에서 살얼음 깨지는 소리가 났다. 수연이 먼저 회전문 안으로 들어갔다. 종은은 따라 들어가려다 말고 뒤를 돌아봤다. 고양이들이 눈치를 살피며 슬금슬금 움직이더니 처음 자리로 되돌아가 바닥에 배를 깔고 누웠다.

로비로 들어선 종은은 일부러 쾌활한 표정을 지어 보였는데 눈 밑에는 검은 그늘이 졌다. 기대에 찬 표정과 달리 수연은 등을 한껏 움츠린데다 팔짱을 낀 탓에 커다란 가슴이 팔뚝에 눌렸다.

괜찮아? 종은의 얼굴에 걱정이 스몄다.

나오니까 좋아. 수연이 대꾸했다.

아직 결혼도 하지 않은 애가 병명을 모르는 중병이라니. 수연을 바라보는 종은의 눈에 눈물이 고였다. 여기가 보기에는 이래도 물 하나는 기가 막히게 좋다고 들었어. 몇 번만 와도 병을 싹 고쳐 나간다는 거야. 지역 사람들도 다른 데 안 가고 다들 이곳으로 온대. 종은은 눈물을 보이지 않으려고 시선을 돌렸다.

누가 그러는데?

다들 그러던데.

다들?

검색해봤지. 다들 그렇다니까 너도 곧 좋아질 거야.

종은이 매표소 앞으로 다가가 감정을 애써 추스르고 직원을 쳐다봤다. 수연이 그 뒤를 따랐다.

저, 중병에 걸린 사람이 온천을 해도 되나요? 종은이 훌쩍거리며 물어보자 직원이 당황해서 미소 지었다. 종은은 제 감정을 내세우느라 직원의 표정을 보지 못했다. 둘을 지켜보고 있던 수연이 웃음을 참으며 고개를 돌렸는데 눈에는 눈물이 차올랐다. 직원이 종은의 간절한 눈빛을 보고 온천 지구 안내책자를 내밀었다.

자세한 것은 가이드북을 참조하시면 됩니다. 직원이 이해한다는 표정으로 종은을 바라봤다.

아니요, 제가 그렇다는 게 아니고요. 종은이 손바닥을 좌우로 흔들면서 수연을 바라봤다.

직원은 또다시 이해한다는 표정으로 수연의 몸을 빠르게 훑었다. 그러고는 입을 열었다.

지역의 온천 개발과 역사를 함께해온 우리 온천은 최상의 수질과 설비를 자랑합니다. 그 때문에 지역민은 물론 관광객들도 이곳 온천 지구에서 우리 온천을 가장 좋아해주십니다. 주로 몸이 아프신 분들이 치유를 목적으로 방문하고 계십니다만, 중병이라면 글쎄요, 장시간 온천은 무리가 될 수도 있겠군요. 그런 이유로 입욕 시간은 온도에 따라 다르지만, 오 분이나 십 분으로 하고, 사이사이 일정 시간 휴식하는 것이 좋습니다. 또한 온천에 들어가기 전에는 먼저 탕 물을 끼얹어 몸을 따뜻하게 해야 합니다. 머리까지 충분히 적신 후에 탕으로 들어가야 뇌빈혈 예방의 효과가 있습니다. 온천을 즐기시고 난 다음에는 노천탕에 나가 찬바람을 쐬며

반신욕을 하는 것도 추천 입욕법 중 하나입니다. 특히 지역에서 정평이 난 세신사가 고객의 위생을 관리하고 있으니 세신을 이용해보는 것도 권장할 만하고요.

아, 그렇게만 하면 중병이라도 아무 문제 없겠군요. 대단한 걸 알아냈다는 듯 종은의 표정이 밝아졌다.

그렇습니다. 온천수는 병후 회복과 피로 해소, 건강증진 등에 효험이 있다고 알려져 있습니다.

그러니까 일반적인 입욕법과 다른 점은 없는 거네요. 수연이 껴들었다.

그렇습니다. 대다수 고객이 가이드북을 보고 거기 나온 대로 따라 합니다. 그러나 가이드북은 일반적인 권고사항이라 탕 안에서 반드시, 모두가 그렇게 하는 것은 아닙니다. 그러므로 저희는 탕 안에서 일어나는 일에 대해서는 잘 알지 못합니다. 고객에게 있어 가장 내밀한 시간이기 때문에 목욕중에 일어나는 모든 일은 저희와 무관하다는 것을 알아두셨으면 합니다. 다시 말해 대중의 프라이버시를 지키는 것이 우리 온천이 가장 신경쓰는 부분이라고 할수 있습니다. 직원은 이제 그만 계산하라는 듯 손을 펼쳐 보였다.

종은이 고개를 갸웃거리고는 직원의 손바닥에 신용카드를 올려놨다. 직원이 이만사천원을 계산했다. 수연이 만이천원을 건넸는데 종은은 받으려 하지 않았다. 수연이 만이천원을 도로 지갑에 넣으며 물었다.

어쩐 일이야?

어쩐 일이긴, 내가 너보다는 형편이 좀 낫잖아.

무슨 형편이?

몸이 아프지 않은 것도 큰 형편이지.

수연이 한숨을 내쉬었다.

걱정하지 마. 너도 곧 좋아질 거야. 종은이 수연의 어깨를 건드리며 위로했다.

둘은 여탕으로 들어갔다. 입구 판매대에 앉아 있는 직원 뒤로 벽걸이형 열쇠 보관함이 있었다. 직원은 주르르 걸린 수백 개의 사물함 열쇠 중 두 개를 빼내 수연과 종은에게 건넸다. 종은이 열쇠고리에 적힌 숫자를 확인했다. 수연은 주위를 둘러봤다. 평상을 중심으로 오른편은 거울 달린 화장대가, 왼편은 로커룸이 이어졌다. 레이스 자수가 화려하게 수놓인 브래지어와 팬티를 입은 여자가 거울 앞에서 사람들의 시선을 의식하며 느리게 움직였다. 또다른 여자는 화장대에 놓인 로션을 손바닥에 덜어 허벅지에 발랐다. 헐렁한 러닝셔츠와 반바지를 입은 중년 여자는 화장대와 평상 사이 마룻바닥에서 잠을 잤다. 평상에는 노인 셋이 앉아 있었다. 노인들은 주름지고 반들반들한 얼굴을 쳐들고 벽에 걸린 TV를 바라봤다. 드라마는 막바지에 이르러 다음 편을 예고하는 중이었다.

아이고, 시간이 이렇게나 됐네. 노인 중 하나가 시계를 보고 말했다.

벌써 그렇게나 됐어? 두번째 노인도 시계를 힐끗거렸다.

참 세월이 빨라. 세번째 노인은 TV에서 시선을 떼지 않았다.

그러네. 세월이 쏜살이라더니, 드라마 보다가 한 세월이 다 지나가는 줄도 몰랐어. 첫번째 노인이 평상에서 일어나 출입구를 향해 느릿느릿 걸었다. 잘 있으시오. 나는 먼저 가오. 빠이빠이! 출입구 앞에서 첫번째 노인이 인사했다.

빠이빠이! 먼저 가시오. 두번째 노인이 TV를 보며 대꾸했다.

다시 만납시다. 빠이빠이! 세번째 노인이 말했을 때 출입구에는 아무도 없었다.

수연과 종은은 그들을 지나쳐 로커룸으로 들어갔다. 칸막이 역할을 하는 사물함이 다른 사물함과 맞닿아 끝없이 이어져 있는 듯한 로커룸은 한두 사람이 겨우 움직일 수 있을 정도로 좁았다. 고광택 시트지를 붙인 사물함이 형광등 불빛을 받아 맞은편 사물함에 되비쳤고, 그것은 맞은편 사물함도 마찬가지였다. 사물함이 반사하는 빛 때문에 통로는 병실처럼 환했다. 종은이 똑같은 형태의 사물함 사이에서 자신의 사물함을 찾아 그 앞에 섰다. 수연은 바로 옆에 있는 사물함을 열었다. 텅 빈 사물함에는 플라스틱 옷걸이 하나가 압축봉에 걸려 대롱거리고 있었다. 둘은 동시에 외투를 벗어 각자의 옷걸이에 걸었다. 탈의한 종은의 몸을 수연이 힐끔거렸다. 수연의 벗은 몸을 종은도 곁눈질했다. 상대방이 눈치채지 않게 서로의 몸을 보고 있을 때 스마트폰이 울렸다. 종은은 문자를 확인하고 답신을 보내느라 손에서 스마트폰을 놓지 않았다.

아까부터 누구야? 수연이 물었다.

누구겠어. 남편이지. 좋은이 스마트폰에 문자를 입력하며 대꾸했다.

너를 되게 사랑하나보다.

결혼 후에 이렇게 멀리까지 혼자 나온 건 처음이라, 허락을 해주고도 막상 내가 없으니까 불안한가봐.

허락을 받았어?

응. 네 얘기를 좀 했지. 그러지 않았으면 이런 여행은 꿈도 못꾸지.

아, 나도 결혼하고 싶다. 이제는 아무도 나를 찾지 않아. 수연이 장난스럽게 말했다.

결혼한 지 삼 년이 넘어가니까 조금 심심해. 아이도 가져야지.

작년에도 그렇게 말했잖아.

잘 안 생기니까 그렇지. 올해까지만 기다려보고 안 되면 시험관 아기로 전환하려고. 돈이 많이 들어서 걱정이야. 한 번 할 때마다 수백만원씩 들어간다는데 보통 한 번으로는 잘 안 되나봐. 자연적으로 애가 들어서면 돈을 버는 거지만 그게 안 되면 별수없이 돈을 써야 하는 거지.

태어나는 거나 죽는 거나 돈이 많이 드는구나.

시부모님이 기다려. 애가 생기면 잔소리도 안 하시겠지. 게다가

육아휴직도 받을 수 있어. 그러면 나도 개인적인 시간을 가질 수 있게 돼. 여러모로 다 좋아질 거야. 아무튼 빨리 임신해서 출산휴가 받는 게 요즘 우리 부부의 가장 큰 소원이야.

수연과 종은이 욕장 문을 열고 안으로 들어갔다. 탕 안에서 피어오른 증기가 그들 앞으로 훅 끼쳐 들었다. 자욱한 수증기 때문에 욕장은 희뿌옇게 보였다. 둘은 눈이 욕장에 익기를 기다리며 입구에 서 있었다. 대욕탕 두 개가 나란히 붙은 한쪽 벽면은 전체가 유리창이었고, 그 너머에 노천탕이 있었다. 노천탕을 감싸고 있는 나무숲이 유리창에 비쳐 들었다. 수면에도 나무 그림자가 어른거렸다. 천장에서 물방울이 떨어지자 수면에 작고 동그란 파문이 일었다. 수연과 종은의 정수리에도 물방울이 떨어졌다. 둘은 샤워 부스로 다가가 몸을 씻은 후 곧바로 욕탕으로 들어갔다. 물에 들어간 수연은 약간 들뜬 표정으로 수증기 낀 유리 너머를 내다봤다.

괜찮은 거야? 종은이 걱정하는 투로 물었다.

수연은 무슨 말인지 모르겠다는 듯 종은을 쳐다보면서도 습관처럼 고개를 끄덕였다. 종은도 고개를 끄덕였다. 수연이 종은의 얼굴을 물끄러미 바라보다가 갑자기 잠수했다. 탕 밖으로 물이 흘러넘쳤다. 욕탕 좌대에 둘러앉은 노인들이 물장구치는 수연을 흘겨보며 꽥, 꽥, 소리쳤다. 종은이 킥킥 웃으며 수연의 등을 건드렸다. 수면 밖으로 고개를 내민 수연이 상황을 알아채고 혀를 쏙 내밀었다. 탕 안으로 들어오려던 중년 여자가 수연에게 경고하듯 고개를 두어 번 저어 보인 후 발가락으로 수온을 확인했다. 욕탕 좌대에 누워 있던 노인이 천천히 일어나 중년 여자에게 말을 걸었다.

어서 왔어?

저요? 탕에 들어가 앉은 중년 여자가 두리번거리다 노인을 보고 대답했다. 안마을에서 왔어요.

거기, 절 있는 데?

아뇨. 유적이 있죠.

그래. 거기 황금온천 들어섰잖아.

그렇죠. 다 아시네요.

이 동네에서는 여기 물이 제일 좋아.

그렇죠. 지역민 할인도 가장 많이 되고요.

등 밀었어?

밀었죠. 이제 나가려고요. 힘들어서 더는 못 밀어요.

그러지 말고 한 두어 번만 밀어줘. 내가 아직 등을 못 밀었어.

안마을 사세요?

아니.

그런데 잘 아시네.

두어 번만 밀어.

정말 두어 번만 밀어드릴 거예요.

조금 뒤 탕에서 나온 여자가 때수건으로 노인의 등을 밀었다.

대충대충 문지르고 물을 끼얹는 여자를, 노인이 고개를 비틀어 쳐다봤다. 여자는 때수건을 노인의 손에 쥐여주고는 욕장을 빠져나갔다. 못마땅한 표정으로 여자의 뒷모습을 바라보던 노인이 시선을 돌려 수연과 종은을 쳐다봤다. 둘은 노천탕으로 나가는 것에 서둘러 합의하고는 탕에서 나왔다. 노인은 주위에 노인들밖에 없다는 것을 확인한 후 세신사를 바라봤다. 세신사는 침상에 누워 있는 여자에게 뜨거운 물을 끼얹었다. 천장을 향해 드러누운 여자의 허벅지에 세신사의 손바닥이 닿았다. 여자가 몸을 떨었다. 세신사는 여자의 몸 위로 때수건을 낀 양손을 부지런히 움직였다. 누워 있는 여자가 인상을 찡그리며 괴로워하다가 어느 순간 눈을 감아버렸다. 그러고는 세신사가 편하게 움직일 수 있도록 몸을 내맡겼다. 세신사는 비누 거품을 낸 여자의 몸을 꼼꼼하게 닦고 다시 물을 끼얹었다. 세신사가 퍽 소리 나게 등을 치자 여자가 기계처럼 일어나 제자리로 돌아갔다. 비어 있는 침상에 세신사가 물을 뿌렸다. 여자의 몸에서 떨어져나온 각질이 물에 쓸려 바닥으로 흘러내렸다. 각질과 머리카락, 물에 뜬 허연 기름때가 배수구 주위를 빙글빙글 돌다가 수로 안으로 빨려 들어갔다. 기름때가 들러붙어 더러워진 배수구와 바닥 타일에 다시 허연 각질과 머리카락이 흘러들었다.

수연과 종은은 대욕장 구석에 있는 작은 유리문을 통해 밖으로 나갔다. 나무숲이 두 개의 욕탕을 감싸고 있어 노천탕은 작은 정원 같았다. 욕탕과 나무숲 사이에는 군데군데 인조 바위가 놓여 있었고, 인조 바위 옆으로 꽃나무가 조밀하게 심겨 있었는데 꽃은 아직 피지 않았다. 부드럽게 불어오는 바람은 차가웠다. 온천수에서 피어오른 수증기가 바람을 타고 휘어지며 욕탕 주변을 떠돌았다. 지붕 달린 히노키탕에는 아이와 함께 온 여자들이, 바위로 마감한 허브탕에는 중년의 부인들이 앉아 있었다. 종은이 이쪽저쪽 번갈아 보고는 어디로 가야 할지 고민했다. 수연이 몸을 부르르 떨자 종은은 손가락으로 허브탕을 가리켰다.

저기 앉자.

둘은 돌계단 옆 바위에 몸을 기대고 앉았다. 물에서 페퍼민트 향이 났다. 조금 떨어진 곳에 앉은 중년 부인들이 둘을 흘깃거렸다. 부인들 뒤쪽으로는 인공폭포가 설치되어 있었다. 배관을 따라 올라간 물이 바위에 파인 홈을 따라 다시 아래로 떨어졌다. 수연의 가슴골에도 물살이 모였다가 밀려 나갔다. 종은은 물에 잠긴 자신의 빗장뼈를 내려다보고 등을 곧추세웠다.

그래도 친구밖에 없구나. 여행도 같이 와주고. 수연이 미소 지었다.

곧 좋아질 거야. 종은의 눈에 눈물이 어렸다.

수연은 감상에 젖은 눈으로 자신을 바라보는 종은을 보고 시무룩해져서 말했다.

어려울 수도 있대. 검사 결과를 들으러 갔는데 의사 선생님이

나를 앞에 앉히고는 눈을 똑바로 보더라. 그러면서 하는 말이⋯⋯

수연이 말을 멈추고 하늘을 바라봤다. 하늘은 증기에 가려 잘 보이지 않았다.

그러면서 뭐라는데?

사람은 누구나 죽는다는 거야.

돌팔이 아냐? 종은이 기다렸다는 듯 화를 냈다.

저명한 분이라니까 돌팔이는 아니겠지만 좀 그렇기는 했어. 진단서를 가지고 있어서 그런가, 눈빛이 여간 거만한 게 아니더라고. 아무튼 그 말을 듣는데 아무 생각도 안 들더라. 실감이 나지 않더라고. 병원비도 꽤 많이 나왔는데 좀 억울하기도 해서 용기 내 물어봤지. 그러니까 내가 죽는다는 겁니까?

그랬더니?

내가 죽는다는 게 아니라 사람은 누구나 죽는다는 거야.

의사가 무슨 말을 그렇게 해?

계속 검사를 해봐야 정확한 걸 알 수 있는데 희소병일지도 모르니까 조심하라고 했어. 아직도 해야 할 검사가 많이 남아 있나봐.

의사들은 겁을 주는 게 버릇이 됐어. 수법이 아주 전형적이라고!

알아. 하지만 겁이 나는 걸 어떻게 해.

그래도 의사라는 사람이 그렇게 말하면 안 되는 거잖아!

그래서 이번에 상조보험에 가입했어. 다달이 돈을 내면 거기서 알아서 해준대. 보험이 있어야 죽어서도 안심한다길래 가입을 하긴 했는데 증서를 받는 순간 죽는다는 게 정말 실감이 나더라. 눈물이 주룩주룩 나오는 거야. 보험증서가 내 시체 같았다고나 할까. 품에 안고 엉엉 울었다.

네가 왜 죽어?

사람은 누구나 죽는다잖아.

죽기는 누가 죽는다고 그래?

그냥 하루하루 살아갈 생각이야. 생각하면 무섭지만 생각하지 않으면 괜찮은 것도 같거든. 보험증서만 어디 안 보이는 데다 잘 숨겨놓으려고. 그게 안 보이면 사는 게 조금은 재미있을 것 같기도 해. 수연이 말하고는 헤헤 웃었다.

지금 웃음이 나오니?

그럼 울기를 바라는 거야?

둥그렇게 무리 지어 앉은 중년 부인들이 수연과 종은의 대화에 귀기울이고 있다가 자기들끼리 소곤거렸다. 이야기하는 소리가 조금씩 커지더니 나중에는 큰 소리로 바뀌었는데 주로 건강에 관한 말들이었다. 건강식과 건강보조제, 잘 먹고 잘 사는 법과 병치레 없이 잘 죽는 법 등을 말하던 부인들은 화제를 운동으로 돌렸다. 부인 중 하나가 배드민턴을 치며 알게 된 회원들과 운동 후 브런치 카페에 들러 수다를 떤다고 말했다. 다른 부인은 그렇게라도 스트레스를 풀지 않으면 집에 들어가 저녁밥을 못 짓는다며 맞장구쳤다. 또다른 부인은 아이들이 다 커서 이제는 자신을 필요로

하지 않는다고 말하고는 우울감 때문에 불면증이 생겼다고 걱정했다. 부인들은 에너지를 쓸 수 있는 무언가를 찾아야 한다고 서로에게 조언하듯 말하면서도 각자 생각에 잠겨 고개를 떨궜다. 부인 중 하나가 그런 이유로 브런치 카페에 가는 건 사치도 아니라고 경쾌하게 말했다. 나머지 부인들은 스트레스를 푸는 방법으로 수다만한 것이 없다는 데 모두 동의했다.

원래 집은 편안해야 하는데 나는 집에만 들어가면 그렇게 화가 나. 부인 중 하나가 심각한 표정을 지으며 말했다.

원래 그래. 집은 스트레스의 온상이야. 챙겨야 할 인간이 수두룩하게 모여 앉아 우리만 보고 있잖아. 다른 부인이 동의했다.

맞아. 치워야 할 건 왜 그렇게 눈에 띄는지. 확실히 집은 화가 날 일이 지천으로 깔렸어. 또다른 부인이 말했다.

다 그런 거지? 나만 그런 거 아니지? 어디다 말도 못하고 혼자 울화통이 터질 뻔했는데 다 그렇다니 마음이 놓이네. 부인 중 하나가 안도했다.

다 그래. 그러니 울화통이 터지기 전에 수다나 실컷 떨고 털어내야지 별수 있어? 참는 자에게 복이 온다니까 참으면 좋아지겠지. 다른 부인이 한숨을 내쉬었다.

그래도 이만하면 별일 없이 잘 사는 거야. 또다른 부인이 자신에게 하는 말인 양 중얼거렸다.

맞아. 별일 없이 살다 별일 없이 죽는 게 가장 행복한 거야. 다른 부인도 중얼거렸다.

맞아. 못난 놈이 잘난 체한다고. 저 혼자 잘난 체해봤자 결국은 외롭게 늙더라. 또다른 부인이 눈을 끔뻑이며 중얼거렸다.

맞아. 이 정도면 우리는 잘 살고 있는 거야. 나머지 부인들이 다 같이 말했다.

이야기를 듣고 있던 수연이 갑자기 생각났다는 듯 종은의 팔뚝을 톡톡, 건드렸다. 종은이 수연을 바라봤다.

집주인이 돈이 없나봐. 전세금을 못 주겠대.

그게 아직도 해결이 안 됐어? 종은이 놀라 물었다.

빚이 많아서 지금 당장 빼줄 돈이 없대.

너는 늘 속더라.

누가 그럴 줄 알았나. 전세금이 하도 싸서 이상하기는 했지만 이렇게 될 줄은 몰랐지. 은행에 다니는 남자가 있는데 그 사람이 좀 알아봐주기로 했어. 그 사람이 그러는데 이번에 우리집이 경매로 넘어간다더라고. 그래서 몇 번 더 만나보기로 했어. 알려준다고 했으니까 거기에 희망을 좀 걸어봐야지.

그게 누군데?

이혼남이야. 애가 하나 있다는데 나한테 잘해줘.

결혼도 안 한 애가 애 딸린 이혼남이라니?

주저앉은 코 때문에 일이 자꾸 꼬이는 것 같아. 수연이 손가락으로 콧대를 올리며 말했다. 코를 좀 높여볼까?

학교 다닐 때 네 얼굴은 이제 기억도 안 난다.

애 좀 봐라, 너도 마찬가지야.

그런 말 함부로 하지 말아라. 남편은 아무것도 몰라.

왜 모르겠어? 누가 봐도 이렇게 딱 티가 나는데.

딱 티가 나다니?

그러니까 뭐랄까, 성형한 얼굴의 전형이랄까?

애 좀 봐라, 전형으로 치면 네가 더 전형이야.

아무튼 나는 좀더 예뻐지기로 했어. 예뻐져서 그동안 못해본 거 다 해보려고. 운동도 배우고, 여행도 다니고, 닥치는 대로 연애도 할 거야. 애인이 생기면 둘이 같이 다니면서 먹고 싶은 것도 먹고, 사고 싶은 것도 사고, 하고 싶은 것도 죄다 할 거야.

그건 좀 낭만적이다. 그런데 뭐하고 싶은데?

이제 생각해봐야지. 수연이 생각에 잠겼다가 고개를 들었다. 생각났어! 해외여행!

아, 나도 가고 싶다! 그런데 어디?

글쎄, 어디로 갈까. 눈동자를 굴리던 수연이 외쳤다. 스페인!

스페인? 거긴 뭐가 좋은데?

그냥 좋잖아. 먹을 것도 많고. 수연이 해맑게 웃었다. 정열의 나라.

나는 그런 낭만을 잊은 지 너무 오래됐어.

그런 말 말아라. 나는 네가 부러워. 결혼도 못하고 자식도 못 낳고 아무것도 못하고 죽을 수도 있다고 생각하니까 사는 게 좀 무서워. 죽을 게 두려워서 요즘은 아무것도 못한다. 이러다 사는 것도 망치고 죽는 것도 망칠 것 같아. 그래서 재미있게 살자고 매일 다독이는데 주변에서 그렇게 살게 두지를 않아. 다들 나를 죽을 사람 취급한다니까.

곧 괜찮아질 거야. 종은이 수연을 다독였다.

아프다고 하니까 친구들이 연락을 끊어버리더라고. 전에는 모임 회비 내라는 연락도 자주 오더니 이제는 모임이 있어도 연락이 안 와. 그러면서도 부모상이나 조부모상 같은 부고는 꼬박꼬박 들어오더라. 모임에는 나오지 말고 부고만 챙기라는 건지. 아무래도 진짜 나를 죽을 사람이라고 생각하나봐.

그건 건강해도 마찬가지야. 재미있지가 않아.

수연의 눈에 눈물이 맺혔을 때 종은의 눈에서 눈물이 흘러내렸다. 둘은 훌쩍거리며 하늘을 올려다봤다. 허공에 뜬 뿌연 증기가 둘의 시야를 가렸다.

남편한테 전화해야 하는데, 귀찮네. 종은이 훌쩍거리다 말고 말했다.

아, 나도 누군가에게 소유당하고 싶어. 수연이 한숨을 내쉬었다.

우린 연애를 너무 오래했어. 이제는 나한테 정성을 안 들여. 정말로 오래된 부부 같다니까. 남편이 이번에 생일선물을 건너뛰더라고. 나 정말 충격받았어. 얼마나 화가 나던지 내가 막 뭐라고 하

니까 다음날 꽃다발 하나 달랑 사서 들어오더라고. 꽃으로 때려줄
까 하다가 관뒀어. 그것 때문에 말을 안 하고 있었는데 여기 오려
고 내가 먼저 말 걸었어.

생일을 그냥 넘기는 건 너무했다. 꽃다발 하나로 때우려고 하
다니.

아니 뭐, 꼭 그렇다기보다는 돈을 모으고 있긴 한가봐. 나중에
유럽 여행 데려간다고. 그거나 기대해봐야지.

하긴 선물이 마음에서 우러나와야 하는 건데 결혼하면 그게 잘
안 되나봐.

꼭 그런 건 아니고 평소에도 선물을 주기는 해. 그래도 특별한
날은 기억에 남잖아.

무슨 선물을 받았는데?

좋은이 인상을 찌푸리고는 수연을 바라보다 천천히 대답했다.

얼마 전에 너 아프다는 얘기 듣고 나도 건강에 신경 좀 써야겠
더라고. 그래서 남편한테 말했더니 요가 프로그램 끊어줬어. 운동
해서 건강하게 살아야지.

이번에는 수연이 침울한 얼굴로 다른 데를 쳐다봤다.

여자아이 둘이 욕탕 주위를 빙글빙글 돌았다. 그러다 한 아이
가 뛰기 시작했는데, 그것을 본 다른 아이도 같이 뛰었다. 수증기
를 헤치고 나온 아이가 탕으로 뛰어들었다. 다른 아이도 풍덩거리
며 물속으로 뛰어들었다. 잔잔하던 허브탕에 물결이 일었다. 수연

과 종은의 얼굴에도 물이 튀었다. 신이 나서 까르르 웃던 아이들이 수연과 종은을 힐끗 보고는 다시 물장구를 쳤다. 중년 부인들이 짜증스럽다는 얼굴로 아이들을 바라봤다. 엄마 옆에서 놀아라. 부인 중 하나가 부드러운 목소리로 말했다. 엄마 없어요! 한 아이가 되받아치자 다른 아이가 킥킥댔다. 엄마가 없다니? 그게 무슨 말이야? 또다른 부인이 화를 냈다. 아이들은 대꾸하는 대신 깔깔거리며 탕 밖으로 뛰어나갔다. 중년 부인들이 아이들을 바라봤다. 수연과 종은도 아이들이 뛰어간 쪽을 바라봤다.

히노키탕에는 여섯 개의 수중 안마기가 설치되어 있었고, 여자 셋과 아이 하나가 마주보고 앉아 있었다. 그중 한 여자가 뛰는 아이들을 향해 그만 뛰라고 소리쳤다. 다른 아이가 시무룩해져서 탕 안으로 들어갔다. 한 아이는 탕 주위를 맴돌며 소리 내 웃었다.

춥지도 않은가봐. 꽈배기 모양으로 머리를 올려 묶은 여자가 뛰고 있는 아이를 바라봤다.

우리 애가 확실히 달라졌어. 비실비실했잖아. 물결 모양의 머리를 한 여자가 뛰고 있는 아이를 보고 말했다.

그랬나?

그랬지. 실은 몸에 좋다는 걸 어렵게 구해서 먹였잖아.

뭘 먹였는데? 꽈배기 머리가 관심을 보였다.

비밀이야.

같이 좀 알자.

물결 머리가 주저하다가 은밀한 목소리로 말했다.

이건 정말 비밀인데 목욕도 함께하는 사이니까 내가 특별히 알려주는 거야.

꽈배기 머리가 흥미진진한 눈으로 물결 머리를 바라봤다. 옆에 있던 단발머리 여자도 물결 머리 옆으로 바짝 붙어 앉았다. 물결 머리가 입을 열었다.

요즘은 물범 한 마리 잡아 먹이지 않으면 애한테 죄짓는 거라는 말도 있어.

물범? 꽈배기 머리가 소리쳤다.

가격은 꽤 비싸도 효능이 좋아.

우리가 물범 살 돈이 어디 있어. 단발머리가 말했다.

그러니까 죄짓지 않으려면 부업이라도 해야지. 좋다는 건 다 해봐야 나중에 후회도 덜 할 것 아냐.

물결 머리가 계속 뛰는 아이를 향해 그만 뛰라고 소리쳤다. 꽈배기 머리와 단발머리가 손바닥으로 얼굴을 쓸어내리고는 자신의 아이를 물끄러미 바라봤다.

우리 애는 얼마 전에 마인드 케어 받았어. 꽈배기 머리가 불쑥 말했다. 그간 아이에 대해 모르는 게 너무 많았더라고. 아이한테도 그렇지만 부모한테도 좋은 것 같아.

물결 머리와 단발머리가 다음 말이 이어지기를 기다리며 꽈배기 머리를 바라봤다. 꽈배기 머리가 입을 열었다.

케어 선생님이 지금까지 기억 중에 가장 좋았던 게 뭔지 애한테 써보라고 시켰나봐. 난 우리 애가 우리랑 다녔던 여행지에 관해 썼을 거라고 기대했거든. 왜, 방학이면 태국이고 일본이고 데리고 다녔잖아. 그런데 아니었어. 자기를 괴롭히는 애랑 말다툼해서 이긴 걸 적어놨더라고. 우리가 생각하는 거랑 너무 달라서 깜짝 놀랐어.

맞아. 애들은 우리 예상을 항상 비껴가. 단발머리가 수긍했다.

맞아. 아이 키우기가 여간 어려운 게 아니야. 물결 머리가 고개를 숙였다.

처음 키우는 건데 모두 마찬가지지. 그래도 상담받고 처방대로 했더니 애가 밥도 잘 먹고 말도 잘 들어. 좀 차분해진 것도 같고. 게다가 몰랐던 재능도 하나 알게 됐잖아.

그게 뭔데? 물결 머리와 단발머리가 동시에 물었다.

케어 선생님이 집중력 발달에 도움이 된다며 피아노를 가르쳐보라고 하길래 가르쳤는데, 음악 선생이 글쎄, 우리 애가 음악 신동이라는 거야. 꽈배기 머리가 웃었다.

우리 애도 얼마 전에 스케이트 배웠는데 스케이트 선생이 우리 애가 스케이트 신동이라고 했어. 물결 머리가 웃었다.

이거, 사건인데. 애가 셋 있는데 셋 다 신동이야? 사실 우리 애도 미술 신동이잖아. 단발머리가 웃었다.

뛰던 아이가 계속 뛰었다. 한데 뭉쳐 떠다니던 증기가 아이의 움직임에 따라 흩어졌다가 다시 모여들었다. 물결 머리는 아이를 탕 안으로 끌어들이고는 자기 앞에 앉혔다. 지붕에 걸린 조명등에 불이 켜지고 등불 주변으로 빛무리가 졌다. 탁하고 누런 불빛이 아래로 쏟아졌다. 그들의 얼굴에도 갈색 그림자가 졌다. 한 아이가 지루해하며 탕에 설치된 붉은 버튼을 눌렀다. 욕탕 안에 공기 방울이 일었다. 거품이 수면에서 터지며 잔 물방울을 일으켰다. 아이들이 소리에 놀라 깔깔거렸는데 그림자 때문에 얼굴은 보이지 않았다.

나도 이번에 기억할 만한 사건이 생겼다. 수연이 좋은의 어깨를 건드렸다.

뭔데? 좋은이 수연을 바라봤다.

며칠 전에 경찰서에 다녀왔어.

참 별일이 다 생기네.

예전에 만났던 남자가 나를 찾아왔더라고. 카페에서 이야기하는데 뭔가가 좀 이상했거든. 나사가 하나 빠진 느낌이랄까? 그 남자가 하는 말을 하나도 알아듣지 못하겠는 거야. 그래서 화장실에 가는 척하고 그 남자의 친구한테 전화를 걸어봤지. 정말 놀라운 얘기를 해주더라. 그 남자가 그새 결혼을 했는데 와이프가 그 남자를 정신이상으로 병원에 감금시켰다는 거야. 그런데 그 남자가 탈출을 감행해서 병원을 발칵 뒤집어놓았다지 뭐야. 그러면서 나한테 도망 못 가게 꼭 붙들고 있으라는데 정말 난감했어.

요즘 가게는 잘 되는 거야?

학생들 상대로 액세서리 파는 게 뭐 그렇지. 그래도 요즘은 액세서리 만드는 재미에 푹 빠졌어.

하고 싶은 거 하고 사니까 좋겠다.

그래서 말이야. 수연이 좋은을 힐끗 보고는 말을 이었다. 내가 커피도 사주고 밥도 사주면서 좀 데리고 있었더니 경찰이랑 그 남자 와이프가 진짜로 들어오더라고. 그 남자가 얼마나 무섭게 말을 하는지, 정말 얻어맞지 않은 게 다행이었어. 경찰서에 여덟 시간이나 붙잡혀 있다가 나왔잖아. 그런데 그게 참 묘하더라. 겁이 나면서도 은근히 재미있더라고. 살아 있으니까 이런 일도 다 겪는구나 싶으면서 시간이 지날수록 그날의 사건이 점점 더 재미있게 느껴지는 거야. 희한하지? 왜 그런지는 몰라도 기념해야겠다 싶었는데 어떻게 기념해야 하는지 그걸 또 모르겠더라고. 그래서 그냥 나를 위한 선물을 하나 샀어. 수연의 볼이 발그레하게 빛났다.

병원비 때문에 돈도 없는 애가?

그러니까 육 개월 할부로 샀지.

그게 이자가 얼만데?

이자는 조금 비싸지만 한 번에 내는 것보다야 낫잖아. 죽기 전에 효도하려면 우리 엄마도 하나 사드려야 할 텐데.

어머니도 너 때문에 힘드시겠네.

엄마 때문에 내가 힘들지. 내가 아픈 뒤로 엄마는 교회에 나가

기도하느라 밤이 늦도록 돌아오지를 않아. 덕분에 집안이 엉망이 됐어. 퇴근하면 아무것도 하기 싫어서 요즘은 라면만 먹는다. 그래도 라면 끓이는 실력이 제법 늘었어. 이것저것 넣어보면서 다른 맛을 찾아보려고 애쓰는데 그것도 재미있더라. 집에 가면 다양한 방법으로 라면을 끓여보는 게 일상이 됐어. 수연이 말하고는 종은의 어깨를 쳤다. 그런데 아까부터 무슨 생각을 그렇게 하는 거야?

아무래도 신경 쓰여 안 되겠어. 남편한테 전화 좀 하고 올게.

아까 문자했잖아?

실은 남편이 화가 많이 났어. 집에 들어오지 말라는데 어떻게 해, 달래줘야지.

탕에서 벌떡 일어서는 종은의 몸에서 물방울이 튀었다. 수연이 종은을 바라봤다. 종은이 수연의 시선을 모른 체하고 탕 밖으로 나갔다. 동시에 세신사가 노천탕으로 걸어나왔다. 백이십삼번! 세신사가 출입문 앞에 서서 큰 소리로 외쳤다. 물결 머리가 제 아이를 데리고 세신사를 따라 욕장으로 들어갔다. 종은이 그 뒤를 쫓아 안으로 들어갔다. 갑자기 할일이 없어진 수연은 출입문 쪽에 시선을 둔 채 멀뚱거리다가 고개를 숙였다.

햇빛이 수면에 촘촘히 박혀 들어 얇고 부드러운 그림자를 만들었다. 그림자는 수면 아래서 굴절돼 빛살처럼 퍼져나갔다. 물결무늬 그림자를 바라보던 수연은 허공으로 시선을 돌렸다. 수면 위에서 사선으로 기울어진 빛줄기가 다양한 색과 형태로 쪼개졌다. 빛

줄기는 수증기를 통과해 나무숲으로 이어져 있었다. 바람이 일정하지 않은 리듬으로 나뭇가지를 흔들었다. 수연이 바람 소리에 맞춰 물에 잠긴 발목을 까딱까딱 움직이기 시작했을 때 중년 부인들의 목소리가 커졌다.

우리집 위층에 사는 사람들은 좀 시끄러워. 시도 때도 없이 쿵쿵거리는데다 얼마 전부터는 개까지 짖어. 부인 중 하나가 토로하자 다른 부인들이 말을 이었다. 우리는 아래층에 누가 사는지 밤낮 가리지 않고 피아노를 쳐. 엘리베이터에 경고문이 나붙었는데도 아무 소용이 없더라고. 게다가 우리 옆집은 복도가 쓰레기통이라고 생각하나봐. 쓰레기를 복도에 내놔. 뭐라고 좀 하려고 관리실에 갔더니 관리소장이 나를 보고 마침 잘 오셨다는 거야. 우리집으로 항의가 들어왔대. 애들 뛰어놀지 못하게 하라는데 남편이 그런다고 말하기가 부끄러워서 그냥 알았다고 하고 돌아왔어. 우리집도 마찬가지야. 카펫을 깔든지 슬리퍼라도 신겨야지 창피해서 안 되겠어. 제각각 이야기하는 부인들의 목소리가 하나의 목소리처럼 이어졌다. 부인들의 목소리에 젊은 여자들의 목소리가 겹쳐졌다. 요즘 분열증이나 망상증에 걸린 사람들이 꽤 많아. 겉은 멀쩡해 보여도 집에서는 무슨 짓을 하는지 알 수가 없으니까 무섭지. 사회 안전을 위해서라도 그런 사람들은 병원에 보내야 해. 내가 아는 사람은 이런 거 저런 거 죄다 싫다고 제주도로 갔어. 남편이 강박증 걸린 사람처럼 자꾸 진심이 뭐냐고 물어서 이혼했다는 거야. 결혼 전에 사진을 찍었다는데 그 일을 다시 시작했대. 진심을 말하면 되지, 왜 이혼을 하고 그럴까? 게다가 제주도도 사람 사는 곳인데 거기 가서 사진을 찍으면 뭐하겠어? 혼자 외롭게 살겠지. 젊은 여자들의 목소리가 잦아들자 다시 중년 부인들의 목소리가 이어졌다. 모두 누군가를 걱정했고 그런 다음 불평을 늘어놓았다. 그러고는 이해하는 체했다.

수연이 물속에 잠겨 있는 발을 움직여 물장구를 쳤다. 수연의 발끝에서 물이 사방으로 튀었다. 부인들은 수연을 일부러 빤히 쳐다봤다. 히노키탕에 유령처럼 앉아 있는 아이들도 수연 쪽으로 고개를 돌렸다.

종은은 벽에 걸린 시계를 힐끗 보고는 서둘러 욕장 밖으로 나갔다. 직원이 판매대에 앉아 꾸벅꾸벅 졸고 있었다. 평상 아래 마룻바닥에서 중년 여자가 잠을 잤고, 평상에 앉은 노인 둘은 입을 벌린 채 드라마를 시청했다. 종은이 종종걸음으로 그들을 지나쳐 로커룸으로 들어갔다. 종은은 똑같은 형태의 사물함 사이에서 자신의 사물함을 겨우 찾아내 외투 주머니에 있는 스마트폰을 꺼냈다. 부재중전화는 없었다. 종은이 스마트폰을 들여다보다가 통화 버튼을 눌렀다. 남편과 통화하는 종은의 목소리는 나긋했지만, 수연에 관한 이야기를 할 때는 목소리가 커졌다. 내용도 약간 부풀렸다. 그러다가 갑자기 소리쳤다. 그럼 라면을 끓여먹어! 종은이 전화를 콱 끊고는 스마트폰을 사물함에 내던졌다. 몸이 아픈 애도 저렇게 재미있다고 잘 사는데! 화가 난 종은이 말하고는 자신이 내뱉은 말에 놀라 주위를 살폈다. 종은에게 관심을 두는 사람은 없었다. 뽀로통해진 종은이 왔던 길을 되돌아 다시 욕장 안으로 들어갔다.

물결 머리가 아이를 달래고 있었다. 아이가 울음을 터뜨리자 주위에 있던 사람들이 인상을 찌푸렸다. 때를 밀어야 깨끗한 어린이가 된단다. 노인 중 하나가 말했다. 샤워기 아래서 비누 거품을 내던 중년 부인은 아이를 향해 엄한 표정을 지어 보였다. 아이는 울면서도, 울어야 할지 말아야 할지 모르겠다는 얼굴로 물결 머리의 표정을 살폈다. 울음이 잦아들자 세신사가 아이를 번쩍 들어 침상 위에 눕혔다. 아이가 놀라 버둥거렸다. 세신사는 아이의 몸에 물을 끼얹은 후 때수건을 낀 양손을 민첩하게 놀렸다. 아이는 몸을 뒤틀며 악을 쓰다 팔을 축 늘어뜨렸다. 물결 머리가 한숨을 내쉬었다. 아이의 복부에 가벼운 경련이 일었다.

어서 왔어? 욕탕 좌대에 누워 있던 노인이 몸을 일으키며 종은에게 물었다.

여행 왔어요. 종은이 머뭇거리다가 대꾸했다.

아이고. 그럼 힘도 좋겠구먼. 나 여기 등 좀 밀어줘. 노인이 씨익 웃었는데 앞니가 하나도 없었다.

전 일행이 있는데요.

내가 힘이 없어서 그래.

아까도 밀었잖아요?

예끼! 그게 아흔 먹은 늙은이 앞에서 할 소리야?

네?

복 받을 거야.

복이라고요?

두어 번만 밀어.

종은은 쭈뼛거리다 노인이 내민 때수건을 받아들었다. 노인이 등을 내보였다.

궁둥이도 좀 밀어. 관절염 때문에 오 일에 한 번 오는데 요즘 관절염이 도져서 통 오지를 못했어. 근처 살아?

여행 왔다고 아까 얘기했잖아요.

젊을 때부터 건강을 챙겨야 해. 나는 매일 먹는 약이 스무 알은 돼. 우리 손주가 약을 많이 보내줘. 요즘은 무슨 약이 좋아?

글쎄요. 종은은 잠시 고민하다 말을 이었다. 저는 한약 먹어요. 임신에 좋대요.

안 들려. 크게 말해! 귀가 먹었어. 노인이 손가락으로 자신의 귀를 가리켰다. 귀먹으니까 할아범이 딴살림 차렸다가 들어왔어. 나를 간호해준다는 거야. 요새는 잘해. 애는 있어?

아직 없어요.

뭐하느라 결혼을 안 했어?

결혼은 했는데 애가 아직 없다고요.

종은이 큰 소리로 말하고는 노인의 등에 물을 끼얹었다. 앙상하게 굽은 등이 벌겋게 부풀었는데 밀려 나온 때는 없었다. 종은이 노인의 손바닥에 때수건을 올려놨다.

수건이 여기 있었는데 없어졌네. 노인의 시선이 종은의 손에 가 닿았다가 주위에 있는 노인들에게로 옮겨갔다.

거기 있잖아! 옆에 있던 노인이 턱짓으로 노인의 엉덩이를 가리켰다.

어디?

똥구녕에! 이번에는 다른 노인이 외쳤다.

아이고, 깔고 앉았었네.

노인들이 키득거리자 여기저기서 붉게 부푼 등이 들썩거렸다. 수건을 찾은 노인은 어색하게 미소 지었는데 주름진 입술이 목구멍 안으로 말려 들어가는 것 같았다. 종은은 노인의 입술과 노인이 깔고 앉은 수건을 번갈아 보다가 몸서리를 쳤다. 욕장 문이 열렸다. 찬바람이 훅 끼쳐왔다. 증기가 바닥으로 가라앉자 구부리고 앉은 사람들의 알몸이 조금 더 선명하게 드러났다. 사람들은 고개를 홱 꺾어 입구에 서 있는 외국인을 주시했다. 여행자로 보이는 외국인 둘이 수건으로 몸을 가리고 욕장 안을 찬찬히 둘러봤다. 물이 차가워졌어! 누군가 외쳤다. 낭패로군. 관리가 엉망이야! 사람들이 제각각 투덜거렸다. 외국인 둘은 어리둥절해져서 구석에 있는 샤워 부스로 걸어갔다. 샤워 부스에서 몸을 씻던 여자가 목욕 의자가 있는 거울 앞으로 자리를 옮겼다. 여자는 거울에 비친 외국인을 힐끔거렸다. 나란히 이어진 거울은 옆에 있는 사람들과 반대편에 있는 사람들을 비추었다. 뒤편에 있는 거울이 다른 거울을 되비쳤고, 다른 거울 안에서 비슷비슷한 알몸이 끝없이 늘어났다. 끝없이 늘어난 몸은 또다른 거울에 비쳐 더해지고 보태져서 모두 다 같은 소리를 냈다. 소리는 수증기에 실려 한 방향으로 휩쓸리다가 거울이나 벽면, 유리창에 부딪혀서 천장 아래 고였다. 하나로 고인 커다란 소리는 익숙해서 편안한 소음처럼 욕장 안에 고루 퍼졌다.

종은은 젖은 발바닥을 찰박거리며 노천탕으로 뛰어갔다. 히노키탕에는 여자 둘과 아이 둘이 우두커니 앉아 있었고 허브탕은 비어 있었다. 비어 있는 탕 안에서 불쑥, 물살을 가르는 희고 긴 팔이 드러났다. 날렵한 손바닥이 물을 끌어당기자 몸 주위에 크고 작은 물결이 일었다. 사방으로 물방울이 튀었다. 손가락 끝에 매달려 있던 물방울은 허공에서 잘게 부서졌다. 수연이 헤엄치고 있었다. 물결은 흰 거품을 내며 수연의 몸 뒤에서 사라졌다. 둥근 엉덩이에서 허벅지, 물을 내리치는 발끝에도 석양빛이 부서졌다. 빛을 받은 수연의 몸은 비늘처럼 반짝였다. 수면 위에서 펼쳐지거나 오므라드는 머리카락은 촉수를 내뻗는 해파리 같았다. 욕탕 끝에 다다른 수연이 발가락에 힘을 모아 벽을 찼다. 수연이 잠영했다. 수면 아래서 수연의 몸은 물고기처럼 부드럽게 움직였다. 구름 사이에서 쏟아진 붉은 빛이 수연과 함께 이동했다.

종은이 그 모습을 바라보고 있을 때 수연이 물 밖으로 얼굴을 내밀었다. 태양빛을 받은 수연의 얼굴은 눈부셨다. 둘의 시선이 마주쳤다. 종은을 본 수연의 낯빛이 느닷없이 바뀌었다. 얼굴은 노인처럼 주름졌고, 비틀린 목에도 주름이 잔뜩 졌다. 탄력을 잃은 볼은 움푹 파였다. 입술은 검었고 눈두덩은 우묵했다. 그 안에 탁한 눈동자가 박혀 있었다. 종은은 우두커니 서서 유리 너머에 있는 대욕장을 바라봤다. 유리에 비친 자신의 모습도 바라봤다. 수연이 손짓하며 탕으로 들어오라고 외치고 있었다. 종은은 어정쩡하게 서 있다가 수연에게 다가갔다.

남편이 뭐래? 수연의 어깨에서 김이 피어올랐다.

잘 놀다 오래. 종은이 건성으로 대꾸했다.

그런데 왜 이렇게 늦었어?

아까 그 할머니 등 밀어줬어. 종은은 유리창 너머 대욕장에서 시선을 떼지 않았다.

그 할머니, 좀전에도 밀었잖아.

등을 내미는데 하는 수 없었지. 연세가 아흔인데 몸이 아파서 몇 주 동안 못 왔대.

때가 많았겠는데?

아니, 때는 전혀 없었어.

때도 없는데 왜 자꾸 때를 밀어?

때보다는 때를 미는 데 관심이 있는 것 같았어.

웃기는 할머니네.

수영은 언제 배웠어? 종은이 손가락을 물에 넣고 천천히 휘저었다.

보험증서 받고서. 아직 잘 못하는데 물에 들어가면 재미있어.

수영할 때 예쁘더라.

코가 높지 않아도? 수연이 손가락으로 자신의 코를 잡고 비틀었다.

응.

다른 데로 가볼래?

종은은 고개를 끄덕이면서도 몸을 움직이지는 않았다.

나 이곳에 와본 적이 있었던 것 같아. 종은이 몽롱한 눈으로 수면에서 피어나는 증기를 바라봤다. 그래도 말이야, 난 정말 고양이가 싫어. 특히 눈이 무서워. 눈동자는 동그래야지, 세로로 길쭉하면 안 되는 거잖아. 종은이 나른한 목소리로 말하고는 눈을 감았다.

종은의 입에서 허연 김이 빠져나왔고, 바위에 걸쳐놓은 한쪽 팔이 스르르 미끄러져 물에 잠겼다.

나는 있잖아. 어떻게 살아야 하는 건지 누가 좀 가르쳐주면 좋겠어. 다들 나를 죽을 사람처럼 대하니까 정말 죽은 사람 같다고나 할까. 수연이 허공에 시선을 두고 말했다. 사람은 누구나 죽는

다지만 나는 아직 죽은 게 아니잖아. 수연이 훌쩍훌쩍 울었다. 자는 거야?

수연이 물었지만 종은은 죽은 사람처럼 아무 대답도 하지 않았다. 수연은 퀭한 눈으로 자신의 몸에서 피어오른 수증기가 허공으로 사라지는 것을 지켜보다가 물속으로 미끄러져 들어갔다. 날은 조금 더 어두워졌고, 바람은 차고 부드러웠다.

한밤의 손님들

나는 아직까지 그들에게 잘못한 게 없었으므로 겁내지 않기로 하고 길을 걸었다. 그러자 길은 전에 없이 느리게 이어졌고, 사위는 빠르게 어두워졌다. 길을 따라 걷던 나는 사거리를 앞에 두고 멈춰 서야 했는데 어둠 속에 껴든 너무 환한 빛을 보았기 때문이었다. 처음에 하얀 빛은 안개처럼 피어오르더니 나중에는 연기처럼 일렁였다. 그러나 사거리에 다다랐을 때 나는 그것이 안개도 연기도 아니라는 것을 알게 되었다. 환영도 아니었다. 사거리 식당에서 발한 불빛이 거리의 어둠 속으로 쏟아져나온 것이었다. 나는 어둠에 불빛이 껴든 것인지, 불빛에 어둠이 껴든 것인지에 관해 생각해보다가 그만두었다. 분명한 건 어둠 속에 환한 빛이 섞여들었고, 그 때문에 밤거리가 대낮처럼 밝아졌으며, 그것은 오늘

만의 일이 아니라는 것이었다.

그때 검은 그림자가 내 앞으로 길게 늘어지는 게 보였다. 그림자를 따라 시선을 옮겼을 때 커다란 개를 데리고 있는 사내의 모습을 볼 수 있었다. 목줄에 매여 있는 검은 개는 식당 불빛을 받아 하얗게 빛났다. 사내는 목줄을 잡아채며 앞으로 나아가려 했지만 개는 사내가 이끄는 방향으로 가지 않았다. 검은 개가 식당 앞에 멈춰 서서 으르렁거렸다. 사내가 목줄을 팽팽하게 당기자 검은 개는 앞발에 힘을 주고 식당 불빛을 향해 맹렬하게 짖어댔다. 사내가 한번 더 목줄을 잡아챘다. 검은 개가 꼬리를 늘어뜨리고 사내의 뒤를 쫓았다. 나는 개를 데리고 있는 사내가 거리의 어둠 속으로 들어가기를 기다렸다가 조금 전까지 사내와 개가 서 있던 곳으로 다가갔다. 조명등에 휩싸인 식당은 허공을 향해 밝은 빛을 내뿜고 있었다. 너무 환한 빛 때문에 건물의 외관은 잘 보이지 않았다. 나는 건물 앞으로 다가가 천천히 출입문을 열었다. 동시에 누군가 내 몸을 확 잡아채는 것 같았고, 어딘가로 쑥 빨려 들어가는 기분이 들었다. 몸에 힘을 주고 버텨보려고 했지만 정신을 차렸을 때는 이미 식당 안이었다.

창가에 오리와 돼지—엄마는 늘 꽥꽥댔고 동생은 늘 꿀꿀댔으므로 어쩐지 그렇게 부르고 싶어졌다—가 앉아 있었다. 나는 순간 자리를 피하고 싶은 생각이 들어 몸을 배배 꼬았는데 오리가 내게 손짓하는 바람에 하는 수 없이 창가로 다가갔다.

너는 매번 늦는구나. 돼지가 살짝 그러모은 손끝으로 테이블을 톡톡 쳤다.

나는 고개를 숙이고 생각하는 체했으나 생각은 하지 않았고 시간이 흐르기를 기다렸다. 그러나 내가 먼저 고개를 숙였다는 것을 깨닫고는 천천히 고개를 들었다. 돼지는 여전히 내 대답—혹은 사과—을 기다렸고, 오리는 돼지에게 눈으로 뭔가를 지시했다. 나와 눈이 마주치자 오리는 잘못하다 들킨 것처럼 멋쩍게 미소 짓더니 입을 열었다.

얘야, 언니가 늦은 게 아니란다. 우리가 일찍 왔잖니? 날도 더운데 쓸데없이 화를 돋울 필요는 없단다. 오리가 손목에 찬 시계를 내려다봤다. 긴바늘이 숫자 6을 가리키고 있었다. 그렇더라도 우리가 함께 이곳에 들어왔다면 모양새가 매우 좋았을 거다. 오리가 메뉴판을 내 쪽으로 밀어놓고는 억지로 웃었다.

나는 메뉴판을 보느라 다시 고개를 숙였는데 고개를 숙인 채 생각해보니 웃음이 나와 코웃음을 쳤다. 웃음소리는 내가 듣기에도 건방져서 대단히 흡족했다. 그러나 돼지는 나와 생각이 달랐는지 갑자기 콧김을 뿜어내며 씩씩대기 시작했다. 그 때문에 테이블 위로 콧물이 튀었다. 깜짝 놀란 오리가 양손을 휘저으며 퍼덕대다 손을 높이 들어 종업원을 불렀다.

여기 좀 닦아주세요.

오리에게 다가온 종업원이 콧물이 튄 테이블을 멀뚱멀뚱 바라보다가 고개를 가로저었다.

행주가 있습니다만, 손님의 테이블을 닦는 위생적인 행주로 손님의 콧물을 닦아내면 콧물 묻은 행주가 다시 손님의 테이블을 닦게 되는데 괜찮으신지요?

어머, 그럼 티슈를 가져다주세요. 돼지가 손바닥을 활짝 펼쳐 종업원에게 내보였다. 분홍색으로 칠한 손톱이 젤리 같았다. 돼지 발에 젤리라니.

별꼴이군. 나는 그 광경이 우스워서 말했다.

그런 너는 별꼴이 반쪽이군. 돼지가 빠르게 맞받아치고는 나를 째려봤다.

나는 무엇이 별꼴이고, 따라서 그것의 반쪽이 어떤 건지 궁금했지만 잠자코 있기로 했다. 내가 캐묻더라도 돼지는 왜 그런지 알려줄 수 없을 뿐 아니라 자기가 무슨 말을 했는지 기억도 못 할 거였다. 다만 돼지의 불손한 태도에 기분이 상해 좀 억울하다는 생각이 들었다. 그래서 오만 가지 인상을 쓰려고 노력했는데 아무도 알아주지 않았다.

돼지가 내 앞에 있던 메뉴판을 낚아채 갔다. 나는 주위를 둘러봤다. 식당 벽면에는 유리 액자가 걸려 있었고 그 안에는 유화물감을 여러 번 덧칠해 그린 미술작품—캔버스에 프린트한 포스터—이 들어 있었다. 돼지가 음식을 고르는 동안 그림이나 감상하는 편이 감정 조절에 도움이 될 것 같아서 나는 그렇게 했다. 그림의 구도는 단순했다. 도시의 밤거리와 유리창으로 둘러싸인 간이식당이 사선으로 나뉘어 있었다. 유리창 너머로 식당 내부가 보였다. 몇 명의 손님이 스탠드에 앉아 술이나 음료를 마시는 중이었다. 머리색이 붉은 여자는 무료한 표정으로 자신의 손톱을 들여다보고 있었다. 그녀 옆에 앉은 신사는 이마까지 내려오는 중절모를 쓰고 있었기 때문에 얼굴의 반이 그림자에 잠겼다. 둘은 연인이나 부부 같아 보였지만 실제로는 모르는 사이일지도 몰랐다. 조명이 닿지 않는 식당 한쪽은 어두웠다. 그곳에는 남자 하나가 등을 보인 채 앉아 있었다. 몸이 틀어진 각도로 볼 때 남자의 시선은 중절모를 쓴 신사와 붉은 머리 여자에게 향해 있는 것 같았다.

캔버스 아래쪽에는 도시의 밤거리가 비스듬히 놓여 있었는데 식당 내부에서 발한 조명이 거리로 쏟아져나와 빛과 어둠의 경계는 모호했다. 거리에는 두 사내—한 사내는 재킷을 입었고, 다른 사내는 장갑을 꼈다—가 어둠에 묻혀 있었다. 나는 그 주변 어딘가에 작가가 숨어 있을 거라고 생각해 거리에 눈길을 주었지만 어둠 속에서 작가를 찾지는 못했다.

애야, 엄마가 병원에 가야 하는데 병원비가 들어오지 않았더구나. 그래서 일영에게 연락을 넣어봤다. 일영이 백팔십만원을 보내준다고 했는데 아직 소식이 없구나. 그런 적이 없었는데 말이다. 어서 주길 바란다. 오리는 걱정스러운 눈으로 천장 어딘가를 바라봤다.

나는 그 모습에 별다른 느낌이 들지 않았을뿐더러 이야기의 내용도 그리 놀랄 만한 것이 아니어서 다시 유리 액자를 올려다봤다. 그러자 그림이 조금 변했다는 생각이 들었는데 실제로 그림이 변했는지, 그림을 보는 내가 변했는지, 둘 다인지, 둘 다 아닌지는 확실하지 않았다. 다만 그림을 보는 동안 생각에 생각이 더해지고 새로운 생각이 덧붙여져서 어디까지가 그림이고 어디부터가 생각인지 알 수 없었다. 그런 생각은 어딘가에서 끊어지거나 어딘가에서 다시 이어지기도 했다. 아무튼 그림이 조금씩 움직이기 시작하더니 도시의 밤거리에서 남자 하나가 모습을 드러냈다. 남색 점퍼 밖으로 길게 빼낸 체크무늬 셔츠가 언뜻 보면 빈티지해 보였는데 자세히 보니 허름한 것도 같았다. 남자는 일영을 닮았지만 일영은 아니었다. 남자가 휴대폰을 만지작거렸다. 조금 전 통화를 끝낸 그는 다시 통화 버튼을 눌렀다. 남자의 목소리는 아이를 어르는 듯 자상했다. 그러나 남자가 하는 말로 볼 때 휴대폰 저편의 상대는 아이가 아니었다. 여자였다. 남자는 붉은 건물 앞에 다다라서 전화를 끊었다. 식당을 등지고 남자가 마주하고 있는 오층 건물에는 집마다 같은 창문이 달려 있었다. 그의 집은 삼층 왼쪽 끝이었다. 남자가 건물 안으로 들어섰다. 어두운 조명이 남자의 이마를 비추자 그의 몸에서 흘러나온 긴 그림자가 복도 바닥에 늘어졌다. 그림자는 폭이 좁은 계단을 미끄러지듯 올라갔다. 남자가 현관문을 열었다. 집안에 고여 있던 어둠이 복도 밖으로 새어나왔다. 검은 그림자가 다시 남자의 몸을 움켜 집안으로 흘러들어갔다. 집에는 아무도 없었다. 남자는 곧바로 침실로 들어가 실내등 하나를 켜고, 그 아래서 옷을 갈아입으며 동시에 침대에 널려 있는 아내의 실내복을 바라봤다. 남자가 한숨을 내쉬며 손바닥으로 머리카락을 쓸어내렸다. 머리에 난 오래된 상처 하나가 머리카락의 방향에 따라 보이다 말다 했다. 한참 뒤에 귀가한 아내는 회식을 핑계 댔다. 남자는 아내의 뒷모습을 찬찬히 뜯어보다가 불쑥 말했다.

돈을 달라고 해서.

욕실로 들어가려던 아내가 뒤를 돌아봤다.

무슨 이유래?

이유야 늘 다양하시잖아.

그래서 준다고 했어?

시달리지 않으려면 그래야지.

매번 왜 그래?

나도 모르지. 당신 어머니인데 내가 어떻게 알겠어?

아니, 당신 말이야.

그야 당신을 낳아준 어머니잖아. 당신을 사랑하니까 그게 당연한 거지.

그들이 서로를 물끄러미 바라보고 있을 때 내 눈앞에서 뭔가가 움직였다. 프랜차이즈 모던 다이닝 바에 웬 곤충이 날아다니나 싶어 주의를 기울였더니 오리가 내 코앞까지 얼굴을 들이밀고는 속

눈썹을 파닥파닥 움직였다. 눈을 깜빡일 때마다 긴 속눈썹이—인
조였는데 술 달린 부채 같았다—휘어졌다. 그 모습을 피해 시선
을 돌리자 이번에는 돼지가 고개를 숙이고서 양손을 비벼댔다. 관
리받은 손톱이 조명등 아래서 번쩍번쩍 빛났다.

이번에는 또 무슨 이유로 병원에 가는데요? 내가 물었다.

자세한 거까지는 알 것 없다. 오리가 말했다.

자세한 내용도 알려주지 않으면서 돈을 달라고 해요? 나는 오
리의 속눈썹에서 시선을 떼지 않았다.

나도 너에 대해 아는 것이 없었지만 돈을 들여 키웠다.

엄마가 낳은 자식인데 그거하고는 다르죠. 게다가 제게 투자했
다는 돈은 지금까지도 꾸준히 갚고 있어요. 예를 들면 제가 썼을
분윳값 같은 것 말이에요.

나는 내가 먹은 분유 따위는 기억하지도 못했고 내가 먹은 게
모유인지 분유인지도 몰랐다. 하지만 지금까지 죽지 않고 살아 있
는 것은 무엇이라도 먹였거나 먹었기 때문인데 나는 그것이 모유
가 아니기를 바랐다.

꾸준히 갚고 있다니, 어떻게 갚고 있다는 말이야? 돼지의 눈이
휘둥그레졌다.

직장에 다니기 시작하면 너도 엄마가 보낸 청구서를 받아들게
될 거야. 그렇지만 너는 만년 백수인데다 일을 하겠다는 생각도 없
으니까 그런 걱정은 할 필요 없잖아. 나는 조금 과장해서 말했다.

어머, 엄마! 이게 다 무슨 말이에요? 돼지가 펄쩍펄쩍 뛰며 오리의 팔을 붙들고 늘어졌다.

목소리를 낮추어라. 남들이 듣겠구나.

남들이 뭐가 중요하다고 그러세요? 그러니까 내게 청구서를 들이밀 생각이에요?

오리는 식당 안에 있는 사람들을 힐끔거리며 상냥하게 웃었다.

별말을 다 하는구나. 당연히 너는 얘기가 다르지. 착한 딸인데. 엄마가 말하지 않아도 뭐든 알아서 착착 하니까 언니하고는 완전히 다르지. 언니 때문에 엄마 속은 까맣게 타들어갔어요. 그래, 그렇지. 병원비도 그래서 필요한 거란다.

엄마가 낸 줄 알았던 대학 등록금은 일영이 냈고요. 내가 말했다. 일영이 다달이 보내는 돈은 어디에 쓰는지 알지도 못해요. 저 때문에 썼다는 대출금은 도대체 얼마인지, 정말로 대출을 받기는 한 건지 나는 아무것도 몰라요. 그런데 거기에다 병원비까지 달라는 건 사치라고요. 나는 일부러 사치라는 말을 골라 썼으나 오리는 별 반응이 없었다.

등록금은 일영이 내겠다고 자처했단다. 그렇게 착한 애를 두고 너는 대학교 다닐 때 무슨 짓을 했니?

바람을 피웠지! 그거 잡느라고 내가 없는 시간 쪼개서 언니 뒤를 미행했잖아. 아이, 억울해. 엄마도 그땐 너무하셨어요. 저를 너무 막 부려먹었다고요. 돼지가 합세했다.

오리가 불리하다 싶을 때 꺼내는 이야기는 종류가 많지 않은데다. 이미 예상한 것들이라 나는 당황하지 않았다.

그래서 그 사람하고 저를 떼어놓는 조건으로 일영에게 학비를 대라고 하셨나요? 그때는 결혼하기도 전이었는데 말이에요.

착하디착한 신랑감을 두고 네가 그런 짓을 하는 걸 어떻게 두고만 보겠니? 오리가 안 되겠다 싶었는지 갑자기 울먹이기 시작했다.

형부는 네가 뭐가 좋다고 그렇게까지 한 거야? 돼지가 오리를 힐끗 보고 거들었다.

그야 언니 복이 아니겠니? 너도 그런 사람 만날 거다. 조금 모자라도 심성이 고운 사람을 만나야 모두가 편안하단다. 꼬치꼬치 따지고 바락바락 대드는 사람은 아주 피곤하단다. 일영이야 집안은 그냥저냥 그래도 마음 하나는 기가 막히게 착하잖니? 학벌은 언니가 채워주면 될 일이고. 오리가 힘없이 말했다.

쟤가 학벌이 어디 있어? 겨우 사년제 대학 나온 걸 가지고.

일영이 집안에선 니네 언니가 최고 학벌일걸. 일영도 검정고시잖니? 오리가 돼지의 귀에 속삭이고는 나를 봤다. 너는 엄마에게 고마워해야 해. 아무렴, 사람은 고마워할 줄 알아야 한다. 오리가 주변을 의식했다. 이런 얘기는 이제 그만하고 음식이나 시키자꾸나.

돼지는 한참 동안 메뉴판을 뒤적대다 슬그머니 옆 테이블에 놓인 음식을 훔쳐봤다.

테이블 건너 옆자리에서 한 가족이 저녁을 먹고 있었다. 젊은 부부 옆에는 부부의 아들이, 맞은편에는 부부의 부모가 앉아 있었다. 돼지의 시선을 의식한 젊은 여자의 목소리가 갑자기 커졌다.

엄마, 이것도 좀 드셔보세요. 이것도요. 많이 좀 드세요. 건강에는 좋은 음식을 드시는 게 가장 좋아요. 물론 지금도 건강하시지만 좋은 걸 많이 드시면 더 젊어지실 거예요. 아버지도요. 여자가 애플소스에 적신 저민 고기—나는 그것이 오리고기나 돼지고기이기를 바랐다—를 노부부의 접시에 올려놓았다.

정말 부족한 것이 없구나. 노부인이 행복에 겹다는 듯 입안의 음식이 다 보이도록 웃었다. 그러면서도 우리를 곁눈질했다.

이번에는 젊은 남자가 나섰다.

이건 샐러드 뷔페까지 이용할 수 있는 이만구천팔백원짜리 정식이에요. 이만이천팔백원짜리가 아니고요. 이게 그거랑 어떻게 다르냐 하면요, 첫째로 고기가 호주산이 아니라 한우고요, 둘째로 저기 있는 샐러드를 모두 드실 수 있는 거예요. 그러니 부족한 게 없을 수밖에요.

그럼 많이 먹는 게 남는 거구나. 노부인이 자랑스럽다는 듯 남자를 올려다봤다.

아이는 여자가 떠줄 음식을 받아먹으려고 입을 벌린 채 휴대폰 게임을 했다. 여자는 아이에게 신경쓰지 않았다. 대신 노부인이 아이의 접시에 음식을 날라대며 말했다.

먹어라. 먹어. 어서 먹어라. 그렇지. 꼭꼭 씹어 먹어. 체하지 않게. 체하면 약값이 더 드니까. 옳지. 많이 먹어라. 뷔페에서 많이 먹지 않으면 돈을 남기는 거나 마찬가지야. 그러니까 게임은 나중에 하고 빨리 먹어라. 알아들었니? 노부인이 다정하게 말하며 아이의 입에 음식을 욱여넣었다. 아이는 캑캑대며 입안에 든 것을 씹었다. 그래, 잘도 먹는다. 우리 손주 새끼 입으로 들어가는 게할미 입에 들어가는 것보다 배부르구나. 남기지 말고 싹싹 먹어라. 다 먹으면 할미가 또 가져다줄 거야. 노부인이 샐러드 바를 가리켰다. 이것도 먹어봐라. 파인애플이야. 입가심으로 좋겠지? 이거 먹고 할미랑 다른 것도 가지러 가보자꾸나.

아이, 할머니! 이건 단무지예요. 노부인이 입에 넣어준 음식을 테이블에 뱉어내며 아이가 소리쳤다.

노부인은 뱉어낸 단무지에 아랑곳하지 않고 수제 소시지를 아이의 입에 들이밀었다.

그나저나 너는 왜 자식을 낳지 않는 거니? 아이를 낳아야 부부관계가 좋아지는 법이야. 오리가 말했다.

엄마 같은 엄마가 되기 싫어서 그래요. 나는 옆 테이블에서 시선을 떼지 않고 중얼대듯 말했는데 평소 자식에 대해 생각해본 적이 없었으므로 말하고 나서는 조금 놀랐다.

어머, 어머! 쟤 봐라, 쟤. 지 같은 새끼 낳기 싫어서 자식을 안낳는대요. 돼지가 오리에게 매달려 소리쳤다.

지도 지 같은 자식새끼 낳아보면 엄마 속을 좀 알겠지. 일영도 그렇고 다들 기다리는데 너 혼자 싫다는 이유가 궁금하구나. 네 나이가 서른여섯인데 지금 자식을 낳지 않으면 언제 낳겠다는 거니? 그러다가 일영이 딴생각이라도 품으면 어쩌려고? 오리는 돼지의 손을 떼어놓고는 차분하게 말했다.

일영은 저를 사랑해요.

네가 그걸 어떻게 장담해? 그렇다면 왜 병원비를 입금하지 않는 거냐. 이런 일은 한 번도 없었다. 정신 똑바로 차리고 아이를 낳아라. 오리가 이때라고 생각했는지 꽥꽥대며 떠들어댔다.

남자의 집은 고요했다. 남자는 아내가 들어간 욕실 문을 멀뚱멀뚱 바라보다가 어느 순간 물소리가 나지 않는다는 것을 알아차리고는 문에서 멀찌감치 떨어졌다. 곧이어 문이 열렸다. 욕실 안에 고여 있던 증기가 밖으로 몰려나왔다. 아내의 몸에서도 옅은 김이 피어올랐다. 김은 바깥으로 빠져나오는 몸의 일부처럼 보였다. 남자의 시선을 의식한 아내가 허리를 살짝 수그렸다. 몸의 굴곡을 따라 그림자가 생겨났다. 검은 그늘이 진 아내의 몸에서 물방울이 뚝뚝 떨어졌다. 아내의 발바닥 옆에도 물이 흥건했다.

남자는 거실로 나와 TV를 켰다. 켜기만 했을 뿐 보는 건 아니었다. 한참 후에 남자는 조용히 침실 문을 열었다. 잠든 아내가 뒤척였다. 남자는 아내의 어깨를, 그런 다음에는 아내의 손을, 그러고는 아내의 휴대폰을 바라봤다. 아내는 휴대폰을 움켜쥔 손을 자신의 가슴께에 두고 가볍게 코를 골았다. 남자가 실내등을 끄고 집 밖으로 빠져나왔다. 집 앞 모퉁이에 있는 식당은 아직 불이 환했다. 유리창을 통과한 식당 조명등이 도시의 어둠에 끼어들어 거리는 인공적인 빛을 발산했다. 그것은 마치 어둠을 뚫고 나온 여객 열차의 식당칸이 남자의 코앞까지 들이닥쳐 온 것 같았다. 남자는 곧장 식당으로 들어가 등받이 없는 의자에 앉았다.

남자의 건너편에 앉은 신사는 붉은 머리 여자에게 집중하지 않았다. 조금 전 메일이 도착했다는 알림을 받고 휴대폰을 확인하는 중이었다. 붉은 머리 여자는 뭔가에 기분이 상해 손톱을 들여다보는 체했다. 신사가 일을 핑계 대고 밖으로 나가 거리의 어둠 속으로 숨어들었다. 메일을 보내는 신사의 손이 바쁘게 움직였다. 휴대폰 저편의 상대는 메일을 보내자마자 바로 답장이 오는 것에 놀라워했다. 신사는 메일 도착 알림을 설정해놓았다는 이야기를 하지 않았다. 대신 이렇게 썼다. 희한한 일이야. 자다가도 눈이 번쩍 떠져서 확인해보면 네게서 메일이 와 있는 거야. 신사는 유리 안쪽에 있는 붉은 머리 여자를 힐끔대며 거짓말을 했다. 붉은 머리 여자는 자신의 어깨를, 그런 다음에는 자신의 손을, 그러고는 자신의 휴대폰을 어루만졌다. 신사는 휴대폰 저편의 상대에게 잠깐 통화할 수 있느냐고 물었다. 집안 분위기가 좋지 않은데다 남편이 거실에 있어서 지금은 곤란하다는 답장이 돌아왔다. 붉은 머리 여자가 유리 바깥쪽을 두리번거렸다. 신사는 조금 조급해졌다. 소울메이트를 믿어? 나는 그런 게 있다고 생각하지 않았지만 너를 보니 그런 게 있다는 확신이 들어. 신사는 필요한 말을 나열하듯 써서 메일을 전송한 후 답장을 기다리지 않았다. 신사가 어둠 속에서 빠져나와 조명등 아래 모습을 드러내자 유리 너머에서 붉은 머리 여자가 신사를 보고 미소 지었다. 동시에 어둠에 묻혀 있던 사내 둘이 신사를 향해 천천히 걸어갔다. 신사가 놀라 뒤를 돌아봤다. 사내들이 신사의 팔을 잡아챘다.

애야, 우리는 네가 다른 남자를 만난다는 걸 알고 있단다. 일영을 놔두고서 말이다. 오리의 목소리가 희미하게 들려왔다. 집안의 맏딸로서 네가 맡은 바 의무 같은 것이 있는데 그게 할 짓이냐? 오리가 뜸들이다가 다그치는 투로 말했다. 일영도 알고 있단다.

일영이 안다고요? 나는 오리를 바라봤다.

그래. 알고 있단다. 너를 잃고 싶지 않다고 했어. 그래서 모른 체하고 있다고 말이야.

그럼 계속 모른 체하게 놔두세요. 나는 일부러 큰 소리로 말했다. 나는 지금이 좋아요. 집에 가면 일영이 있고, 회사에 가면 그 사람이 있어요. 둘 다 저를 사랑해줘요. 이상적이죠.

별꼴이 가지가지군. 돼지가 빠르게 맞받아쳤다.

일영은 생활의 동반자이지만, 그 사람은 영혼의 동반자예요. 나는 살짝 웃었다.

쟤는 만나는 사람마다 소울메이트래요. 형부만 빼고요.

나는 순간 화가 났지만 돼지의 말에 일일이 대구할 필요가 없다는 걸 깨닫고는 하려던 말을 계속했다.

그 사람은 나를 위해 존재해요. 내가 필요로 할 때면 연락이 오
죠. 새벽에도 말이에요. 메일을 보내자마자 바로요. 어떤 때는 전
송 버튼을 누르기도 전에요. 같은 시간에 서로에 대해 생각하고
있는 거죠. 소울메이트만 느낄 수 있는 텔레파시 같은 거요.

왜 같은 시간에 다른 공간에서 별꼴도 보고 달꼴도 보지. 돼지
가 꿀꿀댔다.

그만두지 않으면 내가 다 말하겠다. 일영에게 다 말할 거야. 오
리도 꽥꽥댔다.

일영도 알고 있다면서요?

그건 널 떠보느라 해본 말이다.

우리 엄마 파이팅! 돼지가 오리의 턱밑에서 주먹을 불끈 쥐었다.

늘 일영과 나를 사이에 두고 거래를 하는군요.

그야 엄마가 너 잘되라고 그러는 거지.

난 그 사람을 사랑해요.

그럼 일영은?

일영도 사랑해요. 일영은 내가 원하는 걸 마련해주죠. 뭐든 알
아서 척척 하니까 집이 더 근사해져요.

그럼 돈이겠지. 시종이거나. 돼지가 비아냥거렸다.

오리가 돼지를 흘겨봤다.

아차차, 형부랑 내연남이랑 헷갈려서 실수했네. 돼지는 혀를 쏙

내밀었다가 집어넣고는 시무룩해져서 입을 다물었다.

그렇지만 그 사람은 내 영혼을 봐요. 일영과는 다른 종류의 것을 주기도 하는데, 그러니까 예를 들면 내가 원하는지 나도 모르고 있던 것들 말이에요. 밤길에 필요한 호신용 호루라기라든가 블루투스 기능이 있는 조그만 스피커라든가 가벼운 외출시 사용하는 사무실용 파우치 같은 것들이요.

그게 사랑이냐? 그건 사랑이 아니다. 오리가 엄한 목소리로 말했다.

맞아. 돈이거나 시종이겠지. 돼지가 기회를 엿보고 있다가 다시 껴들었다. 아니 이번엔 보아하니 돈도 없네. 거기다가 순 바람둥이잖아.

그러니까 그렇게 착한 남편이 세상 어디에 있다고 다른 남자를, 그것도 유부남을, 그것도 유부녀가 만나는 거냐?

결혼했다고 제가 말했나요?

순진하기는, 말 안 해도 안다.

엄마, 쟤가 순진하기는 뭐가 순진해?

이제야 우위를 점했다는 듯 둘은 눈을 맞추고 미소를 주고받았다. 나는 화도 식히고 생각할 시간도 벌 겸 테이블 건너 옆자리를 바라봤다. 노부부는 어디로 갔는지 보이지 않았고 부부는 술에 취해 있었다. 남자의 술잔에 와인을 따르는 여자의 볼이 붉었다. 남자도 여자의 잔에 술을 따랐다. 둘은 잔을 부딪치며 건배하다가 나중에는 각자 잔을 채우고 알아서 술을 마셨다. 아이는 부모와 약간 떨어져 앉아 휴대폰으로 게임을 했다. 그러면서도 계속 중얼거렸는데 흥얼대는 소리인 것도 같았다.

술은 나빠요. 건강에 해로워요. 아빠가 술을 마시고 들어오면 엄마는 화가 나요. 그러면 화를 내요. 아빠는 늦게 들어오면 안 돼요. 아빠가 늦게 들어오면 엄마는 혼자 있게 돼요. 그러면 엄마는 화가 나요. 화가 나면 엄마는 내게 화를 내요. 아빠가 마시는 술 때문에요. 아빠는 술을 마시지 말아야 해요.

부부는 아이의 말에 신경쓰지 않았다.

아빠는 술을 마시면 안 돼요. 술은 건강에 해로워요. 친구들도 만나면 안 돼요. 엄마하고 있어야만 해요. 아빠가 밖에서 술을 마시면 엄마는 집에서 소리를 질러요. 소리를 지르면 배가 뒤틀리고, 배가 뒤틀리면 얼굴도 뒤틀려요. 눈알이 튀어나올 것 같다니까요. 그러면 나는 얼른 창문을 닫아요. 할머니는 누가 들을지도 모르니까 창문을 닫으라고 하지만 나는 눈알이 정말 튀어나갈까봐 걱정이에요. 술에 취한 아빠가 눈알을 어떻게 찾겠어요? 다 제가 해야 할 일이에요. 엄마한테 잘 보이면 조금 덜 맞기도 하니까요. 이게 다 아빠 때문이에요. 행복하게 살려면 술을 끊어야 해요. 엄마와 함께 오래오래 건강하게 살아야 하니까요. 그러니까 이제 술 좀 그만 마시고 집으로 돌아가요. 저도 이제 그만 제 방으로 들어가고 싶어요.

아이는 중얼대다 지쳤는지 식당 밖으로 뛰어나갔다. 부부는 오히려 잘됐다는 듯 아이의 뒷모습을 쳐다봤다.

그런데 있잖아, 우리는 사실 애가 없을 때가 더 좋았어. 여자가 콧소리를 냈다.

나는 결혼 전이 더 좋았는데 말이야.

맞아. 연애할 때 재미있었지.

아니, 너를 몰랐을 때 말이야. 그때로 돌아가고 싶다고. 남자가 말하고는 농담이라는 듯 껄껄 웃었다.

식당 유리창 너머로 아이가 나타났다. 아이는 휴대폰을 가지고 비행기 놀이를 했다. 플래시램프가 켜진 휴대폰이 밤하늘을 날았다. 아이는 휴대폰으로 어둠을 가로지르다가 유리창에 달라붙었다. 그리고 부부를 향해 플래시를 비췄다. 부부의 얼굴에 푸르스름한 불빛이 나타났다가 사라졌고, 사라졌다가 다시 나타났다. 부부는 뭔가에 놀라 몸을 부르르 떨었다. 오리와 돼지의 얼굴에도 푸르스름한 빛이 어른거렸다. 나는 괜히 한쪽 뺨을 어루만져보다가 고개를 숙였다.

음식은 왜 안 나오는 거지? 오리가 눈살을 찌푸리며 종업원을 쳐다봤다.

아직 시키지 않았으니까요. 돼지가 속눈썹을 깜빡대며 오리를 바라봤다.

꾸물거리지 말고 빨리 시키려무나.

뭘 골라야 할지 모르겠어요. 엄마가 좀 봐주세요. 돼지가 오리에게 메뉴판을 넘겼다.

남들 먹는 거로 시키자꾸나. 오리가 건네받은 메뉴판을 내 쪽으로 밀었다.

나는 메뉴판을 내려다봤지만 특별히 먹고 싶은 게 있는 것은 아니었다. 오리와 돼지는 두 눈을 깜빡거리며 나를 쳐다봤다.

눈은 왜들 그래요? 내가 물었다.

예뻐 보이려고 붙였다. 엄마랑 같이. 돼지가 속눈썹을 파닥파닥 움직이며 대꾸했다.

누구한테?

당연히 우리 엄마한테 잘 보여야지. 몰라서 묻냐? 그러니까 너도 엄마한테 좀 잘해라. 엄마가 싫어하는 일은 좀 그만하고 사람도 좀 가려서 만나라. 엄마가 다 너 잘되라고 하는 말씀 아니겠니?

너는 엄마한테 삐대고 엄마는 일영한테 삐대고 그림이 아주 예쁘구나. 나는 비웃는 투로 말했다.

아닌데, 아닌데, 내 생각은 다른데. 내 생각엔 네가 그런 것 같은데. 너는 엄마 핑계로 형부한테 삐대고 유부남한테도 삐대는데. 이것저것 다 하려고 여기저기 삐대는 꼴이 아주 볼썽사나운데.

돼지의 입에서 너절한 말들이 끝없이 쏟아져나왔다. 항문이 입에 달린 걸까. 주위에 역겨운 냄새가 진동하는 것 같았다. 나는 그림으로 시선을 돌렸다. 중절모를 쓴 신사가 내가 있는 쪽을 힐끔거렸다. 나도 그를 바라봤다. 이제 신사가 일영인지 일영이 남자인지 내연남이 신사인지 남자가 내연남인지 알 수 없었다. 어쩌면 그들 모두 같은 사람일지도 몰랐다. 신사는 붉은 건물 앞에 다다라서 걸음이 느려졌다. 삼층 왼쪽 끝 집은 불이 켜져 있었다. 아내가 잠든 것을 확인하고 불을 끄고 나왔는데 이상한 일이군. 신사가 중얼거렸다. 신사는 붉은 건물을 그대로 지나쳐 골목 끝에서 다른 골목으로 방향을 틀었다. 신사는 두 사내에게 쫓기는 중이었다. 장갑을 낀 사내가 바짝 따라붙었고 재킷을 입은 사내는 그 뒤에 있었다.

신사가 막다른 골목에서 예배당으로 뛰어들었다. 거기엔 사람들이 많았다. 한밤의 결혼식이라니. 신사가 황급히 하객들 사이에 숨어들었다. 사람들은 둥그런 테이블에 열 명씩 둘러앉아 제 앞에 있는 접시를 내려다봤다. 접시에는 붉게 쪄낸 랍스터―커다란 집게발이 접시 밖으로 뻗어나왔다―가 한 마리씩 놓여 있었다. 누군가 등껍데기에 칼을 찔러넣고는 몸통을 반으로 잘라내려 손에 힘을 줬다. 옆에 있는 사람들도 따라 했다. 어떤 사람은 망치로 집게발을 두들겼다. 깨진 껍데기 조각이 허공으로 튀어오르자 주변 사람들이 탄성을 내질렀다. 의사봉을 두드리듯 여기저기서 탕탕 두들기는 소리가 났고, 붉은 껍데기가 꽃가루처럼 날아오르는 가운데 주례사가 이어졌다. 앞을 보며 열심히 달려가지만 돌아보면 언제나 옆에 있는 사람들이라고. 여기 계신 여러분 앞에 신랑 신부를 소개합니다. 신랑 신부는 고개를 숙인 채 잠깐씩 졸았다. 사람들은 어렵게 깨뜨린 랍스터 안에 머리를 처박고―텅 빈 몸통에서 살점 하나라도 찾아내려고―있었는데 마치 껍데기 안으로 빨려 들어갈 것 같았다. 신사는 자신을 향해 뛰어오는 두 사내를 보고 테이블과 테이블을 가로질러 예배당 밖으로 내달렸다. 신사의 등뒤에서 예배당 종소리가 뎅뎅 울렸다. 내달리던 신사가 살려달라고 애원하는 눈빛으로 내가 있는 쪽을 바라봤다.

그때 요란한 소리와 함께 식당 문이 열렸다. 오리와 돼지가 소리 나는 쪽을 바라봤다. 나도 고개를 돌렸다. 식당 안으로 뛰어들어온 신사가, 아니 남자가 땀을 뻘뻘 흘리며 실내를 빠르게 훑었다. 식당 문이 또 한번 열렸다. 이번에는 두 사내가 느긋하게 걸어들어왔다. 남자는 도망가기를 포기한 듯 허리를 굽히고 숨을 몰아쉬었다. 그러면서도 종업원을 향해 경찰! 이라고 소리쳤다. 두 사내는 코웃음을 쳤다. 장갑이 남자의 멱살을 움켜잡았다.

진실을 말해, 새끼야!

무슨 진실이요? 남자는 떨고 있었다.

네가 알고 있는 진실! 네가 그런 이유!

도대체 누구세요?

맞아야겠군. 사내들이 남자를 바닥에 팽개치고는 발로 머리를 밟았다.

나는 오늘 아침 집에서, 나와 회사로 갔고, 회사에서, 나와 집으로 갔어요. 그런 다음 집 앞 식당에 들렀을 뿐이에요. 신발 털이용 발판에 얼굴 한쪽이 처박힌 남자가 간신히 말했다.

그런 건 건너뛰고! 사내들이 남자의 머리를 발로 비벼댔다.

무슨 말인지 모르겠어요.

남자의 머리카락 사이에서 고름 섞인 피가 흘러나왔다. 피고름이 카펫을 적셨다.

진정성이 없군. 알고도 모른다는데. 재킷이 말했다.

난, 아니 전 지금 상당히 진정합니다. 남자가 울먹였다.

개새끼, 아직도 정신을 못 차렸군.

일단 사인 먼저 받아. 장갑이 재킷에게 명령했다.

사인해! 재킷이 안주머니에서 문서를 꺼내 남자의 눈앞에 들이밀었다.

이봐, 펜을 줘야지. 이번에는 장갑이 안주머니에서 펜을 꺼내 남자의 손에 쥐여줬다.

이게 뭔데요? 남자는 얼떨떨한 표정으로 문서를 바라봤다.

계약서의 일종!

무슨 계약인데요?

우리도 몰라. 전달받았을 뿐이야.

누구한테요?

거기까진 몰라. 전달받았을 뿐이라고 했잖아!

그들을 지켜보던 오리가 자리에서 벌떡 일어나 입구 쪽으로 뛰어갔다. 돼지도 오리를 따라 뛰었다. 오리가 발판 위에 넘어져 있는 남자를 일으켜세웠다. 돼지가 재빨리 움직여 남자의 팔을 부축했다. 그들을 보고 있던 두 사내가 고개를 갸웃거렸다.

이것들은 또 뭐지? 재킷이 물었다.

아무려면 어떤가? 오리와 돼지를 지켜보던 장갑이 사태를 파악했다는 듯 대꾸했다.

괴력인데?

일이 쉬워지겠군. 장갑이 킬킬거렸다.

두 사내는 시선을 돌려 내가 있는 쪽을 바라봤다. 나는 자리에서 꼼짝하지 않고 그 광경을 지켜봤다. 멀찌감치 서 있던 종업원이 손뼉을 치며 그들에게 다가갔다.

여기서 이러면 안 됩니다. 피고름이 카펫에 묻습니다. 바닥이야 닦으면 되지만 카펫은 그렇게 할 수가 없습니다. 그럼 손님께서 다음에 여기에 방문했을 때 피고름으로 얼룩진 카펫을 피고름이 묻은 줄도 모르고 밟게 되는데 괜찮으신지요? 게다가 이렇게 입구를 막고 있으면 다른 손님이 들어올 수도 나갈 수도 없습니다. 지금은 여기 계신 손님들이 취해 있거나 다른 생각에 빠져 있는 상태라 크게 상관이 없지만 다음에 이곳을 방문했을 때 당신 같은 손님 때문에 여기에 서서 나가지도 들어오지도 못하면 어떻게 하시겠습니까?

음, 무슨 말인지는 모르겠지만 상당히 설득력이 있군. 사내들은 종업원의 말을 귀기울여 듣더니 고개를 끄덕였다.

일단 철수! 사내들이 동시에 외치고는 식당을 빠져나갔다.

오리와 돼지가 남자를 데리고 자리로 돌아왔다. 나와 눈이 마주친 남자는, 아니 일영은 머쓱하게 미소 짓더니 내 옆에 앉았다.

발판이 저렇게 낡았는데 왜 그냥 놔두는 거죠? 돼지가 코끝을 찡그리며 말했다.

자네, 괜찮은 건가? 오리의 목소리는 한없이 상냥했다.

일영이 괜찮다는 듯 고개를 끄덕였다.

일을 해야 하는 사람은 언제나 몸을 조심해야 한다네. 몸이란 살짝만 미끄러져도 쉽게 탈이 나는 법이야. 내가 그러지 않았나. 기억하지? 그 때문에 내가 부탁한 게 있지 않았나. 오리가 일영의 눈치를 살폈다.

아이, 엄마는 별걱정을 다 하세요. 형부가 알아서 해결해주실 텐데요. 돼지가 콧소리를 냈다.

그렇구나, 내가 별걱정을 다 하는구나. 오리가 입가에 손을 대고는 호호 웃었다.

형부, 우리에게 무엇을 시켜주실 거예요? 돼지는 일영이 잘 볼 수 있도록 메뉴판을 들이밀었다.

자네가 오면 같이 먹으려고 지금까지 기다렸다네. 그래, 무엇을 시킬 건가? 오리가 물었다.

일영은 가면 같은 얼굴에 미소만 떠올릴 뿐 아무런 말도 하지 않았다. 돼지는 양손을 가슴 앞에 그러모으고는 일영을 바라봤다. 오리는 일영에게 보이려고 엄살을 떨면서도 동시에 미소를 머금었는데 정말로 어디가 아픈지 길게 붙인 속눈썹이 파르르 떨렸다. 테이블 건너 옆자리에서 부부가 언성을 높였다. 술에 취한 부부는 각자 말하느라 서로의 말을 듣지 않았다. 그들도 자기가 무슨 말을 하는지 알지 못하는 것 같았다. 창밖의 아이는 불빛에 일그러진 얼굴을 유리창에 대고 있다가 갑자기 플래시램프 뒤로 숨더니 검은 덩어리가 되어 어둠 속으로 들어갔다.

참으로 버릇이 없구나. 제멋대로인 자식을 건사하느라 부모는 늘 병원에 신세를 져야 한단다. 창밖을 힐끔 내다보던 오리가 혀를 찼다.

천장에 걸린 조명등 불빛 때문에 액자 안에서 두 개의 공간이 겹쳐졌다. 신사가 앉아 있던 자리에는 아무도 없었다. 등을 보인 채 앉아 있던 남자도 사라지고 없었다. 식당 안에는 붉은 머리 여자만 홀로 앉아 있었다. 나의 모습이 그 위에 겹쳐졌다. 나는 여자가 있는 곳에 앉아 있었다. 그때 명치끝에서 기다란 팔 하나가 쑥튀어나왔다. 그리고 오므리고 있던 손가락을 펼쳤다. 나는 손가락이 가리키는 곳을 바라봤다. 유리창 너머는 조금 전까지 내가 있던 곳이었다. 일영이 메뉴판 한가운데를 손가락으로 짚었고, 오리와 돼지는 일영의 손이 가리키는 곳을 따라 고개를 움직였다. 조명을 받은 그들의 모습은 윤곽이 흐릿하게 번져 보였다. 그들 너머 유리창 밖에서 겁에 질린 검은 개가 으르렁거리고 있었다. 과한 조명 때문에 개는 흰 갈기가 있는 검은 형상처럼 보였다. 공포에 질린 눈으로 이쪽을 들여다보던 개가 갑자기 맹렬한 기세로 짖기 시작했다. 나는 출구를 찾으려고 주위를 살폈다. 출입구는 그림 밖으로 밀려나서 보이지 않았다.

자, 이제 무엇을 먹을 거죠?

어디서 나는 소리인지 확인하려고 두리번거리다가 나는 아직까지 한 번도 먹어보지 않은 어떤 음식에 관해 설명하려고 노력했다. 하지만 그 음식이 무엇인지 생각이 나지 않았을뿐더러 말이되어 나오지도 않았다. 어딘가에서 낄낄낄낄, 웃는 소리가 들려왔다. 명치에서 튀어나온 손이 가늘게 떨리고 있었다. 그 끝에서 검은 구멍이 이를 드러냈다. 처음에 그것은 웃는 소리 같았는데 비명 같기도 했다.

전에도 봐놓고 그래

노모는 거실에 웅크리고 앉아 졸고 있었다. TV에서는 기독교 방송이 나왔다. 목사의 말끝마다 탄성을 내지르는 성도들을 카메라가 훑고 지나갔다. 거실에 들어선 여자가 노모의 손에서 빠져나온 리모컨을 집어 TV를 껐다. 집안이 고요해지자 노모가 눈을 떴다. 여자와 그 뒤에 서 있는 남자를 바라보던 노모는 두 눈이 휘둥그레져서 일어났다. 껑충하게 올라간 바짓단 밑으로 붉은색 내복이 삐져나왔다. 절반쯤 드러난 종아리엔 살비듬이 껴 있었다. 노모가 허둥대며 다가가 여자의 목을 끌어안았다. 여자의 목뒤에서 노모의 손가락이 단단하게 겹쳐졌다 풀어졌다. 얼굴이 붉어진 여자가 헛기침을 했다. 노모가 남자를 향해 두 팔을 벌렸을 때 남자는 케이크 상자를 바닥에 내려놓느라 허리를 숙였다. 남자의 등을 물끄러미 바라보던 노모는 불쑥 여자에게 다가가 리모컨을 빼 들었다.

설교중에 끄면 벌받는다. 노모가 말했다.

잘 지내셨어요, 엄마? 남자가 물었다.

손님들은 언제 오세요, 어머니? 여자가 물었다.

돈 들여서 저런 건 뭐하러 사 왔냐? 노모가 케이크 상자를 가리켰다.

아버지 생신인데 있어야죠. 남자가 형광등 스위치를 올렸다.

아껴야 한다. 노모가 형광등 스위치를 내렸다.

여자가 케이크 상자를 가지고 주방으로 갔다. 노모도 따라갔다. 식탁 위는 어수선했다. 그릇과 된장병이 여러 개 나와 있었고 플라스틱 반찬통엔 약봉지가 수북하게 쌓여 밖으로 흘러넘쳤다. 노모는 무엇을 해야 할지 모르겠다는 표정으로 여자의 움직임을 주시했다. 여자가 싱크대 선반에서 물잔을 꺼내자 노모는 그제야 생각났다는 듯 가스레인지에 주전자를 올렸다.

조금만 기다려라, 새아가. 여자가 쳐다보자 노모가 다시 말했다. 물 말이다. 이게 느릅나무 거죽을 끓인 거다. 그러니까 이걸 마셔라. 찬물을 마시면 콜레스테롤이 혈관에서 그대로 굳는다. 뜨거운 걸 마셔야 혈관에 붙은 기름기도 쏙 빠지고, 게다가 느릅나무는 염증에도 좋단다. 나도 너 때는 그걸 모르고 찬물을 하루에 한 통씩 마셨지 않았겠냐? TV에서 박사님이 해주신 말씀을 들었으니까 알았지, 안 그랬으면 혈관이 다 굳을 뻔했다.

냉장고 옆에 쌓인 빈 생수병을 내려다보던 여자가 인상을 찡그렸다.

아니다. 너, 내가 어디 전봇대 밑에 가서 주워 온 줄 알지? 아버지가 약수터에 매일 물 뜨러 가면 병을 버리고 가는 사람들이 그렇게나 많다는구나. 아버지도 너처럼 찬물을 좋아하셨잖냐? 그런데 요즘은 이것만 드신다. 아버지가 떠 오는 물은 밥 지을 때 쓴단다. 그게 건강에도 좋다.

주전자 밑바닥에서 물 끓는 소리가 났다. 물잔을 쥔 노모의 약지가 살짝 들렸다. 여자는 물잔을 입에 대는 척하다 내려놓았다.

왜, 뜨겁냐? 호호 불어가며 마셔라. 그래야 혈관에 들러붙은 기름이 싹 다 떨어져나간다.

약재엔 부작용도 있어요, 어머니.

그게 무슨 말이냐?

몸에 맞지 않으면 더 안 좋아질 수도 있고요.

내가 말하는 게 아니야. 공부 많이 하신 박사님께서 말씀하신 거다. 신문에서도 봤는데 그러는구나.

손님들은 언제 오시는 거예요?

올 때 되면 오겠지.

몇 분이나 오시는 거예요?

여자가 물었을 때 남자가 화장실에 들어갔다.

소변이냐? 노모가 소리쳤다.

남자는 대꾸하지 않았다. 노모가 화장실에 다가가 문에 귀를 붙였다.

대변이냐?

남자의 한숨소리가 들렸다.

휴지도 아껴야 한다. 알고 있지?

여자는 노모의 비틀어진 목에 사선으로 난 주름을 바라보다 고개를 돌린 노모와 눈이 마주쳤다. 미소 짓는 여자의 얼굴이 한쪽으로 틀어졌다.

몇 분이나 오시는 거예요, 어머니?

가만있어봐라. 내가 병원에서 받아 온 게 있는데 그게 아주 유용하다. 노모가 약봉지 사이에서 종이 한 장을 빼 들었다.

읽어봐라. 밑을 닦을 땐 앞에서 뒤로 닦아야 한다. 세균이 자궁으로 들어가면 안 되니까 말이다. 내가 그걸 모르고 반대로 닦아서 고생이 많았다. 너네도 비데 놓았냐? 나는 너네가 사준 비데 쓰다가 치질에 걸린 줄도 몰랐다. 다 의사 선생님이 가르쳐주니까 알게 된 거다. 몰라서 좋아했지. 정말 무식했다. 너도 쓰면 안 된다. 알아들었냐? 알고 있지? 노모가 종이를 건넸다.

그게 무슨 말씀이세요? 비데하고 치질하고 무슨 상관이라고요?

생각해봐라. 비데를 쓰면 휴지를 안 쓰지 않냐. 휴지를 안 쓰면 항문에서 피가 나는지 치핵이 빠졌는지 알 수가 없지 않냐? 휴지를 써야 바로 아는데 그걸 안 쓰니까 치질에 걸린 줄도 모르고 살지 않겠냐? 그렇지? 그러니까 한번 읽어봐라. 거기 다 나와 있다. 그런 걸 많이 알아야 한다.

음식 준비는 어떻게 할까요? 여자가 몸을 돌려 노모의 시선을 피했다.

못 봤냐? 아버지가 마당에 계신다.

날도 추운데 또 보신탕이에요?

그래도 오늘은 날이 푹하다. 은혜지 뭐냐. 이것 좀 가져다드리고 오너라. 아니다. 그러지 말고 인제 그만 들어오시라고 해라. 날이 암만 푹해도 오래 계시면 감기 들린다. 노모는 건네려던 물잔을 식탁 위에 내려놓았다.

노부는 노란 들통 앞에 쭈그리고 앉아 있었다. 들통 안에서 국이 끓었다. 구수하고 누릿한 냄새가 주변에 떠돌았다. 노부가 국자로 기름을 걷어내 마당에 뿌렸다. 붉은 국물이 시멘트 바닥에 스며들어 마당에 얼룩이 졌다. 남자가 들통을 들여다봤다.

늦었구나. 노부가 국자로 국을 휘저었다.

죄송해요.

아니다. 내일 안 오고 오늘 왔으니 다행이다.

남자가 어색하게 웃었다.

생신인데 아버지가 음식을 차리세요?

그럼 누가 차려주냐?

나가서 드시면 편하죠.

니들 주려고 잡아왔다. 잡느라 애먹었어.

사 오면 되지, 왜 애를 먹어요?

말도 마라! 며칠 전에 개를 보러 갔는데 말이다. 내가 이놈을 점 찍어두고 백숙까지 고아 먹이지 않았겠냐? 토실하게 살이 올랐다 길래 어제 잡으러 갔는데, 통장이랑 간 게 화근이었다. 그놈이 내 개에 눈독을 들이더라 이 말이다. 귀한 것엔 원래가 액이 끼는 법이다. 그래도 안 나눴으니 다행이다. 우리가 맛있게 먹으면 되는 거다. 개장수가 잡아서 핏물까지 싹 빼줬지 뭐냐. 니네 주려고 하는 거지, 니네 아니면 하지도 않는다. 노부가 흐뭇한 표정으로 들통 안을 들여다봤다.

안 드시는 분들도 계시잖아요? 멀찍이 서 있던 여자가 껴들었다.

너나 안 먹지, 다들 좋아한다.

이제 저이도 안 먹기로 했어요.

앤 이거 좋아한다. 니가 안 먹는다고 애까지 못 먹냐?

노부가 막걸리병을 들고 일어나 마당 이쪽저쪽에 술을 뿌리며 고함쳤다.

고수레다, 고수레에!

들통 앞에 다시 앉은 노부가 개고기를 도마에 올렸다. 나무로 된 도마는 개 한 마리가 다 놓이고도 남을 만큼 컸다. 머리와 내장이

제거된 개가 모로 누웠다. 뻣뻣해진 네 개의 다리가 허공에 들렸다. 발톱 몇 개가 떨어져나간 게 여자가 서 있는 곳에서도 보였다. 노부가 왼손으로 갈빗대를 잡고 넓적다리 안쪽에 식칼을 꽂았다. 손놀림이 능숙했다. 순식간에 몸통에서 다리가 잘려 나왔다. 엉치뼈, 등뼈, 갈빗대가 부위별로 분리됐다. 노부가 차례대로 살점을 발라 큼직하게 찢었다. 양념에 무친 살점과 남은 뼈들은 다시 들통으로 들어갔다. 도마에 넓적다리만 남았을 때 노부는 크게 숨을 몰아쉬었다. 다리 안쪽에서 조심스레 살점을 저며 입에 넣었다.

잘 익었다. 이건 수육으로 먹자. 노부가 다시 살점을 발라 남자에게 건넸다. 남자가 입을 벌렸다. 노부의 기름진 손가락이 남자의 턱에 닿았다.

어떠냐?

육질이 살아 있는데요. 남자는 손으로 턱을 닦았다. 기름이 가로로 번졌다.

불알도 먹어볼 테냐?

어휴, 그건 아버지 드세요.

너도 먹어봐라. 칼을 쥔 노부가 손을 움찔거렸다. 여자가 몸서리치며 고개를 저었다.

다 됐다. 이제 놔두면 된다.

노부는 양손으로 무릎을 짚고 일어나 담장으로 걸어갔다. 담장은 노부의 허리춤 높이였다. 마당 안쪽에서 자라난 담쟁이넝쿨이 바깥쪽까지 줄기를 틀어 담장은 붉은 잎으로 뒤덮였다. 줄기에 달라붙은 마른 잎사귀가 작은 바람에도 들썩거렸다. 노부가 담장에 몸을 붙이고 서서 골목길을 살폈다. 노부의 몸에 눌린 잎사귀가 바스락대며 줄기에서 떨어져나왔다. 움켜쥔 손가락처럼 생긴 잎사귀 몇 장이 허공에서 갈지자를 그렸다. 소리에 놀란 개가 제집 밖으로 나왔다. 개는 페키니즈와 누렁개의 잡종이었다. 오래전 동네를 오가던 유기견이었는데 어느 날 대문 안으로 들어온 뒤 나가지 않았다고 노부가 말했다. 개가 노부의 다리에 매달리며 꼬리를 흔들었다. 목줄이 짧아 움직일 때마다 줄이 팽팽하게 당겨졌다.

언제들 오려나?

누가 와요? 남자가 물었다.

누구긴 누구냐? 작은아버지랑 둘째, 넷째 작은아버지네지. 올 사람이 또 있냐?

그냥 생신인데 뭘 다 부르셨어요?

생신이 뭐, 그냥 생신 특별 생신 따로 있냐?

사촌들이랑 제수씨들도 오겠네요.

부모가 움직이는데 자식들이 모셔야지!

귀찮아해요.

닭아야겠다. 노부가 평상을 가리켰다.

여기서 드시게요?

개는 밖에서 먹어야 제맛이다.

추운데요.

가을인데도 춥냐?

아버지도. 이제 겨울이죠.

지하실에 가서 파라솔이나 좀 꺼내 와라.

파라솔은 뭐하게요?

평상에 파라솔 꽂고 그 위에 비닐이라도 씌우면 되지 않냐?

어머니가 감기 걸린다고 그만 들어오시래요. 여자가 말했지만
아무도 대답하지 않았다.

남자는 지하실 문을 열고 들어서다 장도리에 발이 걸렸다. 휘청
대던 남자가 이내 중심을 잡았다. 여자도 남자를 따라 들어갔다.
퀴퀴하고 습했다. 어둠이 눈에 익을 때까지 기다렸다가 남자가 형
광등을 켰다. 촉수 낮은 전구가 노랗게 빛났다. 쪽창 아래 네 개의
운동기구들이 나란히 놓여 있었다. 발판이나 손잡이가 고장난 것
들이 대부분이었다. 남자는 복지관에서 버린 것들을 옮겨오는 노
부를 이해할 수 없다며 투덜댔다. 기구들은 몇십 년 동안 한 번도
쓰지 않은 것처럼 보였다. 고장난 곳엔 철사나 노끈이 둘둘 말려
있었다. 칠이 벗어진 데는 기름을 먹여놓았다. 누런 기름이 흐르
던 채로 진득하게 굳었다. 날개가 부러진 선풍기와 오래된 TV 같
은 것들은 김장용 비닐에 싸여 있었다.

당신, 개고기 먹을 거야? 여자가 남자에게 바짝 다가섰다.

왜 그래? 남자가 바닥에서 파라솔을 찾아냈다.

개를 어떻게 죽이는지 몰라서 그래?

그렇게 다 따지면 먹을 게 없어.

쇠파이프로 머리를 후려 패잖아? 그것도 다른 개들이 보는 앞에서! 저번에 봐놓고도 그래?

원래 그래.

그렇게 원한을 가지고 죽은 애들이 몸에 좋을 리 없어.

아버지가 정성 들여 끓이니까 몸에 좋을 거야.

쟤넨 힘없는 애들이라고.

우리도 힘없어.

남자가 파라솔에 묻은 먼지를 손바닥으로 털었다. 먼지가 일자 남자는 눈살을 찌푸렸다. 여자도 뒤로 물러났다. 남자는 플라스틱 의자 위에 파라솔을 겹쳐 들고 밖으로 나갔다. 뒤뚱대며 계단을 오르는 뒷모습을 여자가 바라봤다. 남자가 시야에서 사라질 때까지 여자는 움직이지 않았다.

노란 불빛이 여자 아래 그림자를 만들었다. 여자는 자신의 그림자를 응시했다. 여자의 머리 높이에 달린 쪽창으로 남자의 다리가 지나갔다. 노부의 다리도 스쳤다. 여자는 박제품처럼 놓인 운동기구를 피해 쪽창 가까이 다가갔다. 흙물이 들이쳐 생긴 물자국이 벽면을 타고 흘렀다. 자국은 누렇고 얼룩덜룩했다. 그 위에 곰팡이가 슬었다. 여자가 사방 벽을 둘러봤다. 벽면엔 실금이 나 있었다. 뿌리처럼 뻗은 틈이 아래로, 옆으로, 위로 퍼져나갔다. 시멘트 더미가 떨어져나간 곳 안쪽에서는 붉은 흙이 삐져나왔다. 흙은 시멘트를 밀어내며 구멍을 키웠다. 구멍을 비집고 넝쿨 줄기가 나왔다. 줄기는 흡착근을 벽에 붙이고 자라났다. 여러 개의 넝쿨손이 벽을 휘감았다. 여자가 쫓기듯 지하실을 빠져나왔다.

남자는 평상에 파라솔을 고정했다. 파라솔은 평상에 비해 턱없이 작았다. 노부가 비닐 막을 덮어씌웠다. 담장 밖에서 몸집이 작은 노파가 그들의 모습을 지켜봤다. 노파는 눈꼬리가 늘어져 매서운 인상이었다. 여자와 눈이 마주치자 노파는 굽은 등을 보이며 어디론가 사라졌다. 현관문이 열리고 노모가 걸어나왔다.

아이, 이게 다 뭐예요?

노모가 마당을 휘둘러봤다. 여자는 평상 위에 놓여 있던 마른걸레로 플라스틱 의자를 닦기 시작했다. 노모가 이쪽저쪽 오가며 말을 건넸지만 노부와 남자는 귀먹은 사람들처럼 아무 말도 하지 않았다. 여자가 구두를 벗고 평상에 올라갔다. 마른걸레로 먼지를 털어내는 여자에게 노모가 소리쳤다.

너, 그런 신발을 신으면 안 된다! 넘어진다. 얼마 전에 내가 그런 신발을 신었다가 미끄러져서 얼마나 고생했는지 아냐? 아직까지도 쑤신다. 노모가 자신의 허리에 손을 가져다댔다.

그들 셋은 여자가 벗어둔 3센티미터 굽이 달린 구두를 바라봤다. 여자도 자신의 구두를 내려다봤다.

엄마는 그러니까 왜 어울리지도 않는 신발을 신어요? 남자가
말했다.

그 신발은 벗어두고 가거라. 너 발이 몇이냐?

괜찮아요, 어머니.

아니다. 안 된다. 그런 신발은 아예 거들떠보지도 말아야 한다.

뭐, 별로 높지도 않은데? 비닐 막을 고정하던 노부가 말했다.

모르는 소리 말아요. 저런 신발이 사람 잡아요. 말해봐라. 발이
몇이냐? 이백사십이냐? 내가 이백사십짜리 신발을 하나 얻었는데
너도 그렇지? 노모가 해맑게 웃었다.

커요, 어머니. 저번에 주신 것도 컸어요.

운동화는 괜찮다. 조금 커도 끈을 단단히 매면 된다. 그건 여기에
벗어두고 가거라. 아니다. 여기서 이럴 게 아니라 얼른 들어가자.
앞장서 걷던 노모가 뒤돌아서서 소리쳤다. 빨리 들어오세요! 감기
걸리면 약값이 더 들어요.

들어가봐라. 신발 하나 생기겠구나. 노부가 어정쩡하게 서 있는
여자에게 말했다.

저도 들어갈래요. 남자가 말했다.

노모는 작은방을 향해 굼뜨게 걸었다. 남자가 결혼한 후에 작
은방은 노모의 물건을 쌓아두는 창고로 쓰였다. 노모가 방문을 살

며시 열자 고릿하고 누릿한 냄새가 냉기에 딸려 나왔다. 열린 틈
새로 실타래 같은 것도 얼크러져 나왔다. 노모가 몸을 비틀어 방
으로 들어갔다. 문이 닫히고 그 너머에서 부스럭대는 소리가 들렸
다. 남자가 손잡이를 비틀었다.

아니다. 여긴 들어오지 마라. 방에서 노모가 소리쳤다.

거긴 엄마 비밀 창고다. 나도 못 들어간다. 뒤이어 들어온 노부
가 웃을 듯 말 듯 한 표정을 지었다.

저 방에 뭐가 있는데 그래요?

난들 아냐? 얻어 온 옷들이 산더미처럼 쌓였을 테지. 저번에는
거기서 나방이 나왔다.

나방이라니요?

여름에 말이야. 이만한 게 나왔어. 노부가 주먹 쥔 손을 내보였
다.

아버지도 참. 옷은 어디서 난 거래요?

나도 모르지. 죄다 쓸모없는 것들인데 신당을 차렸다.

그럼 교회에 갖다주지 그래요?

하나님이 달래도 안 줄걸. 그냥 놔둬라. 시끄러워지면 나만 힘
들다.

한참 후에 발그레한 얼굴로 방에서 나온 노모는 손에 움켜쥔 대
여섯 벌의 옷을 바닥에 펼쳐놓았다. 목이 늘어나거나 색이 변한
것들이었다. 남자가 힐끔대다 TV 채널을 바꿨다. 뒤축이 닳고 발

볼이 해진 운동화는 여자의 손에 들렸다. 여자가 멍한 표정으로 운동화를 내려다봤다. 노모가 보풀이 인 보라색 스웨터를 남자의 몸에 이리저리 대보았다.

입어봐라. 이건 너한테 참 잘 어울리겠다.

그런 거 입으면 사람들이 쳐다봐요.

가끔 이런 것도 입어야 기분전환이 된다. 돈도 아끼고 일석이조지?

필요하면 사야죠.

이것도 다 비싼 거야. 만져봐라, 아주 보들보들한 게 따뜻하겠지?

집에 다 있어요.

샀냐?

샀죠.

그냥 가져가라. 노부가 슬그머니 일어나 종이봉투를 들이밀었다.

싫다는데 그러세요.

너는 괜히 그러는구나. 이거 다 좋은 거야.

그게 다 어디서 난 거예요?

앞집 엄마가 백화점에서만 산다더라. 한번 입고 맘에 안 들면 안 입어.

십 년은 됐겠네. 남자가 혀를 찼다.

전도한다고 가서 집안일까지 다 해주고 저런 걸 받아 온다. 노부가 말했다.

집안일까지 해줘요?

전도하면 교회에서 한 명에 이만원씩 준다더라.

당신도 그걸로 먹고 입잖아요. 노모가 말했다.

그게 다 자식들 욕 먹이는 일이에요. 남자가 나무라듯 말했다.

모르는 소리 마라. 거기는 집이 아주 따끈따끈하다. 아버지가 니들 올 때만 집에 불 때지, 평소에는 불 안 땐다. 아주 으슬으슬해. 가서도 일 많이 하는 줄 알지? 안 한다. 그냥 빨래만 해준다. 손빨래하는 것도 아니고 세탁기가 다 알아서 해주는데 뭐가 어렵냐. 널고 걷고 개고, 그게 끝인데 어렵지 않다. 힘든 건 나도 못한다. 게다가 갈 때마다 만원씩 돈도 주는데, 이게 일석 몇 조냐? 나도 예전엔 일도 하고 살림도 해봐서 그 마음 잘 안다. 서로 돕고 살면 좋은 것 아니냐? 우리도 좋고 니들도 좋고.

며느리도 일하는데 거긴 안 가잖아?

행사장은 요즘 안 가세요? 여자가 화제를 바꿨다.

안 간다. 노모가 대답했다.

뭘 안 가? 요즘에도 간다. 노부가 말했다.

행사장이라뇨? 남자가 물었다.

싸구려 물건 가져다 비싸게 파는 데 있지 않냐? 노인들이 돈을 엄청나게 쓴다더라.

거긴 아들 같은 청년들이 어깨도 주물러준다. 친절한데다 갈 때마다 휴지도 하나씩 나눠주고. 옥장판에 누워 있으면 찜질방이 따로 없으니 몸도 풀리고 따끈하고 그만한 게 없다.

백만원이나 주고 옥장판을 샀으니까 그렇지.

백만원이요? 남자가 놀라 물었다.

아들 같은 청년들이라면서요, 어머니? 여자가 물었다.

집안은 점점 어두워졌다. 창문에 끼워진 간유리 때문에 창을 투과한 흐릿한 석양빛이 거실의 어둠에 섞여 들었다. 선반엔 주민센터에서 받은 표창장과 상패가 놓여 있었다. 노부가 물걸레로 먼지를 닦았다. 남자와 여자의 결혼사진도 닦았다. 사진 속에서 여자는 조금 놀란 표정으로 정면을 응시하고 있었다. 여자의 얼굴 위로 물걸레가 지났다. 남자는 오락 프로그램을 보며 킥킥 웃었다. 웃을 때마다 모로 누운 남자의 한쪽 다리가 허공에 들렸다. 남자를 바라보던 여자가 흠칫 놀라 눈을 돌렸다. 여자는 화면에 시선을 두었지만, TV를 보고 있지 않았다. 노모는 멍하니 앉아 유리창을 바라보다가 갑자기 일어나 주방으로 들어갔다. 소쿠리 한가득 귤을 가지고서 다시 나왔다. 주먹만한 귤은 껍질이 다 말랐다. 노모가 귤을 집어 하나씩 건넸다. 노부가 손을 저었다. 여자도 고개를 흔들었다. 남자는 귤을 받아들었다. 노모가 남자를 주시했다. 남자가 껍질을 깠다. 노모가 침을 삼켰다. 남자가 과육에 붙은 하얀 실을 떼어냈다.

귤은 그 흰 부분을 다 먹어야 한다. 나도 니 나이 때는 흰 거를 다 까냈다. 그땐 너무 몰랐다. 지금이라도 이렇게 알았으니 얼마나 다행이냐? 그게 피를 맑게 해준다. 뿐이냐? 암도 없애주고 숙변도 제거해주고 피부도 좋게 한단다. 너는 까지 말래도 그렇게 까니?

남자는 대답하지 않았다. 시무룩해진 노모는 두 눈을 끔뻑대며 옷가지를 바라보고 있다가 자신의 방문을 응시했다.

손님들이 늦으시네요. 여자가 시계를 바라봤다.

고기가 많은데 무슨 걱정이냐? 노부가 말했다.

고기도 다 됐는데 언제까지 기다리고만 있어요? 남자가 간유리를 쳐다봤다.

채소나 넣어야겠다.

전화비가 아까워서 그러는 거예요? 전화해보면 되잖아요.

노부는 대답하지 않고 자리에서 일어났다.

당신이 나갔다가 와. 여자가 말했다.

당신이 갔다 오면 되잖아. 남자가 길게 뻗은 다리를 꼬고 움지럭거렸다.

노부를 따라 여자가 밖으로 나갔을 때 도마 앞에 쭈그리고 앉은 노파와 마주쳤다. 몸집이 작은 노파는 열심히 입을 우물거렸다. 도마엔 넙적다리가 저며져 있었다. 노부는 입이 쩍 벌어져 말없이 노파를 노려봤다.

도대체 누구세요? 여자가 물었다.

권사님 보러 왔는데.

어머니는 집에 계시는데요. 여자가 얼떨떨한 목소리로 말했다.

권사님이 여기 어디 폐지를 모아놨을 텐데 영 찾을 수가 없잖아.

폐지라니요?

평소엔 잘도 가져가더니 오늘따라 안 보인다는 건 무슨 소린지. 노부의 얼굴이 일그러졌다.

노파가 수육을 뭉텅이로 집어 입에 구겨넣었다.

고기가 다 풀어졌어. 너무 삶았어!

이 망할 놈의 노인네가! 이도 없으면서 뭐가 풀어졌다는 거요?

들어왔다가 있길래 잘 익었는지 잠깐 본 건데 뭐, 잘못됐냐?

우리도 아직 안 먹은 건데 이러시면 어떻게 해요? 여자가 말했다.

뉘신가? 처음 보는 얼굴인데? 노파가 마당에 가래침을 뱉었다.

할머니! 침을 뱉어놓으면 그걸 누구보고 치우라는 거예요?

폐지도 모자라서 남의 집 귀한 고기까지 축내기요? 노부가 허공에 대고 삿대질했다.

아이고, 맛도 없는데 유세는?

맛이 없다니, 그게 얼마나 귀한 건데?

이번주엔 교회도 갈라고 했는데 못 가겠네, 못 가겠어! 노파가 국에 침 뱉는 시늉을 하며 자리에서 일어났다.

저놈의 노인네가?

노부가 노파 앞으로 달려갔다. 노파가 노부를 피해 대문 쪽으로 걸어갔다. 노파는 무릎 밑까지 내려오는 바지를 입고 있었는데 노모의 것과 같았다. 종아리엔 부푼 핏줄이 징그럽게 엉켜 있었다.

다신 이 집에 얼씬거리지 마요! 노부가 소리쳤다.

노파가 개집 위에서 폐지를 그러모아 대문 밖으로 사라졌다.

저런 정신 나간 할망구들을 전도한다고 저런다.

주저앉은 노부가 들통에 채소를 밀어넣었다.

거실엔 대여섯 벌의 옷가지와 운동화, 빈 종이봉투가 늘어져 있었다. 소쿠리 주변은 귤껍질이 떨어져 지저분했다. 남자는 TV를 보느라 노부와 여자가 들어온 줄도 몰랐다. 힘이 빠진 노부가 바닥에 앉았다. 여자도 벽에 등을 붙이고 앉았다. 노모는 작은방 문지방 쪽에 머리를 두고 잠들었다. 노부가 잠든 노모를 슬쩍 바라봤다. 피곤한 표정이었다. 노부가 노모를 깨웠다. 노모는 잠에서 깨어나지 않았다. 여자가 노모를 흔들었다. 코를 고는 노모의 입이 벌어졌다.

곧 손님들이 오실 텐데. 여자가 걱정된다는 투로 말했다.

온다고 한 지가 언젠데 아직까지 안 온다냐?

오시긴 하는 거예요? 남자가 시계를 봤다.

저녁이 다 지나는데 왜 아직까지 한 명도 안 오냐?

어떻게 해요? 여자가 물었다.

우리라도 먼저 먹자. 노부가 체념한 듯 말했다.

어머니는요?

배고프면 일어나겠지.

셋이 마당으로 나왔다. 노부가 도마 앞에 앉아 넓적다리를 저몄다. 소쿠리에 수육이 차곡차곡 놓이는 동안 남자는 냄비에 국을 퍼 담았다. 여자는 평상 위에 상을 폈다. 양념장과 깻잎, 들깻가루를 가져다놓고는 다시 파절임과 깍두기를 꺼내 왔다. 수저통은 통째로 옮겨놓았다. 날은 이미 어두웠다. 노부가 지하실에서 손전등 몇 개를 꺼내 왔다.

수육이 알맞게 익었구나. 노부가 말했다.

발은 별미로 구워먹을까요? 족발보다 쫄깃하다던데? 남자가 웃었다.

먹어봤나?

아니요.

이거나 먹어봐라. 노부는 남자의 그릇에 개 껍데기를 올려놓았다.

껍데기를 먹던 남자가 갑자기 헛기침했다. 음식물이 비닐 막에 튀었다.

개털이 들어갔어요. 얼굴이 붉어진 남자가 말했다.

여자는 눈살을 찌푸리고는 들키지 않으려고 담장을 바라봤다.

담쟁이넝쿨로 뒤덮인 담벼락이 붉었다. 넝쿨손은 마당 안쪽까지 감겨 내려와 회양목 화단으로 줄기를 늘어뜨렸다. 부푼 줄기가 마당을 타고 뻗어나와 평상 다리를 휘감았다. 바람이 일자 잎사귀들이 일었다. 마른 잎사귀들이 쉭쉭 소리를 냈다.

밖에서 소리가 들릴 때마다 그들은 누가 먼저랄 것도 없이 대문을 쳐다봤다. 그러다가 동시에 국으로 시선을 옮겼다. 개가 꼬리를 흔들며 짖었다. 노부가 갈비뼈를 던졌다. 뼈에 코를 박고 킁킁대던 개가 뼈다귀를 물고 집으로 들어갔다. 오독오독, 뼈 씹는 소리가 개집 밖으로 빠져나왔다. 수육을 입안에 넣고 우물대는 노부의 입 주변이 번들댔다. 남자는 국을 퍼먹었다. 노란 손전등 불빛이 남자의 얼굴에 음영을 만들었다.

맛이 어떠냐? 노부가 물었다.

개죽 같아요. 남자가 대답했다.

애도 꼬리를 흔들었겠죠? 여자가 젓가락으로 수육을 들췄다.

그야 개니까. 노부가 수육 한 점을 여자 앞에 놓았다.

아버지, 도저히 못 먹겠어요. 케이크를 가져와야겠어요.

여자가 들어갔을 때 노모는 여전히 잠들어 있었다. 여자는 케이크 상자를 들고 서서 노모의 얼굴을 내려다봤다. 노모의 얼굴은 허물처럼 흐늘거렸다. 눈 아래 불룩 튀어나온 지방이 늘어져 눈두덩엔 검은 그림자가 졌다. 다리를 대자로 벌리고 잠든 노모의 발목에서 불거진 혈관이 종아리를 휘감고 올라갔다. 굵고 가는 줄

기가 아래로, 옆으로, 위로 퍼지며 꼬이고 풀어졌다. 꽈리처럼 부
푼 것도 있었고 거미줄처럼 펼쳐진 것도 있었다. 꼬불꼬불한 줄기
는 노모의 몸을 타고 넘어 바닥으로 퍼져나갔다. 바닥에서 뻗어나
온 줄기가 노모의 몸을 타고 자라는 것 같기도 했다. 여자는 잠든
노모를 한동안 내려다보다가 작은방 가까이 다가갔다. 노모가 여
자의 발밑에서 뒤척였다. 여자가 흠칫 놀라 걸음을 멈췄다. 망설
이며 서 있던 여자가 손잡이를 돌렸다. 틈새가 벌어졌다. 방안을
들여다보던 여자의 손에서 케이크 상자가 툭, 소리를 내며 떨어졌
다. 감겨 있던 노모의 눈꺼풀이 스르르 열렸다.

해피 해피 나무 작업실

1

우재는 계약서를 들여다보고 도면에 나와 있는 대로 나무를 재단했다. 허공에 나무 먼지를 일으키던 톱밥이 고스란히 작업대에 내려앉았다. 제작중인 가구와 계약서에도 톱밥이 달라붙었다. 재단을 마친 우재는 뒤돌아서서 벽면으로 다가갔다. 벽면에는 가구를 만들 때 쓰는 공구들이 걸려 있었다. 톱의 종류는 일곱 개가 넘었고 끌과 조각칼은 그보다 더 많았다. 그 외에도 망치와 손도끼, 쇠 자와 줄 따위가 크기별로 정리되어 있었다. 우재가 손으로 공구를 만지고 지나가자 자루 끝에 달린 쇠 날이 흔들렸다. 쇠 날이 부딪치는 소리는 쇠막대가 여럿 달린 풍경 소리 같았는데 나중에는 징이나 편경처럼 끝 음이 늘어졌다. 보조하는 청년이 등받이 없는 의자에서 꾸벅꾸벅 졸고 있다가 잠에서 깨어났다.

그런데 왜 매번 쇠 날을 건드리는 거예요? 저건 연장이지 악기가 아니잖아요. 보조는 괜히 또박또박 말하면서 우재를 쳐다봤다.

지금은 연장이지만 조금 전에는 악기였는지도 모르지.

하지만 듣기 괴로운 소리가 난다고요.

우재는 공구 걸이에서 가지고 온 대패로 장식장 상판이 될 부분을 대패질했다. 수평각을 맞추던 우재가 나무 먼지 때문에 밭은기침을 하자 보조가 방진 마스크를 내밀었다. 우재는 마스크를 쓰지 않았다. 보조는 우재에게 내밀었던 방진 마스크를 자신의 얼굴에 쓰고 장식장 상판을 바라봤다. 우재의 이마에서 흘러내린 땀방울이 콧등에 걸려 있다가 상판으로 떨어졌다. 땀방울은 나무에 얼룩을 남기고 나뭇결 속으로 스며들었다.

시간을 줄이려면 손대패보다는 전동 대패를 쓰는 게 좋아요. 시간이 남으면 톱날이나 대팻날을 갈 수도 있으니까요. 숫돌을 멀리하면 나뭇결이 살아나기는커녕 오히려 뜯어지잖아요.

지금은 해야 할 일이 넘쳐나는군. 우재는 계약서를 들춰보다가 작업대 주변을 훑어봤다. 먼저 대팻밥과 톱밥을, 그런 다음에는 나뭇조각을 치워야 해. 모두 내가 해야 할 일이야.

맞아요. 일이 많은 건 좋은 거예요. 일이 없을 때 기술자님은 늘 쓸데없는 걸 만드니까요. 하지만 대팻밥이나 톱밥을 사 가는 업체가 있다는데 여기엔 왜 오지 않는 걸까요? 이것도 팔면 다 돈이 되잖아요. 보조가 대팻밥을 가리켰다.

우선 한쪽으로 치워놓고 나중에는 버려야 해.

소각장에는 지금도 톱밥이 수두룩해요. 나뭇조각이랑 대팻밥도요. 그걸 왜 팔지 않는지 모르겠어요. MDF 합판이 될 수도 있고 싱크대 상판이 될 수도 있잖아요. 그냥 버려지는 게 아니라요.

희한하군. 우재가 계약서를 집어들었다.

계약서에는 서랍 달린 장식장 도면이 그려져 있었다. 한쪽에만 경첩을 달아 상판의 덮개를 열고 닫을 수 있는 구조였는데 상판의 가로 길이가 정확하지 않았다. 180센티미터에서 200센티미터라고 쓰여 있는 게 다였다. 우재가 200센티미터로 재단해놓은 목재를 바라봤다.

제기에 쓰이는 목재로 장식장을 만드니까 그렇죠. 제기에 쓰이는 목재는 제기로 쓰이고, 장식장에 쓰이는 목재는 장식장이 되어야 하는 거잖아요. 보조가 잠시 생각하고는 말을 이었다. 하긴 그런 게 어디 있겠어요? 사장님이 시키면 시키는 대로 하는 거죠. 월급을 받으니까요.

우재는 보조가 하는 말에 대꾸하지 않고 장식장의 형태를 임시로 고정했다. 경첩이 들어갈 부분을 한쪽 손으로 지그시 누른 후 다른 손으로는 상판 덮개를 열었다가 닫았다. 그런 다음 다시 도면에 그려진 장식장과 형태를 잡아놓은 장식장을 번갈아 바라봤다.

어떻게 해야 할지 도무지 모르겠어. 우재는 상판의 가로 길이를 결정하지 못했다.

또 그러신다. 180센티미터나 200센티미터, 아니면 그 사이 어딘가, 셋 중에 하나로 하면 되잖아요?

아니야. 이건 사장님이 판단해야 해. 나 혼자 결정하기에는 너무 어려운 문제야. 우재가 유리벽 쪽으로 시선을 돌렸다.

유리벽 너머는 가구 전시장이었다. 전시장 소파에 고객이 앉아 있었고, 일호는 그 옆에서 고객을 바라봤다. 일호의 이야기를 듣고 있는 고객은 무언가에 도취한 표정으로 유리벽 너머를 건너다봤다. 그러나 우재나 보조를 보는 것은 아니었다. 작업장이나 작업중인 가구를 보는 것도 아니었다. 일호의 이야기를 들으며 시선을 작업장 쪽에 두었을 뿐이었다.

사장님은 매일 저기서 무엇을 하는 걸까? 뭔가를 팔고 있는지도 모르지. 해야 할 일이 이렇게 많은 걸 보면. 하지만 도무지 가구를 팔고 있는 모습으로 보이지는 않는데 말이야. 우재는 아홉 장의 계약서를 차례대로 넘겨봤다. 계약서마다 가구 도면이 그려져 있었고, 가로나 세로 길이를 나타내는 숫자들이 빼곡하게 적혀 있었다. 아니지, 그걸 내가 알 필요는 없지. 나는 내게 주어진 일만 하면 되는 거야. 그렇지. 우재는 중얼거리면서 고객의 소파 뒤쪽에 걸린 대형 스크린을 바라봤다. 스크린에서는 작업장 내부를 찍은 CCTV 영상이 송출됐다. 실시간으로 전송되는 화면은 그대로 홍보 영상이 되었다. 우재는 스크린에 나오는 자신의 모습을 힐끔거리다가 작업장 천장에 달린 CCTV 카메라를 쳐다봤다.

카메라는 의식하지 말라고 했어요. 보조가 말했다.

누가 그랬다는 거지?

사장님이요. 우리가 뭘 하는지 저쪽에서 다 지켜보고 있다고요. 보조가 유리벽 너머에 있는 일호를 턱짓으로 가리켰다.

하지만 장식장의 길이를 왜 이렇게 적어놨을까? 이런 적은 한 번도 없었는데. 아무래도 건너가봐야겠어. 우재는 손바닥을 털며 뒤돌아섰다. 고무를 덧댄 목장갑에서 먼지가 일었다.

가구점 뒷마당에는 작업장 입구와 전시장 후문이 나란히 붙어 있었다. 우재가 전시장으로 들어가는 철문을 열었다. 전시장은 불빛이 환했다. 불빛이 눈에 익기를 기다리느라 우재는 눈을 감고 한동안 서 있어야 했다. 우재가 감았던 눈을 떴다. 기다란 복도 양 옆으로는 '거실' '주방' '침실' '서재' 등의 이름을 단 전시실이 이어져 있었다. 각각의 공간에는 그에 어울리는 가구들이 갖춰져 있었다. 인테리어 소품이나 침구, 커튼 따위가 모델하우스에 온 듯한 착각을 불러일으켰지만 가구 외에 진열된 소품은 고가의 수입품으로 판매에서 제외됐다. 전시장 곳곳에 걸린 스크린에서는 작업장 내부를 찍은 CCTV 영상이 나왔다. 우재는 조금 전까지 자신이 있던 곳을 바라봤다. 작업대는 비었고, 보조는 졸고 있었다.

화면의 주변부가 어둡고 색감이 왜곡된 탓에 보조의 모습은 생각에 잠긴 기술자처럼 보였다. 우재는 발소리를 내지 않도록 주의하며 복도를 걸었다. 전시장 정문은 벽면에 가려 일부만 보였다. 로비 데스크에 앉아 있는 직원도 우재가 있는 곳에서는 보이지 않았다. 〈거실〉 쪽에서 인기척이 났다. 우재는 복도 벽면에 몸을 붙이고 서서 안을 들여다봤다.

일호는 일인용 소파에 앉아 있었다. 벨벳 소파에 등을 기댄 일호가 손등으로 볼을 떠받쳤다. 고객은 그 옆에 있는 소파에 앉아 일호를 바라봤다. 그들의 머리 위에서 샹들리에가 가볍게 흔들렸다. 크리스털 그림자가 비즈 달린 커튼처럼 벽면에 넘실댔다.

충격이 크시겠어요. 무슨 일이 있었는지는 몰라도 표정을 보면 그러셨을 거란 게 잘 느껴지는군요. 일호가 입을 열었다.

조금……

말씀으로는 조금이라고 하시지만 충격이 상당하셨을 것 같습니다. 무엇보다 지금 상태는 어떠세요?

조금 놀라서 그런 것뿐이에요. 여기 오다가 지하철에서……

지하철에서?

네. 제 옆에 앉은 노인이 노약자석에 앉아 있던 제게 소리를 지르기 시작하셨거든요. 그래서 제가 죄송합니다, 임신부예요, 하고 말씀드렸어요. 저는 그렇게 대화가 끝난 줄 알았거든요. 그래서 다시 귀에 이어폰을 꽂았어요. 태교에 좋다는 음악을 듣던 중이

라. 그런데 그분은 그게 끝이 아니셨나봐요. 주먹으로 제 팔뚝을 치시더라고요. 놀라서 쳐다봤더니 전보다 더 높아진 언성으로 막 욕설을 하시면서…… 고객이 참기 힘들다는 듯 인상을 찌푸렸다.

욕설을 하셨다고요?

네. 쌍시옷이 들어가는.

그렇게 심한 욕을?

네. 창피할 정도로. 불구자도 아닌데 젊은 년이 여기 앉아서, 이런 식으로.

젊은 년이 불구자도 아닌데 여기 앉아서?

네. 싸가지 없게, 이런 말씀도 하셨고요.

젊은 년이 불구자도 아닌데 싸가지까지 없다고 했으면 욕설이 심했네요.

네. 계속 욕만 하셨어요.

혹시 술 먹은 거 같진 않았어요? 맨정신에 그랬다는 거예요?

네. 술은 안 드신 것 같았어요.

임신부라고 한 말을 그분이 알아듣지 못한 게 아니었을까요?

아니요. 그럴 리가 없어요. 다시 욕설을 하셨을 때 제가 몇 번 더 말씀드렸거든요. 그런데도 그때 딱 일어나시면서 욕을 하시는 거예요. 그다음 역이 제가 내려야 할 역이었는데, 여기 앞에 전철역 말이에요. 고객은 손가락으로 허공을 가리켰다. 그분도 마침 내려야 할 역이었나봐요. 그런데 내리면서까지 삿대질하며 계속 욕을 하시는 거예요.

임신부라고 몇 차례 얘기했는데도 언성을 높이고 욕을 하고 그것도 모자라 내리면서까지 계속 욕을 했다는 거예요?

네. 화가 나고 기가 막히죠. 놀라기도 놀랐고요.

참 험한 일을 당하셨군요. 일단 놀란 마음을 진정시키는 게 우선입니다. 따뜻한 차를 한 잔 내오겠습니다. 여기, 일호는 흔들의자를 손으로 짚었다. 이 의자에 앉아 좀 쉬고 계세요. 화면을 통해 가구가 어떻게 제작되는지 보셔도 좋고요. 조금 더 현장감을 느끼고 싶으시다면 유리벽 너머로 가구가 제작되는 과정을 보실 수도 있습니다. 저희는 이처럼 모든 가구의 전 생산과정을 고객분들께 실시간으로 보여드리고 있답니다. 아주 투명하죠. 아마도 마음이 한결 편안해질 겁니다. 태교에도 도움이 될 수 있을 것 같고요.

그렇군요. 고객은 흔들의자로 자리를 옮겼다. 심리 상담을 받을 필요가 없겠어요. 의사 선생님을 만난 것보다 더 큰 위로가 되네요. 아주 편안해요. 고객이 만족스러워하며 몸을 앞뒤로 흔들었다.

그렇습니다. 그게 다 의자 덕분입니다. 임신부에게 어울리는 의자입니다. 이것은 온전히 고객님의 것입니다. 여기서는 자리다툼을 할 필요가 없다는 겁니다. 또한 자작나무로 만든 의자 다리는 정확하게 일곱 번을 휘어서 일곱 번의 열처리를 했기 때문에 칠 년 동안 무상으로 수리됩니다. 구매하신 분들은 다들 만족하고 계십니다. 다시 말해 재구매율이 상당히 높은 의자죠. 한번 앉으면 일어나기가 싫어질 정도입니다. 게다가 나무가 휜 형태도 재미나서 아이들이 정말 좋아합니다. 갓난아이는 금방 자라납니다. 물론 아이들이 좋아하는 건 어른들도 좋아합니다. 표현하지 않는 것뿐이지요. 어른이 돼서 어린아이처럼 좋아하기란 여간 쑥스러운 일이 아니지 않습니까? 그러니까 배 안의 아이에게 대물림하실 수도 있다, 이 말입니다.

일호가 자리에서 일어났다. 이를 본 우재가 〈거실〉 안으로 들어섰다. 고객은 눈을 감은 채 흔들의자에서 몸을 흔들었다. 크리스털 그림자가 고객의 얼굴에 빛처럼 쏟아졌다. 일호가 우재를 보고 당황하자 고객의 감겨 있던 눈꺼풀이 열렸다. 우재와 눈이 마주친 고객이 조그맣게 비명을 질렀다. 우재는 가죽 앞치마에 묻은 먼지를 털어내느라 고개를 숙였다. 허공에 부옇게 일던 먼지가 대리석 바닥을 더럽혔다. 일호가 인상을 찌푸리다 말고 고객을 향해 몸을 돌렸다.

아, 이분은 우리 회사의 가구를 만드시는 분입니다. 지하철에서 만난 노인 같은 분이 아니니 안심하셔도 좋습니다. 우재를 뜯어보는 고객에게 일호가 다시 말했다. 좋은 가구를 만드느라 자신의 몸을 도통 돌보지 않는 분입니다. 그것은 조물주와 다르지 않습니다. 정말 환상적인 일이 아닙니까? 일호가 미소 지었다. 그럼 마음의 평정을 찾을 때까지 잠시만 쉬고 계십시오. 저는 금방 다시 오겠습니다. 일호가 말하고는 우재를 데리고 〈거실〉 밖으로 빠져나왔다.

　손님이 계실 때는 이곳에 넘어오지 말라고 했잖아? 일호가 낮은 목소리로 타박했다.

　하지만 아무래도 이걸 모르겠어. 우재가 일호의 눈앞에 계약서를 들이밀었다. 장식장 말이야. 여기 보면 가로 길이가 180센티에서 200센티라고 되어 있는데 몇 센티로 해야 할지 도무지 모르겠어.

　그런 건 적당히 좀 알아서 해! 언제까지 일일이 지시해야 하는 거야?

　일호는 작업장으로 돌아가라는 듯 우재의 몸을 돌려세웠다. 우재는 일호가 떠미는 대로 밀리다가 몸을 돌렸다.

　180센티에서 200센티 사이에는 20센티나 들어 있다고. 그건 1센티로 나눠도 열아홉 개의 가능성을 가지고 있어. 게다가 밀리미터까지 고려하면 가능성은 더욱 늘어나지. 나 혼자 결정하기에는 너무 힘든 일이야. 자네의 결정이 필요해. 우재는 일호를 쳐다보지 못하고 눈을 끔뻑거렸다.

　그럼 180으로 해. 그게 목재가 적게 드니까. 아니면 200으로 하든가. 어차피 자투리는 쓸모도 없으니까.

　그래서 어떻게 하라는 말인가?

　마음대로 하라는 말이네. 중요하지 않다는 말이기도 하고.

　그런가. 그게 자네의 결정인가?

그래. 이제 다 됐지? 나는 할일이 많아. 무척 바쁘다고. 그걸 알아야 해. 네가 아무리 나와 친구라고 해도 그걸 잊어서는 안 돼. 그게 중요해.

일호는 우재의 등을 떠밀고 데스크에 앉아 있는 직원에게 다가갔다. 일호를 본 직원이 자리에서 일어섰다.

유자차를 준비해줘. 빨리 마시려면 뜨겁지 않은 게 좋아. 건더기도 적을수록 좋고. 일호가 뒤돌아서서 덧붙였다. 바닥 청소도 다시 해야겠어. 먼지가 묻었어.

일호가 직원과 이야기를 하는 동안 우재는 왔던 길을 되돌아서 〈거실〉 옆에 있는 〈주방〉으로 들어갔다.

일호가 다시 〈거실〉로 돌아왔을 때 고객은 흔들의자에 몸을 맡긴 채 팔걸이를 쓰다듬고 있었다.

죄송합니다. 일호가 정중하게 사과했다. 아시다시피 공단 내에서 저희만큼 성공한 가구점은 흔치 않죠. 그게 다 아티스트 덕분인데 저래 보여도 내공이 엄청난 실력자입니다. 물질에 혼을 불어넣으려 우직하게 일하지만 가끔은 이해가 안 되는 점이 없다고도 할 수 없습니다.

무엇이 말이에요? 고객이 몽롱한 눈빛으로 일호를 바라봤다.

예술이라는 게 그렇습니다. 남들과 같은 일상적인 생활이 불가능할 수도 있다는 말입니다. 예를 들면, 일호가 뜸을 들였다. 예술이 결혼생활에 미치는 영향이 없다고도 할 수 없습니다. 예술가 주변에 있는 사람들은 늘 어려움에 부딪히기 마련이지요. 저 친구의 부인은 무척 아름답습니다만 남편에 대한 불만이 이만저만한 게 아니더군요. 그러면서도 남편을 내조하기 위해 전시장에 자주 찾아온답니다. 자기 남편을 잘 좀 돌봐달라고 제게 부탁하기도 하고요. 제가 없으면 이해할 수 없는 물건이 집안에 쌓이니까요. 그건 저 친구의 장모도 마찬가지인데 전시장에 자주 나와 사위의 안위를 걱정하십니다.

그게 무슨 말씀이세요?

그러니까 간혹 이해되지 않는 부분이 있어도 그건 예술가라 그렇다는 말입니다. 예를 들면 지저분한 작업복이랄까. 한번은 초대받아 저 친구 집에 가본 적이 있었는데 집이 정말 예술적이더군요.

예술적이라고요?

글쎄 변기 타일을 뜯어서 식탁을 만들었지 뭡니까?

변기 타일을요?

그렇습니다. 변기를 놓느라 붙이고 남은 타일과 폐기해야 할 변기 수조 뚜껑으로 말입니다. 거기 앉아서 식사하는데 밥맛이 나겠습니까? 아, 그렇다고 걱정하실 필요는 없습니다. 여기서는 결코 그런 일이 있을 수 없습니다. 변기 타일로 식탁을 만들거나 하는 일 말입니다. 우리는 예술과 실용의 조화를 매우 중시합니다. 그렇기 때문에 저 친구의 가족들도 전시장에 직접 나와 가구를 구매한답니다. 오늘도 저 친구의 장모가 이곳에 방문하기로 되어 있고요. 말씀드렸다시피 제가 없으면 저 친구는 늘 희한한 걸 만들거든요.

선생님, 아니 사장님 같은 분이 계셔서 다행이에요. 정말 감사드려요.

알아봐주셔서 대단히 감사합니다. 예술과 실용을 접목해서 고객님 댁까지 안전하게 배송해드리는 게 저의 책임이자 보람이랍니다.

양도하겠어요.

네?

구매하겠다고요. 계약서를 주세요.

계약서를 드릴까요?

네, 계약서가 필요해요.

고객이 고개를 끄덕이자 일호가 직원을 불렀다. 직원은 허리를 꼿꼿이 세운 채 걸어들어와 벽면에 걸린 금고로 다가갔다. 목선에서 날카롭게 떨어지는 단발이 하얀 블라우스 깃 위에서 찰랑댔다. 직원은 들고 있던 수십 개의 열쇠 꾸러미에서 손쉽게 금고 열쇠 하나를 찾아내 자물쇠에 꽂았다. 금고 안에는 고객을 기다리는 계약서 뭉치가 들어 있었다. 직원이 조심스럽게 계약서 한 장을 꺼내들고는 다시 금고 문을 잠갔다. 철컥하는 무거운 소리가 〈거실〉에 울렸다. 직원은 과장된 몸짓으로 금색 쟁반 위에 계약서를 놓고는 고객에게 다가갔다. 펜꽂이에 꽂힌 보라색 깃털 펜이 쟁반 위에서 살짝 흔들렸다. 고객은 금색 쟁반을 무릎에 올리고는 황홀한 표정으로 계약서를 바라봤다. 직원이 계약서 서명 칸을 손가락으로 짚었다. 고객이 깃털 달린 펜으로 서명 칸에 자신의 이름을 적어넣은 후 신용카드를 올려놓자 직원은 계약서와 카드가 담긴 금색 쟁반을 가지고 밖으로 나갔다. 일호도 자리에서 일어섰다. 고객은 의자에서 일어나기 싫다는 듯 꾸물거렸다. 그러고는 원래부터 한몸이었던 의자에서 뜯겨 나오는 듯 힘겹게 몸을 일으켰다.

중요한 게 떨어져나간 것 같아요. 고객이 손으로 제 등을 쓸었다.

그만큼 훌륭한 의자입니다. 일호가 고객을 배웅하려는 듯 손바닥을 펼쳐 입구 쪽을 가리켰다.

배송은 언제 되나요?

다음주에 됩니다.

아니요. 최대한 빨리 보내주세요. 오늘이라도 당장!

최대한 맞춰보겠습니다. 하지만 늦어도 일주일 안에 이제 저 의자는 누구의 의자도 아닌 사모님의 의자가 됩니다.

일호와 함께 고객을 배웅한 직원은 서명이 담긴 계약서를 데스크 서랍에 넣었다. 동시에 전시장 유리문 안으로 중년 남자가 얼굴을 들이밀었다.

잠시 들어오시겠습니까? 그를 본 일호가 물었다.

지금 좀 바빠서……

중년 남자가 유리문 손잡이를 잡은 채 한쪽 발은 전시장 안에,

다른 쪽 발은 전시장 밖에 두고 고민했다. 일호는 그에게 다가가 안으로 들어오라고 손짓했다. 중년 남자가 난처한 표정을 짓는가 싶더니 재빨리 전시장 안으로 들어왔다.

상담은 어디서 진행하시겠습니까, 사장님? 직원이 정중하게 물었다.

늘 하던 데서. 일호가 〈서재〉를 가리키자 중년 남자가 일호보다 먼저 움직여 〈서재〉로 들어갔다.

〈주방〉 안쪽에 있던 우재는 복도에 아무도 없는 것을 확인하고는 밖으로 걸어나왔다.

마치 정신과의사처럼 말하는군. 우재가 중얼거렸다. 하지만 턱을 괴고 앉아 고객이 하는 말을 듣거나 따라 하는 것 외에 하는 일이 없었는데 정신과의사라니. 게다가 저 의자는 목재가 많이 들어간 것도 아니고 패브릭이 좋은 것도 아닌데 말이야. 도대체 누가 언제 열처리를 일곱 번이나 했다는 거지? 우재는 고개를 갸웃거리며 전시장 철문을 열고 뒷마당으로 나왔다.

2

살구 몇 개가 툭 소리를 내며 바닥에 떨어졌다. 우재는 나무를 올려다봤다. 무성한 잎사귀 사이로 뜨거운 햇빛이 비쳐 들었다.

바람이 불지 않는데도 가지에 매달린 살구가 툭툭 떨어졌다. 과육이 터져나온 살구 때문에 뒷마당은 누렇고 지저분했다. 우재는 바닥에 떨어진 살구 열매를 발로 짓이기듯 걸었다. 우재가 작업장에 돌아왔을 때 보조는 보이지 않았다. 작업대 위에는 대팻밥이 산더미처럼 쌓였고, 공구 걸이 밑에는 낡은 상자 몇 개가 방치되어 있었다. 못 쓰게 된 도끼날과 쇠붙이가 빠져나간 자루, 이 나간 대팻날과 부러진 삽 따위가 쓰지 않는 공구와 뒤섞여 있었다. CCTV나 고객의 시선이 닿지 않는 곳에는 가구가 쌓여 있었는데 팔리지 않아 버려야 할 것들이었다. 우재는 다리미판에 패브릭을 덮어씌워 만든 콘솔을 바라봤다. 패브릭을 덧댄 상판과 나무를 꼰 듯이 깎아 만든 다리 모두 검은색이었다. 사선으로 벌어진 두 개의 짧은 다리 때문에 옆에서 보면 노가 걸린 쪽배처럼 보였지만 옻칠을 한 다리미판 하부는 검은색이라기보다는 자줏빛에 가까워서 밑에서 보면 뒤집힌 벌레 같았다. 티 테이블은 불에 탄 나무를 상판으로 올려 절반이 검었다. 사람의 몸을 닮은 소파도 있었는데 여기저기 틈이 벌어진 크랙 가공 때문에 가죽은 튼 살처럼 보였다. 그마저도 목 부분은 잘려나가고 없었다. 그 외에도 금고를 뜯어 만든 일인용 의자와 사다리로 제작한 책장, 삽날 스탠드, 장식장이 된 여행용 트렁크 따위가 놓여 있었다. 우재가 녹슨 톱을 들고 사람의 몸을 닮은 소파 옆으로 다가갔을 때 벽 쪽에서 캑캑대는 소리가 들렸다. 우재는 천천히 고개를 돌렸다. 보조가 등받이 없는 의자에서 일어났다.

기척도 없이 언제 들어왔지?

계속 여기에 있었는데요. 보조가 재채기했다.

어디?

어디긴요. 제 의자 말이에요.

조금 전까지 비어 있었는데.

제가 없는 줄 알고 그쪽으로 간 거예요? 자꾸 그런 걸 만드느라 일을 안 하면 사장님이 싫어하세요. 그럴 때마다 혼나는 건 저라고요.

보조가 우재의 손에서 톱을 빼내 낡은 상자 안으로 던져 넣었다. 작업대로 다가간 우재가 일을 시작하자 보조는 다시 등받이 없는 의자로 돌아갔다. 우재는 눈을 감은 보조를 힐끗거리다가 가죽 소파를 물끄러미 바라봤다. 작업장 문이 열렸다. 햇빛을 등지고 서 있는 장모의 모습이 커다란 그림자 같았다. 열린 문 사이로 태양빛이 흘러들었다. 우재는 문틈으로 새어드는 햇빛을 피하려고 고개를 숙였다. 한동안 움직이지 않는 우재를, 장모가 내려다봤다. 장모의 표정에 짜증이 묻어났지만 그 때문에 우재에게 쩔쩔매는 것처럼 보였다. 잠에서 깨어난 보조가 장모의 손에 들린 제과점 봉투를 받아들었다. 봉투 안에서 유리병이 부딪치는 소리가 났다.

여기는 올 때마다 적응이 안 되는구나. 장모가 주위를 찬찬히 훑었다.

죄송해요. 우재가 빗자루를 꺼내들었다.

아니야. 그럴 필요 없다네. 장모가 빗자루를 낚아챘다. 할말이 있어서 왔어. 금방 나갈 거야.

무슨 말씀을?

앉을 데가 마땅치 않으니 그냥 서서 말하겠네.

네……

사돈은 잘 계시고? 장모가 물었지만 우재의 대답을 기다리는 것은 아니었다. 택배가 좀 늦어지는 것 같더구나. 장모가 우재를 바라봤다.

올해는 장이 늦어진다고 하셨어요. 된장하고 고추장 때문에 전화하셨다고 들었어요.

그랬다네. 워낙에 자네 어머님이 손맛이 좋지 않나. 나는 나이만 먹었지, 할 줄 아는 게 별로 없어요.

어머니께서 조금만 기다려달라고 하셨어요.

저번에 받은 게 다 떨어졌지 뭔가. 김치도 다 먹었다고 전해드려. 잊어버리고 그 말을 못했다네. 내가 다시 연락하는 건 결례이니 자네가 말씀드리게.

당연히 그래야죠. 우재는 고개를 주억거렸다.

그런데 요즘 딸아이가 하는 짓이 수상해. 알고 있나? 장모가 눈을 내리깔고 우재를 살폈다. 그러고는 유리벽 너머에 있는 일호를 바라봤다. 아무래도 이상해서 이렇게 찾아왔네. 자네는 무슨 낌새를 못 챘나?

우재는 고개를 저었다.

혹시 전시장에 자주 나와 노닥거리지는 않나? 자네가 있는 작업장은 들러보지도 않고 말이야. 장모가 눈짓으로 일호를 가리켰다.

가끔……

그래. 역시 그렇군. 걔가 아직도 그렇게 철이 없네. 장모가 한숨을 내쉬었다. 아무튼 내가 알아보고 정리할 테니까 걱정하지는 말고. 알아들었나? 자네는 자네가 해야 할 일을 하면 되네. 장모의 표정이 누그러졌다. 그런데 그 깜찍한 것이 글쎄 자네를 두고 집에 있는 식탁 같은 존재라고 했다네. 대체 어떻게 하면 그런 말이나 듣고 다니는 건가. 내가 참 속이 상해요. 자네는 내 아들이나 다름없다는 걸 알고 있지? 나도 요즘 정신이 부산스러운데 걔까지 그러니 원. 장모가 울먹이는 체했다.

우재는 눈을 끔뻑이며 장모를 바라봤다.

이번에 몸이 안 좋아서 병원에 갔더니 치료비가 백팔십만원이 든다지 않나. 자네도 알다시피 내가 그런 돈이 어디 있겠어. 어쩌겠나, 치료도 받지 못하고 그대로 집으로 돌아왔다네.

알겠습니다.

고맙네.

당연히 제가 해야 할 일이에요.

딸아이는 모르게.

우재가 고개를 끄덕였다.

뿐만이 아니야. 집에 있는 침대가 오래돼서 영 기분이 좋지가
않아. 그것 때문에 머리가 더 아픈 것 아닌가 하는 생각이 드니까
그 이후로는 머리가 부서질 듯 아파요. 게다가 자네가 스탠드를
달아준 후로는 꿈자리까지 뒤숭숭한 게 여간 불편한 게 아니라네.
아무리 그래도 그렇지, 침대 머리맡인데 삽날로 스탠드를 만들면
어쩌자는 건가? 똑같이 자네가 만든 거라도 전시장에서 사는 것은
안 그렇다네. 좀 비싸기는 하지만 아주 편하고 좋아. 장모의 얼굴
에 미소가 번졌다.

우재는 공구 걸이에 걸린 삽을 바라봤다. 장모도 우재의 시선을
따라 삽을 바라봤다. 보조는 제과점 봉투에 얼굴을 들이밀고 그
안을 들여다봤다.

보조 청년, 수고가 많은 건 알고 있지만 볼 때마다 졸고 있으면
되겠나? 장모가 부드러운 목소리로 말했다.

안 졸았는데요. 보조가 봉투 안에서 얼굴을 빼 들었다.

보조라면 본분에 맞게 보조 일을 잘해야 하고, 사장님 말씀도
잘 들어야 좋지 않은가?

사장님 말씀은 이미 잘 듣고 있는데요.

졸고 있는 게?

저는 졸고 있는 게 아니라 일을 하고 있는 거라고요.

장모는 잠시 생각에 잠겨 있다가 알았다는 듯 고개를 끄덕였다.

보조는 제과점 봉투에서 조각 케이크와 음료수를 꺼내 작업대 위에 올려놨다.

하나는 초코 케이크고 하나는 바닐라 케이크예요. 어떤 걸 드실 거예요? 보조는 낱개 포장한 조각 케이크를 양손에 쥐고 우재에게 물었다. 우재는 대꾸하지 않았다.

그럼 나는 전시장으로 가보겠네. 장모가 귀찮다는 듯 빠르게 말했다. 내가 사장님이랑 의논해서 물건을 골라놓을 테니 자네가 값을 치르게. 저분이 베푼 은혜가 얼마나 큰가. 자네에게 먼저 동업도 제안하고 말이야. 투자금도 변변찮은데 얼마나 감사한 일인가. 늘 감사해야 하네.

알고 있어요.

장모가 구두굽 소리를 내며 돌아서자 우재가 장모보다 앞서 작업장 문을 열어주었다. 장모가 우재에게 작업장에 있으라고 말했지만 우재는 장모를 따라 전시장으로 향했다.

일호는 〈서재〉에서 중년 남자와 상담중이었다. 장모가 〈서재〉 안쪽을 힐끗거리다가 고객이 있는 것을 보고 잠시 기다리겠다고 했다. 우재가 장모를 〈거실〉로 안내했다. 〈거실〉에서는 〈서재〉가 건너다보였다. 소파에 앉은 장모는 일호를 의식하며 손톱을 물어뜯었다.

어떻게 되셨습니까? 일호가 맞은편에 앉은 중년 남자에게 물었다.

성질만 버렸죠. 중년 남자는 커다란 의자에 앉아 인상을 잔뜩 찌푸렸다.

사건에 한번 휘말리면 그렇게 되는 거예요. 정중하게 말하는 일호의 입술 끝이 한쪽으로 치우쳤다.

성질을 버리는 것보다 공포심을 느끼게 되니까 그게 더 큰 문제죠. 와이프도 무서워서 밤에 잠을 잘 못 자요, 사실.

사장님이 화풀이 대상이 된 거죠.

꼭 그런 건 아니에요. 나 말고도 그 인간한테 당한 사람이 한 명 더 있었는데, 앞에 치킨집 사장 있잖아요? 그 인간이 치킨집에서 술을 처먹으면서 매일같이 치킨집 사장을 괴롭힌 거예요. 치킨집이 화가 나서 주먹으로 한 대 쳤대요. 그 인간이 치킨집한테 얻어맞은 뒤로는, 이게 무서우니까 치킨집에는 가지도 못하고 괜히 우리집에 와서 화풀이를 하는 거예요. 쓸데도 없이 기운만 넘쳐나는 꼴이 아주 심각하다니까요. 요즘은 우리집만 계속 시달리잖아요. 술맛 떨어진다고 그나마 오던 손님도 다 떨어졌어요.

쓸데없이 기운만 넘쳐서 그러는 걸 잘 이용해야죠. 저번에도 말씀드렸다시피 그게 다 쉬워 보여서 그런 거예요. 아예 넘볼 수 없는 대상이 되면 그런 사람이 접근을 안 해요. 깍지 낀 양손으로 턱을 받치고 있던 일호가 차분하게 말했다.

이 싸움에 마침표를 찍고 싶어요. 아주 지겨워요. 예전에도 그런 적이 있으니까 영업 방해로 집어넣을 수도 있다던데. 영업 방해는 형사죠? 벌금이 삼십만원 정도 나온다던데.

감자집 사장님이 이번 일로 법조계 전문가가 되셨네요. 하지만 그렇게 고소하면 서로 개싸움이에요. 꼬리에 꼬리를 물고 이어지죠. 게다가 영업 방해는 구치소에 넘쳐나요. 쓸데없이 기운만 넘쳐나니까 당연히 성희롱으로 넣어야죠. 변 치우는 과정에서 사모님께 불쾌한 일이 있었다고 했잖아요?

그랬죠. 우리 와이프가 그 인간이 싸놓은 똥을 치우다가 물벼락을 맞았잖아요. 갑자기 고무호스를 들이대는 바람에 와이프가 입고 있던 옷이 죄다 젖었다고요. 그후로 와이프가 화병이 나서 아예 드러누웠어요. 중간에서 나만 더 힘들어졌다니까요.

그게 바로 성희롱입니다. 영업 방해는 법으로 가면 일 년은 걸려요. 일 년은 너무 깁니다.

CCTV 영상이랑 녹취 파일이랑 다 있는데요.

판독하려면 오래 걸려서.

경찰도 미친놈이라고 하더라고요.

경찰이 그런 말을 하면 안 되죠.

그 생각만 하면 화가 치밀어서 숨이 안 쉬어져요.

성희롱으로 인한 트라우마를 겪고 계신 사모님을 곁에서 지켜봐야 하는 감자집 사장님의 트라우마라고 봐야죠.

네?

더 심해지면 공황장애로 이어지는 거죠. 그게 다 쉬워 보여서
그렇습니다. 감자집 사장님이야 그렇지 않아도 상대방은 오해하
는 거죠. 그러니까 정말 사장님의 권위를 대신해줄 물건이 필요한
겁니다. 그만큼 고민하셨으면 많이 하신 거예요. 그래도 시간이
필요하다면 신제품에 앉아 좀 쉬고 계세요. 금세 편안해질 겁니
다. 과중한 스트레스로 지쳐 있으니 여기서 좀 주무셔도 좋고요.
깊은 숙면은 두뇌에 새 힘을 공급하고 피로한 몸을 여유롭게 바꾸
어주죠. 의자를 뒤로 젖히면 중력을 느낄 수 없습니다. 무중력상
태에서 몸이 둥둥 떠다니는 것 같은 기분을 느끼실 겁니다. 지구
에서 가장 편안한 의자죠. 여기에서는 생각이고 걱정이고 아무것
도 할 필요가 없다는 말입니다. 그래서 전시장에 있는 의자 중에
서 가격도 가장 비싸답니다. 이 나무로 말씀드리면 정확하게 일곱
번을 휘어서 일곱 번의 열처리를 했기 때문에 칠 년 동안 무상으
로 수리 가능합니다. 한번 앉으면 일어나기가 싫어질 정도입니다.
구매하신 분들은 다들 만족하고 계십니다. 다른 분들께 소개도 많
이 하고요. 그러나 이런 고가의 신제품을 살 수 있는 사람이 많지
가 않습니다. 가격은 비싸도 그만큼의 가치가 있죠. 이런 의자가
사업체에 떡하니 자리잡고 있으면 누구도 사장님을 쉽게 볼 수가
없죠. 그게 바로 권위예요. 아무나 넘볼 수 있는 의자가 아니라는
말씀입니다.

　　직원이 유자차를 가지고 〈서재〉로 들어왔다. 일호는 받아든 찻

잔을 중년 남자 앞에 놓았다.

유자차 좀 드시겠습니까? 따뜻한 물을 한잔하시든가. 일호가
말했다.

무중력 의자로 옮겨 앉은 중년 남자가 고개를 천천히 들었다.

그동안 중력이 온몸을 옥죄는 느낌이었는데 드디어 내게 필요
한 걸 찾았군. 물보다는 유자차가 좋겠어요. 심신에 유익한 비타
민C로!

그럼 좀 쉬고 계십시오, 사장님.

일호가 의자 등받이를 뒤로 젖히자 남자의 몸도 뒤로 젖혀졌다.
남자가 팔과 다리를 허우적대다가 자세를 고쳐 편안하게 누웠다.
눈을 감고 누운 남자의 얼굴이 하얘졌다. 남자가 감았던 눈을 번
쩍 뜨고는 외쳤다.

아니야! 이러고 있을 필요가 없겠어. 계약서를 가져다줘요.

그래도 조금 더 생각을 해보시고.

아무나 넘볼 수 없는 권위를 갖기 위해서는 빠른 판단이 필수!
계약서를 가져와요.

사장님께서 정 그렇게 말씀하신다면 계약서를 가져다드리겠습
니다.

일호가 〈서재〉에서 나왔다. 장모가 일호를 보고 수줍게 미소 지
었다. 와인색 립스틱을 바른 장모의 입술이 살짝 벌어져 치아가
드러났다. 일호는 못마땅한 얼굴로 우재를 살피다가 장모를 보고

환하게 웃었다. 장모의 얼굴빛이 발그레해졌다. 일호는 장모를 〈거실〉 밖으로 데려가며 우재에게 건너가 있으라고 말했다. 둘의 뒷모습을 바라보던 우재가 뒤돌아섰다.

아까는 정신과의사처럼 굴더니 이제는 변호사처럼 말하는군. 장모님과 있을 때는 또 어떻게 바뀌는 걸까. 우재는 중얼거리며 복도를 따라 걸었다.

뒷마당과 연결된 골목으로 주변 상인들이 지나갔다. 살구 열매는 상인들의 발에 밟혀 바닥에 들러붙었다. 살구 몇 개를 손에 꼭 쥐고 있던 여자 중 하나가 우재에게 알은체했다. 우재는 여자들의 손에 들린 보송보송한 살구를 살피느라 허리를 구부렸다. 여자 중 하나가 우재에게 해피 해피 하우스 사장님이라고 말하자 다른 여자가 해피 해피 사장이 아니라 해피 해피 기술자라고 정정했다. 또다른 여자는 해피 해피는 동업이니까 다시 사장님, 하고 우재가 들을 수 있도록 큰 소리로 말했다. 해피 해피 사장님, 우리 다 같이 저녁 좀 사주세요. 지난번처럼 근사한 식당에서, 이번에는 와인이랑 같이요. 무리 중 하나가 말하자 여자들이 까르르 웃으며 우재를 지나쳤다. 우재가 고개를 끄덕이며 알았다고 말했지만, 그들은 골목 끝에서 다른 골목으로 사라져버렸다. 킥킥대는 웃음소리도 차츰 멀어졌다. 골목 바닥에는 누런 발자국이 얼룩덜룩 어지럽게 찍혀 있었다.

우재는 작업장으로 돌아와 톱밥과 대팻밥을 쓸어 자루에 담았다. 먼지가 자욱하게 일다 가라앉았다.

비타민 음료를 마시면 건강해지겠죠? 보조는 장모가 사 온 음료수를 마셨다. 정말 몸이 건강해지는 것 같아요. 보조는 조각 케이크도 한입 베어 물었다. 역시 상상했던 맛 그대로예요. 달콤하니까 기분도 좋아지고요. 기분이 좋아지니까 톱밥이나 대팻밥도 하얀 눈처럼 보여요. 보조는 비타민 음료와 바닐라 케이크를 우재에게 건넸다.

무슨 맛인지 모르겠군. 우재는 한입 베어먹고 남은 케이크를 작업대에 올려놨다.

매번 그러시더라. 맛있는 건 맛있는 거고 맛없는 건 맛없는 거죠. 아무 맛도 없는 게 아니라요. 보조가 쩝쩝거리다가 생각났다는 듯 제 무릎을 치며 일어났다. 혹시 미각을 잃어버린 게 아닐까요?

맛은 느껴지는데 무슨 맛인지 모르겠어. 쓴 것 같기도 하고 신 것 같기도 하고 말이야.

하긴 미각이 잘못된 사람도 있으니까요. 보조는 다시 의자에 앉았다. 단 게 쓰고 신 게 짜고 한 사람들도 있다잖아요. 병원에는 가보셨어요?

우재는 대꾸하지 않고 작업대로 다가갔다. 재단해놓은 목재를 줄자로 잰 후 180센티미터 길이와 200센티미터 길이에 두 줄의 먹줄을 쳤다. 그런 다음 공구 걸이 아래 낡은 상자 안에서 녹슨 톱을 꺼내들고 장식장 상판이 될 목재와 톱날을 번갈아 살폈다. 톱은 군데군데 날이 나갔다. 우재가 나무에 톱질했다. 나무가 잘리면서 비릿한 냄새가 났다. 옹이 부분의 엇결에서 녹슨 톱날이 휘청대며 미끄러졌다. 톱날은 먹줄과 먹줄 사이를 벗어나 굽어지더니 엇나간 결을 따라 비뚤게 나아갔다. 톱날이 미끄러지면서 우재의 왼손 엄지를 쓸고 지나갔다. 살갗이 벌어진 왼손 엄지에서 피가 새어나왔다. 핏물은 장식장이 될 목재에 붉은 얼룩을 남기고 나뭇결 속으로 스며들었다. 가죽 앞치마에도 붉은 피가 번졌다.

왜 또 그런 거예요? 보조가 뒤늦게 소리쳤다.

아프지 않아.

치료해야 한다고요. 보조는 구급약이 든 상자를 들고 허둥지둥 움직였다.

아무렇지도 않아.

정말 감각이 마비된 거 아니에요?

우재는 대꾸하지 않았다.

손가락을 다쳤으니 당분간 일을 할 수 없게 됐어요. 한눈팔았다고 사장님께 또 혼이 날 텐데 어떻게 하죠?

버려야겠군. 오리나무를 바라보는 우재의 목소리는 담담했다.

우재는 핏방울이 스며든 나무를 톱밥과 대팻밥이 담긴 자루 옆으로 옮기고는 사람의 몸을 닮은 소파에 앉았다. 유리벽 너머 전시장에서는 일호와 장모가 소파에 앉아 있다가 한참 만에 일어났다. 일호가 〈침실〉을 가리키자 장모가 일호를 따라 〈침실〉로 들어갔다. 장모의 날씬한 몸이 스커트에 휘감겼다. 우재가 슬쩍 미소 지었다. 보조는 울상이 된 얼굴로 우재의 다친 손가락을 바라봤다.

케이브인

식당 문이 열렸다. 미닫이문은 옆으로 밀리다 기우뚱하게 멈춰섰다. 그 사이로 얼굴을 들이민 남자가 실내를 빠르게 훑었다. 남자는 뒤에 있는 일행에게 가볍게 고갯짓을 하고 안으로 들어섰다. 어기적거리며 남자의 뒤를 따르던 노부가 김 서린 안경을 이마 위로 추켜올렸다. 이어 노모가 두꺼운 모피 아랫단을 손으로 감아쥐고 문을 통과했다. 노모의 뒤에서 여자는 문틈에 낀 가방을 앞으로 잡아챘다. 넷은 들어온 순서대로 문 안쪽에 서 있었다. 노모가 노부의 모직 코트 등판을 손바닥으로 털었다. 코트에 묻은 눈가루가 바닥으로 떨어지는가 싶더니 허공에서 녹아 없어졌다. 여자가 노모의 비쩍 마른 손과 노부의 살찐 등을 번갈아 바라봤다. 남자는 종업원과 눈을 마주쳤다. 종업원은 유리창 쪽 테이블을 가리키고는 남자를 스치듯 지나 레일 위에 걸린 문 귀퉁이를 주먹으로 살짝 쳤다. 비뚤게 서 있던 문이 덜컹거리며 제자리로 돌아왔다. 실내에 바람이 일자 중앙에 놓인 대형 화덕 안에서 불길이 치솟았다. 식당 안에 매캐한 냄새가 떠돌았다. 넷은 붉은 카펫 위를 일렬로 걸었다. 구두에 묻어 있던 눈이 카펫에 스며들었다.

변덕스러운 날씨야. 자리에 앉은 노부가 안경을 닦으며 말했다.

집은 아직 멀었나? 노모가 모피를 뒤집어 보조의자에 올려두고 물었다.

근처 외곽이에요, 장모님. 남자가 대답했다.

여기 근사하네요. 여자가 주위를 둘러봤다.

앞 테이블에서 사내 둘과 여자 하나가 고기를 구웠다. 나란히 앉은 사내와 여자는 어깨에 양털 패치가 들어간 니트를 맞춰 입었다. 니트에는 새 옷 특유의 구김이 그대로 남아 있었다. 커플 맞은편에 앉은 다른 사내는 사내의 친구였다. 다른 사내가 여자의 술잔에 맥주를 따랐다. 셋은 술잔을 들어 건배했다. 술에 취한 여자가 실수로 사내의 어깨를 치는 바람에 사내는 들고 있던 술잔을 놓쳤다. 사내의 바지가 술에 젖었다. 취한 여자가 사내의 바지에 묻은 술 얼룩을 휴지로 닦으려고 자리에서 일어났다. 여자가 허리를 굽히자 입고 있던 패딩 스커트가 부하게 벌어졌다. 스커트 안쪽을 들여다보려고 다른 사내가 등을 구부렸다. 여자가 다른 사내의 시선을 느끼고 자리에 앉았다.

그 광경을 지그시 보고 있던 노부도 고개를 돌렸다. 노모와 눈이 마주친 노부는 관심 없다는 듯 어깨를 살짝 들어올렸는데 턱살에 목이 파묻혀 턱선과 목선의 경계가 사라졌다. 종업원이 다가와 숯불 화로를 테이블에 올리고 천장에 매달린 환풍기를 끌어내렸다. 노모가 화로에 손을 쬐며 노부를 흘겨봤다. 넷의 얼굴에 숯불에서 피어오른 붉은 그림자가 어른댔다.

기영인 아직도 그런가? 노부가 노모의 눈치를 살피며 물었다.

뭐. 그렇죠. 노모가 퉁명스럽게 대꾸했다.

일 년이 넘었지?

그렇게 됐죠.

그래서 오늘 수연이 결혼식에도 안 온 건가?

기영이 말이에요?

누워 있는 애가 어떻게 오겠어. 기영이 엄마 말이야.

그런가보죠. 시위라도 하나보죠.

시위라니, 시위할 게 뭐가 있다고?

병원비를 내주든 기도를 해주든 뭐라도 해달라는데 누가 그렇게 신경을 쓰겠어요?

그래도 보험금이 나올 텐데?

그러면 다행이게요.

어차피 그렇게 된 거, 빨리 가는 게 낫지.

올케도 이제 그만 좀 가라고 한대요.

어떻게 스무 살밖에 안 된 애한테 죽으란 말을 아무렇지도 않게 한대요? 뇌사라도 들을 건 다 듣는다던데. 여자가 껴들었다.

그들 사이에 짧은 침묵이 흘렀다.

듣기라도 하면 오죽이나 좋겠어? 노모가 긴 숨을 뱉어냈다.

육 개월 안에 깨어나지 않으면 가망이 없다지 않냐? 노부가 눈을 끔뻑거리며 대꾸하고는 불룩하게 튀어나온 손마디를 다른 쪽 손가락으로 꾹꾹 눌렀다.

그게 친자식이 아니라면서요? 여자가 물었다.

너는 또, 그런 말은 어디서 들었어? 노모가 목소리를 낮췄다.

할머니가 외숙모 몰래 여자를 들였다면서요? 여자가 남자를 슬쩍 바라봤다. 남자는 휴대폰을 들여다보는 중이었다.

얘가 별말을 다 하네. 자식을 못 낳으니까 그랬지, 잘 낳으면 왜 그랬겠어? 돌아가셨으니 망정이지, 기영이가 저리된 걸 알면 무덤에서라도 걸어나오실 양반인데. 노모도 남자를 흘깃거렸다.

남자는 음식을 주문하려고 종업원이 있는 쪽을 바라봤다. 종업원과 눈이 마주친 남자가 들릴락 말락 한 목소리로 모둠으로 하나, 하고 말했다. 남자의 입 모양을 보고 있던 종업원이 알아들었다는 듯 고개를 끄덕거렸다. 여자는 창밖을 내다봤다. 유리창에 김이 껴서 밖은 부옇고 흐려 보였다. 여자가 손바닥으로 유리창을 닦아내자 투명해진 곳으로 얼어붙은 호숫가 풍경이 들어왔다. 빙판에는 타원 모양의 구획을 따라 수십 개의 깃대가 서 있었고, 깃대 위에서 붉은 깃발이 나부꼈다. 스케이트를 신은 사람들이 그 주변을 빙글빙글 돌았다. 썰매판을 붙잡은 어른들도 굼뜨게 뛰었다. 아이들은 썰매 위에서 양발을 높이 쳐들거나 한 손을 번쩍 들었다. 엉덩방아를 찧은 소년은 아예 바닥에 주저앉아 울었고, 운동화로 갈아 신은 소녀는 제자리에서 발을 굴렀다. 호수를 빙 둘러싼 나무들이 긴 그림자를 만들었다. 나무숲 뒤로 띄엄띄엄 모텔 건물이 숨어 있었다. 네온 불빛이 깜빡거리다 간판에 불이 켜졌다. 눈썰매를 끌던 어른들도, 빙판을 지치던 사람들도, 엉덩이를 털고 일어선 소년도 어디론가 돌아갈 채비를 했다. 눈은 잦아들었고 밖은 금세 어두워졌다. 여자의 손바닥이 지난 유리창에 물막이 꼈다. 어둠 탓에 호숫가 풍경 위에 식당 내부가 겹쳐졌다.

종업원이 서빙 카트에서 꺼낸 기름장과 밑반찬을 테이블에 올려놓았다. 여자는 비뚤게 놓인 샐러드 접시를 반듯하게 고쳐 놓았다. 큼직하게 잘린 두 덩이의 소고기가 불판 위에 놓였다. 소고기 밑면에 핏물이 고이다 불판 아래로 뚝뚝 떨어졌다. 흰 연기는 환풍기를 통해 빠져나갔다.

고기가 좋구나. 노모가 감탄했다.

저희 동굴식당엔 최고급 소만 들어옵니다. 종업원이 말했다.

이렇게 기름이 배게 하려고 소를 가둬 키운다죠? 여자가 묻자 종업원이 여자를 내려다봤다. 마블링 말이에요, 마블링. 그걸 만들려고 소를 우리에 가두고 사탕만 먹인다던데. 여자가 손으로 턱을 괴고 종업원을 쳐다봤다.

그게 무슨 말이냐? 노모가 물었다.

사탕이라니? 노부가 물었다.

죽이기 몇 달 전부터 소를 축사에 가둬두고 옥수수만 먹인다잖
아요. 그게 사람으로 치면 사탕인 셈이고요.

소가 사탕만 먹고 어떻게 살아? 노모가 짜증스럽게 말했다.

저희 동굴식당은 방목한 소만 취급합니다. 저기 걸린 사진처럼
말이죠. 특히 이런 고기는 호주의 드넓은 초원에서 마음껏 뛰어놀
며 자란 소입니다. 최고급이란 말씀이죠.

넷은 동시에 주방 칸막이에 걸린 길쭉한 현수막을 쳐다봤다. 몇
마리의 소가 초원에서 풀을 뜯고 있었다. 그 위에 '청정 자연에서
자란 위생적인 호주 소'라는 문구가 적혀 있었다.

그러네, 저기 있네. 좋아 보이네. 남자가 말했다.

거짓말이죠. 방목한 소는 기름이 별로 없다고요.

그럼 맛있게 드십시오. 돌아서는 종업원의 눈매가 매섭게 변했
다.

먹는 거에 너무 많은 생각을 하면 못쓴다. 노모가 혀를 찼다.

소가 일도 안 하고 옥수수만 먹으면 그런 호강이 어디 있냐. 노
부가 말했다.

당신, 소고기 좋아하잖아? 남자가 여자의 어깨를 툭 쳤다.

어, 고기가 다 타지 않니? 노모가 소고기를 뒤집었다.

젓가락이 그릇에 부딪치는 소리, 가위 날이 서걱대는 소리, 환풍기가 돌아가는 소리, 사람들이 두런대는 소리가 아치형 천장 아래서 웅웅 울렸다. 미닫이문이 덜컹대며 열렸다. 여자가 소리 나는 데를 바라봤다. 문은 넷이 들어올 때와 같은 곳에서 비뚤게 멈춰 섰다. 실내로 들어온 남자가 다리를 쩍 벌리고 서서 팔짱을 꼈다. 모자챙 밖으로 삐져나온 머리카락이 젖어 있었다. 남자는 짜증 섞인 눈으로 뒤를 힐끗 봤다. 뒤이어 남자보다 조금 더 나이들어 보이는 여자가 들어왔다. 나이든 여자는 어린 남자의 눈치를 살피며 종업원의 안내를 기다렸다. 종업원이 문 귀퉁이를 주먹으로 탕탕 쳐서 문을 닫고는 인조 바위 옆의 빈 테이블을 가리켰다. 어린 남자가 성큼성큼 걸어 인조 바위 옆에 앉았다. 어린 남자는 목에 감긴 회색 목도리를 풀지 않았다. 나이든 여자가 파카를 벗어 의자 등받이에 걸쳐놓았다. 나이든 여자는 체크무늬 카디건과 플레어스커트를 입고 학생처럼 앉았는데 어려 보이려는 태도 때문에 더 나이들어 보였다. 나이든 여자가 다리를 꼬았다가 풀고, 풀었다가 꼬았다. 그러다가 심각해져서 말했다.

그 돈은 처음부터 내 돈이 아니었어. 나는 삼천만원이 넘는 돈은 내 돈이 아니라고 생각해. 어릴 적부터 엄마한테 그렇게 배웠어. 게다가 남편을 잃고 받은 돈을 어떻게 쓰겠어? 삼억이라는 돈은 나한테 너무 큰돈이잖아. 겁이 나더라고. 그래서 일억은 기부했어. 보험금이 나오자마자.

그 돈을 나한테 주지. 어린 남자가 입술을 비죽거렸다.

그땐 당신을 몰랐으니까 그럴 수가 없었잖아. 나이든 여자가 한쪽 눈을 찡그렸다. 콧잔등에 주름이 졌다.

그리고? 어린 남자가 목도리를 풀어 양손에 쥐었다.

그리고? 그러고는 집을 샀어. 나이든 여자가 느긋하게 메뉴판을 펼쳐 들었다.

어디에?

어디냐면 김포에. 주택이야, 스물두 평짜리. 딸이랑 둘이 사니까 그렇게 큰 집은 필요 없겠더라고. 나이든 여자가 음식을 주문하고는 잠시 뜸을 들이다가 다시 말했다. 그리고 나머지는 은행에 있어. 나는 그렇게 많은 돈은 필요 없거든. 나이든 여자가 순진한 눈으로 어린 남자를 바라봤다.

생각과 행동이 다른데?

그렇게 배웠는데 어떻게 하겠어? 게다가 기부도 했잖아. 나이든 여자가 고개를 숙이자 어린 남자가 그보다 더 아래에서 그녀의 얼굴을 쳐다봤다.

어디에 했는데?

그건 나도 잘 몰라. 그냥 어떤 단체였어.

그럼 나한테도 좀 해라. 어린 남자가 겸연쩍게 웃었다.

내가 자기보다 조금 더 여유 있으니까 당연히 그래야지.

자긴 세상을 너무 몰라. 어린 남자가 걱정하는 투로 말했다.

사랑해서 그러는 거야, 바보야. 내 피가 원래 그래. 그럴 수밖에 없는 거야. 테이블 아래서 나이든 여자의 다리가 벌어졌다.

개 짖는 소리가 났다. 여자가 창밖을 살폈다. 고기 쌈을 입에 넣는 노모와 노부의 모습이 유리창에 비쳤다. 남자는 휴대폰을 확인하고 있었다. 검은 그림자가 그들의 모습을 지우며 다가왔다. 여자가 놀라 고개를 돌렸다. 종업원이 새로 가져온 불판을 화로에 올렸다. 살점이 붙어 있던 불판에서 기름이 뚝뚝 떨어져 숯에 닿았다. 숯에서 흰 연기가 피어올랐다. 테이블에도 누런 기름 몇 방울이 떨어졌다. 기름은 테이블에 닿자마자 진득하게 굳어버렸다. 노모가 불쾌한 표정을 지으며 테이블을 내려다봤다. 기름기 때문에 테이블에 난 행주 자국이 도드라졌다. 반찬에는 하얀 기름 막이 떠다녔다. 노모가 무언가를 요구하기 위해 종업원을 쳐다봤다.

어디서 개가 짖죠? 노모보다 먼저 여자가 물었다.

개라니요? 종업원이 두리번거렸다.

개가 짖잖아요.

아무 소리도 안 들리는데. 노부가 말했다.

분명히 들었어요.

요즘은 집집마다 개 한 마리씩은 예사로 키운다. 노부가 고기 쌈을 싸며 말했다.

여긴 앞치마 안 줘요? 노모가 기회를 보고 있다가 종업원에게 물었다.

종업원이 카운터 쪽으로 걸어갔다. 노모가 인상을 찌푸리며 종업원의 뒤통수를 바라봤다. 카운터 쪽 테이블에는 청년 둘이 앉아 있었다. 둘은 머리를 맞댄 채 불판에 놓인 두 점의 고기를 내려다보고 있었는데 표정이 신중했다. 주먹 쥔 청년들의 손에서 쇠젓가락이 길쭉하게 삐져나와 있었다. 새해를 앞둔 사람들처럼 입술을 달싹거리며 숫자를 세던 청년들은 어느 순간 민첩하게 고기를 뒤집었다. 앞치마를 손에 든 종업원이 청년들을 지나 노모에게 다가왔다. 노모는 앞치마를 낚아채 셋에게 건넸다.

그런데 오늘 보니까 이모가 미친 것 같더라. 노모가 말하자 셋은 노모를 바라봤다.

그게 무슨 말이야? 노부가 물었다.

걔가 돈을 빌려달라고 얼마나 떼를 쓰던지 정말 머리가 어떻게 된 것 같더라고요.

돈을 빌려달라고 했어?

아까 못 들었어요?

이모부한테 여자가 있었다면서요. 여자가 노모에게 물었다.

그건 또 어디서 들었어?

저도 다 알아요.

말도 마라. 그 사기꾼이 낚시터 여편네랑 붙어가지고, 그 여편네가 이모한테 좀 잘했냐. 너도 알지? 왜, 할머니 돌아가셨을 때도 왔었잖아.

그게 벌써 언젠데요?

그러니까 무서운 거지. 그렇게 낚시터를 다니더니.

낚을 게 있었나보지. 그래도 뭐라도 낚긴 낚았네. 노부가 껄껄
거리다 입을 다물었다.

당신은 무슨 말을 그렇게 해요.

그래서 언제 나오나? 노부가 말을 돌렸다.

애들은 몰라요.

뭐를 몰라요? 여자가 젓가락질을 멈췄다.

노모가 머뭇거리다 말을 이었다.

말이 나왔으니 말이지, 그 인간이 원래가 사기꾼이었잖아. 우리
도 얼마나 속았게? 할머니까지 죄다 말이야. 하긴 그렇게 친절한
데 누가 안 속겠냐고.

그래서 지금 어디에 있는데요?

사기꾼이 어디에 있겠어? 빵에 들어갔지. 노모가 들고 있던 상
추쌈을 입으로 가져갔다.

이번엔 왜 들어갔대요?

당신, 늘 너무 많은 걸 물어. 남자가 여자의 옷에서 머리카락을
떼어냈다.

그게, 그 여편네한테 돈을 빌렸잖냐. 낚시터에서 식당 하면서
번 돈을 이억이나 빌려줬다더라. 그런데 이모한테는 한푼도 안 쓰
던 사기꾼이 그 여편네한테는 일억이나 썼다는구나. 제 돈 주는

줄도 모르고 받아 쓰다가 보아하니 아무것도 없잖아. 그래서 고소
했다더라. 그런 사기꾼을 성탄절 특사로 빼낸다고 그러는데 안됐
더라, 안됐어. 변호사 비용인지 뭔지 그게 든다는구나. 노모가 기
가 찬다는 듯 웃었다.

　별 미친 소릴 다 듣겠군. 돈이 없으면 그냥 살아야지. 노부가 맥
주잔을 들었다.

　그래도 그 여자는 일억이나 남겼네요. 남자가 말했다.

　고것참, 누가 낚고 누가 낚인 거야? 노부의 말에 남자가 고개 숙
여 웃었다.

　개가 평생을 그렇게 살아요. 노모도 맥주를 한 모금 마셨다.

　그래도 인간적이긴 하네. 노부가 웃었다.

　앞 테이블에서 취한 여자가 일어서다 의자 모서리에 허벅지를
부딪쳤다. 취한 여자는 몇 걸음 가다 말고 인조 바위벽에 어깨를
한번 더 부딪치더니 아예 벽에 등을 기대고 섰다. 사내가 취한 여
자를 돌아보며 장난스럽게 웃었다. 다른 사내는 자리에서 슬며시
일어나 취한 여자를 부축했다. 여자의 허리를 감아 안은 다른 사
내의 손에는 술잔이 들려 있었다. 다른 사내가 남은 손으로 여자
의 가슴께를 일부러 밀었다. 여자가 바닥에 엎어졌다. 벌어진 다
리 사이로 속옷이 보였다. 여자가 흐느적대면서 다리를 오므렸다.
다른 사내는 여자를 일으켜세우는 척하며 발로 여자의 다리를 살
짝 벌렸다. 욕설을 내뱉으며 일어난 여자가 화장실 쪽으로 걸어갔

다. 자리로 돌아온 다른 사내는 화장실 쪽을 쳐다보며 여자의 맥주잔에 소주를 들이부었다. 사내는 다른 사내를 한번 쨰려보았을 뿐 그가 하는 대로 내버려두었다.

너무 취하면 힘들어져. 사내의 발음이 꼬였다.

쟤, 별로 안 취했어.

몸매 괜찮지 않냐?

가슴은 되게 크더라. 다른 사내가 두 손으로 허공을 움켜쥐었다.

어디로 가지? 사내가 창밖을 내다봤다.

근처에 많잖아. 가까운 데로 가자.

같이 갈 거냐? 사내가 물어보자 다른 사내는 고개를 끄덕였다.

변태 새끼!

두 사내가 눈을 마주치고는 히죽 웃었다.

취한 여자가 돌아오기를 기다리며 화장실 쪽을 힐끔대는 두 사내의 모습이 유리창에 비쳤다. 유리창에서 시선을 떼지 않고 있던 여자가 신음을 내뱉었다. 앞치마에 들러붙은 고춧가루를 손톱으로 긁어내던 노모는 행동을 멈추고 여자를 바라봤다.

뭔가 잘못됐어요. 여자가 중얼거렸다.

뭐가? 남자가 건성으로 대꾸했다.

저 여자 속고 있어요. 조금 뒤 자기에게 닥칠 일에 대해 아무것도 몰라요.

화장실 쪽을 바라보는 여자를, 남자가 짜증 섞인 얼굴로 바라봤다.

남자들이 안 좋은 일을 하려고 해요. 저대로 두면 저 여자는 분명히 나쁜 일을 당할 거예요. 말해줘야겠어요.

조금 뒤에 무슨 일이 일어날지는 아무도 몰라. 괜한 일에 엮이지 말고 가만히 있어. 남자가 속삭였다.

휴대폰이 울렸다. 남자가 통화 버튼을 누르며 자리에서 일어나 미닫이문 앞으로 걸어갔다. 문은 잘 열리지 않았다. 남자가 문 귀퉁이를 주먹으로 세게 치자 문이 덜컹대며 열렸다. 한 사람이 겨우 지날 만큼 비좁게 열린 틈으로 남자가 어깨를 비틀어 밖으로 나갔다.

유리창에 식당 내부가 비쳤다. 얇은 물막 때문에 창에 비친 모든 것이 번들댔다. 자리를 옮겨 앉은 어린 남자의 넓적다리 안쪽을 나이든 여자가 쓰다듬었다. 어린 남자가 고기를 입에 넣고 신음하듯 우물거렸다. 창에 비친 둘의 얼굴이 비명을 지르는 것처럼 비틀어졌다. 휘적대며 걸어오는 취한 여자는 뭉툭하게 찌그러져서 바위에 눌어붙었고 술을 마시는 두 사내는 고장난 화면처럼 여러 겹으로 겹쳐졌다. 청년들은 목을 길게 빼 불판을 내려다봤는데 늘어난 목이 숯불 화로 속으로 빨려 들어가고 있었다. 한덩어리의 검은 그림자로 허공에 뜬 노부와 노모는 몸의 바깥쪽이 뿌옇게 지워졌고, 종아리까지 내려오는 검은 앞치마 때문에 종업원들의 몸은 비대하게 부풀었다. 창밖의 어둠은 늪처럼 유리창에 비친 것들을 끌어당겼다. 창에 비친 그림자들이 꿈틀꿈틀 움직였다. 그림자들은 하나의 큰 덩어리로 합쳐졌고, 하나의 큰 덩어리는 격자 창호에 갇혀 여러 형태로 바뀌었다. 미닫이문에 시선을 고정하고 있던 여자가 갑자기 자리에서 일어났다. 입구 쪽으로 걸어가는 여자의 모습이 어딘가는 끊어지고 어딘가는 연결됐다. 여자가 덜컹대는 문을 열고 식당 밖으로 빠져나갔다.

중앙 화덕 옆에서 취한 여자가 구토했다. 둥그런 구멍에서 휘어져 나온 불길이 취한 여자의 머리카락에 닿을락 말락 했다. 취한 여자가 바닥에 쪼그리고 앉아 있다가 화덕의 둥근 벽을 손으로 짚었다. 화기에 놀란 여자가 손을 허우적대며 펄쩍였다. 화덕 입구에 놓인 장작이 바닥으로 떨어졌다. 취한 여자가 자신이 토해놓은 토사물을 밟고 다시 주저앉았다.

조금 뒤 밖으로 나갔던 여자가 식당 안으로 들어왔다. 여자의 얼굴은 창백했다. 여자가 취한 여자에게 다가갔다.

이봐요, 정신 차려요. 당신은 지금 위험해요. 여자가 취한 여자에게 말했다. 당신 일행들이 이상한 짓을 하려고 한다고요. 여자의 목소리가 날카로워졌다.

취한 여자가 고개를 들어 여자를 바라봤다.

꺼져. 취한 여자의 눈매가 뱀처럼 찢어졌다.

여자가 뒷걸음질쳤다.

취한 여자가 피식 웃었다.

여자는 넋 나간 얼굴로 바위벽에 등을 기댔다.

구부정하게 앉은 청년들이 젓가락을 손에 꼭 쥔 채 불판을 바라봤다. 불판 위에 고기가 올라가면 먼저 소리를 들어야 해. 치이이이, 이 소리는 말하자면 애피타이저 같은 거지. 그리고 기다려. 사십 도가 넘어가면 단백질이 응고하거든. 그걸 육십 도가 될 때까지 좀만 더 참고 기다리면 기름이 뚝뚝 떨어지는 거야. 이른바 불맛이다 이거야. 첫번째 청년이 고기 한 점을 집어 입으로 가져갔다. 고기 겉면에서 지글대던 기름이 테이블에 떨어졌다. 흐음, 육즙이 쏟아진다. 첫번째 청년은 눈을 감고 맛을 음미했다. 두번째 청년이 불판에 남아 있는 고기를 집어 입에 넣었다. 난 잘 모르겠는데. 그냥 피맛이야. 입을 오물대던 두번째 청년이 말했다.

여자가 자리로 돌아왔다.

왜 혼자 들어오니? 테이블에 묻은 소기름을 휴지로 박박 문질러 닦고 있던 노모가 고개를 쳐들었다.

남편은 아직 안 들어왔나요? 여자가 말했다.

오늘 뭔가 이상하구나. 노모가 두더지처럼 양손을 비볐다.

어디 오늘뿐이겠어요? 여자의 목소리가 냉담해졌다.

그게 무슨 말이냐?

집안에 있는 것들이 아주 조금씩 어긋나 있다고 말했던 거, 기억하시죠? 제가 일본 출장에서 돌아온 날 말이에요. 눈에 띄게 달라진 건 아니었는데 미묘한 변화가 분명히 있었다고요. 콘솔에 있던 사기 인형이 약간 비뚤게 놓여 있었죠. 결혼 전부터 제가 아끼던 인형, 알고 계시죠? 인형 주변엔 먼지가 많았죠. 늘 뭐라고 하셨잖아요? 집안을 깨끗하게 치워놓으라고 말이에요. 그렇지만 먼지 때문에 알았죠. 인형에 쌓인 먼지에 손자국이 있었어요. 다른 누군가 들었다 놓은 자국이요. 그건 분명해요. 이상해서 침실을 살펴봤죠. 침대는 깔끔하게 정돈되어 있었지만 평소와는 약간 달랐어요. 나는 거기 멍청하게 서 있다가 세탁기를 돌렸어요. 이불 솜이랑 베갯속까지 죄다 넣고 말이에요. 그런 내가 이상하다고 하셨죠? 주차장에서도 그랬어요. 차 안에서 말이에요. 아실 거예요. 이야기한 적 있으니까요. 조수석 시트가 이상했어요. 그 차이도 아주 미묘했지만 분명 평소와는 달랐죠. 거기 한참을 앉아 있으니까 정말 외롭고 괴로웠어요. 시트를 조절해보면서 말이죠. 그때 빨간색 쿠페가 주차장 안으로 들어왔죠. 그리고 조수석에서 남편이 내렸어요. 이건 모르셨을 거예요. 이야기한 적 없으니까요. 두 분 다 이런 내가 이상하다고 말했지만 나는 그렇게 말하는 두 분이 더 이상해요. 여자가 노모를 쏘아봤다.

너 아니래도 그런 일은 매일 일어난다. 노부가 눈살을 찌푸렸다. 눈 아래 불룩한 곳에 깨알만한 돌기들이 솟아 있었다. 두꺼비 같은 얼굴이었다.

나는 네가 무슨 말을 하는지 도통 모르겠구나. 노모가 여자의 시선을 피했다.

모르시겠어요? 처음부터 뭔가 잘못됐다고요.

넌 참 이상하구나. 아주 이상해. 없는 일을 만들고 있어.

있는 일을 없는 일로 만드는 데 일생을 바치는 사람들도 있죠.

아무 일도 일어나지 않는 게 복이다. 네가 아직 그걸 몰라. 다들 그렇게 빌며 살아간다. 우린 그걸 어렵게, 몹시 어렵게 지켜냈다. 노모가 노부를 바라보며 힘겹게 말했다.

그러니 별일 없이 산다는 게 오죽이나 좋은 말이냐? 노부가 고개를 숙였다.

도대체 무엇 때문에 그러는 거예요? 여자가 물었다.

쓸데없는 말 그만하고 고기나 먹어라. 노모가 말했다.

미닫이문이 열렸을 때 그들은 하던 말을 멈추었다. 덜컹대던 문이 열려 있는 채로 멈춰 서서 움직이지 않았다. 그 사이로 식당 주인이 들어왔다. 주인은 붉은색 카본 헬멧을 카운터에 내려놓았다. 라이더 재킷을 벗는 그녀에게 종업원들이 인사했다. 주인이 문을 가리키며 카운터에 앉았다. 종업원 셋이 문에 달라붙었다. 문틈으로 매서운 바람이 들어왔다. 휴대폰을 든 남자도 어깨를 움츠리고 안으로 들어왔다. 남자의 뒤에서 미닫이문이 뻑뻑하게 닫혔다. 남자는 카운터에 앉아 있는 주인에게 싱긋이 미소를 건네고 그녀를 지나쳤다. 중앙 화력에서 장작이 와르르 무너지며 불길이 치솟았다.

심각한 이야기라도 나누고 계셨나봐요. 자리로 돌아온 남자가 눈치를 살폈다.

어, 여기 고기맛이 일품이네. 노부가 겁게 탄 고기를 내려다 봤다.

심각하긴 무슨. 노모가 맥없이 웃었다.

당신, 얼굴이 왜 그래? 남자가 놀라 물었다.

다 잘못됐어요. 여자는 남자의 눈을 똑바로 바라봤다.

품위를 지켜야 한다. 노모가 말끝에 힘을 줬다.

품위는 대물림되는 거예요. 여자가 입술 끝을 한쪽으로 올리며 웃었다.

무슨 일이에요? 남자가 노모를 바라봤다.

당신을 봤어요. 주차장에서 말이에요.

무슨 말이냐? 여자를 바라보던 노모의 눈이 붉어졌다. 흰자위에 가느다란 실핏줄 몇 가닥이 도드라졌다.

주차장에 나왔었어? 남자가 여자의 어깨에 손을 올렸다.

당신은 여자와 함께 있었어요.

노부와 노모는 말없이 유리창을 바라봤다.

당신 왜 또 그래?

아주 다정하던데요. 여자가 흐느꼈다.

이곳 사장이라는데 오토바이가 아주 멋지더군. 통화하러 나갔다가 우연히 구경 좀 한 걸 가지고 그렇게 예민하게 굴 필요는 없잖아.

늘 말짱한 얼굴로 모르는 체하죠. 여자가 현수막 속 풀 뜯는 소를 바라보며 대꾸했다.

제발 이상한 소리 좀 그만해. 남자가 노부부의 눈치를 살피며 낮은 소리로 말했다.

이해하게. 오늘 얘가 많이 예민하네. 노모가 말하자 노부가 고개를 끄덕였다.

취한 여자가 비틀대며 걸어와 그들 앞에 멈춰 섰다. 그들 넷이 눈을 동그랗게 치켜떴다.

조심해요. 당신은 지금 아주 많이 위험해요. 취한 여자가 여자를 보고 말했다.

저리 좀 가요! 노모가 자리에서 벌떡 일어나 소리쳤다.

아이, 더워라. 여기는 정말 후덥지근하군요. 취한 여자가 자리로 돌아가 앉았다.

앞 테이블에서 사내 둘이 낄낄대며 노모를 곁눈질했다. 노모는 주위를 살폈다. 나이든 여자와 어린 남자는 노모의 눈을 피하려고 고개를 돌렸다. 종업원들과 주인도 모르는 척 일했다. 청년들은 노모에게 신경쓰지 않았다. 고기 다 탄다. 어떡하지? 더이상은 못 먹어. 배불러서 못 먹어. 아까워서 어떡하지? 첫번째 청년이 안타까운 눈으로 불판을 내려다봤다. 얼마 먹지도 않고 그래? 두번째 청년이 말했다. 불판에 깔린 상추는 검게 그을었고, 그 위에는 까맣게 탄 고기가 놓여 있었다. 육즙이 생명인데 이렇게 다 타서 어쩌냐? 이건 정말 소를 무시하는 처사다. 소한테 미안해서 어떡하지. 첫번째 청년이 고기 한 점을 입에 넣고 다시 말했다. 아, 안 되겠어. 도저히 못 먹겠어. 속이 느글거리는 게 정말 느끼하다. 첫번째 청년이 젓가락을 내려놓았다. 배가 부를 땐 고기를 바싹 익혀서 천천히 오래 씹어야 해. 지금 배부른 건 다 헛배야. 사이다 마시면 바로 꺼진다고. 두번째 청년이 유리컵에 사이다를 따랐다. 진짜 토 나올 것 같아. 첫번째 청년이 명치끝을 쓸어내렸다.

모두 다 이상해요. 여자가 중얼거렸다.

정신 차려라. 노모가 말했다.

안다는 건 불편한 거예요. 안 그래요?

나는 네가 안다는 게 뭔지 그게 더 알고 싶구나. 노모가 힘없이 말했다.

뭐가 두려워서 이러는지 정말 모르겠다고요. 모두 내 인생을 망쳐놨어요. 여자가 자리에서 일어나 미닫이문 쪽으로 뛰어갔다.

쟤가 오늘따라 참 이상하구나. 노모가 양손을 그러모으고 남자의 눈치를 살폈다.

놔둬라. 곧 들어오겠지. 노부가 몸을 움츠렸다.

남자는 쟁반에 남아 있는 한 덩이의 소고기를 바라봤다.

각각의 테이블 위에 매달린 환풍기가 관로를 따라 거대한 배관으로 모여드는 모습이 유리창에 비쳤다. 허공을 십자 모양으로 가로지르는 은색 배관이 물결처럼 굼실댔다. 그 위로 모텔 건물에서 흘러나온 네온사인이 빨간 전구처럼 매달렸다. 뒤틀린 붉은 카펫

위를 걷는 여자의 뒷모습도 뒤틀렸다. 여자가 미닫이문을 옆으로 밀었다. 문은 꿈쩍도 하지 않았다. 여자의 팔이 길게 늘어졌다. 유리창에 비친 그림자는 여자가 움직이는 대로 모양을 바꿨다. 덜컹대던 문이 옆으로 밀리다 레일 위에서 비뚤게 멈춰 섰다. 여자가 그 틈으로 상체를 밀어넣었다. 휘청거리던 여자가 문틈에 꼈다. 뒤에서 놀란 표정을 짓고 있던 주인이 종업원에게 손짓했다. 종업원은 새어나오는 웃음을 참으며 문 귀퉁이를 주먹으로 세게 쳤다.

메리 크리스마스

24일 오후 열한시, 기상청은 이날 오전 3센티미터라고 발표한 서울 시내 예상 적설량을 20센티미터로 정정했다. 뒤늦게 대설경보가 발령됐다. 도시는 눈에 덮였다. 경계석도 보이지 않아 어디가 차도고 어디가 보도인지 알 수 없었다. 지면에 쌓인 눈은 어둠 속으로 번져 하늘을 밝은 잿빛으로 물들였다. 여자와 남자는 도심 한가운데 서 있었다. 펄펄 날리는 눈이 그들 뒤에 남아 있는 발자국을 빠르게 지워냈다. 눈밭엔 회오리가 일었고, 가로수에선 나뭇가지에 쌓여 있던 눈이 뭉텅이로 쏟아졌다. 눈뭉치를 맞은 남자의 우산도 아래로 푹 꺼졌다 튀어올랐다. 둘은 휘둥그레진 눈을 마주치고는 킥킥 웃었다.

너를 만난 건 행운이야. 남자가 장갑 낀 손으로 여자의 허리를

안았다. 남자의 입에서 끼쳐 나온 알코올 냄새를, 여자가 큼큼대
며 들이마셨다. 여자의 코가 빨갰다.

사람들은 다 어디로 간 거지? 여자가 주변을 살폈다.

광장엔 대형 트리가 빛났다. 트리를 휘감은 만 개의 불빛―뉴
스에서 만 개의 전구를 사용했다고 보도했다―이 눈 위에 붉은
그림자를 남겼다. 희끄무레한 불빛 때문에 인적 없는 도시는 더
적막했다. 맞은편 호텔에선 창마다 누런빛이 새어나왔다. 골목 안
모텔은 간판 불이 꺼진 지 오래였다.

방으로 갔지. 남자가 한쪽 장갑을 벗으며 말했다. 표정이 진지
해서 오히려 장난스러웠다.

방으로?

남자는 대답 대신 여자의 손을 자신의 바지춤으로 가져갔다. 여
자가 상체를 뒤로 빼고 다시 주위를 살폈다.

너하고 있으면 이래. 이게 늘 부풀어.

남자가 여자를 낚아채듯 끌어당기는 바람에 여자의 롱코트 아
랫단이 펄럭였다.

휴가 갔어. 네팔. 거긴 산이 많대. 히말라야 트레킹. 여자가 남
자의 귀에 대고 속삭였다. 그러니까 오늘 집에 아무도 없어. 여자
가 뜸들이다 말을 이었다.

언제 오는데? 남자가 살짝 웃었다.

며칠 후엔 돌아올 거야.

병원은?

동업하는 치과의가 있어. 그 여자가 지킬 거야.

남자가 우산을 여자 쪽으로 기울였다. 남자의 왼쪽 어깨에 눈이 쌓였다.

야간 점멸등 밑에선 차량이 자주 미끄러졌다. 트럭 한 대가 미끄러지는 승용차를 피하려고 방향을 무리하게 틀다 맞은편 승용차에 범퍼를 처박았다. 여자는 김 서린 차창 안에서 꾸물대는 검은 그림자를 바라봤다. 순식간에 긴 비상등 행렬이 도로를 휘감았다. 멀리서 사이렌이 울렸고 견인 차량이 노란빛을 깜빡대며 다가왔다.

별일 아니야. 남자가 말하자 여자가 고개를 끄덕였다. 둘은 우산 속에서 팔짱을 꼈다.

조심해야 해. 경비원이 알아볼 수도 있어. 아파트 입구에 다다라서 여자가 말했다. 말이 끝나기도 전에 남자가 주먹만한 눈뭉치를 여자에게 던졌다. 앗, 차가! 여자가 소리지르자 남자가 살며시 웃었다. 짧게 돋아난 남자의 턱수염이 반짝거렸다. 남자는 팔짝팔짝 뛰어다니며 손에 쥔 눈뭉치를 여자의 목깃 안으로 밀어넣었다. 여자가 몸을 부르르 떨다 코트에 달라붙은 눈을 털었다. 눈은 잘 떨어지지 않고 옷감에 스며들었다. 조심해야 한다니까. 여자가 주변을 경계하며 다시 말했다. 경비원은 초소에서 졸고 있었다. 여자는 빠른 걸음으로 초소를 지나쳐 들고 있던 출입 카드를 로비 폰에 댔다. 유리문이 옆으로 밀렸다. 남자가 여자의 뒤를 바짝 쫓았다. 엘리베이터에 올라탄 여자가 CCTV를 의식하며 남자와 조금 떨어져 섰다.

여자가 디지털 도어록 덮개를 열었다. 남자는 여자가 누르는 번호를 옆에서 지켜봤다. 현관문이 열리자 어색하게 서 있던 남자가 집안으로 들어갔다. 여자도 젖은 부츠에서 힘겹게 발을 빼냈다. 타일이 흙물에 젖었다. 여자의 발에서 묻어 나온 물 얼룩이 마룻바닥에 찍혔다.

둘이 살기엔 너무 넓은데.

넓으니까 사는 거야.

여자가 남자의 시선을 좇아 자신의 집을 찬찬히 둘러봤다. 거실 테이블엔 아파트 관리비, 도시가스 요금, 세금 따위의 고지서가 쌓여 있었다. 여자가 종이 뭉치를 서랍에 쓸어 담았다. 식료품들을 적어놓은 메모지도 함께 넣었다. 잠시 생각에 잠겨 있던 여자가 조명을 낮췄다. 실내가 어두워지자 거실 창으로 앞 동 건물이 모습을 드러냈다. 맞은편 집들은 대부분 불이 환했다. 불 꺼진 집들도 창가에 설치한 크리스마스트리 때문에 붉은빛이 번쩍댔다. 불빛이 번쩍일 때마다 건너편 집 내부가 어슴푸레 드러났다가 어둠 속에 잠겼다. 여자가 커튼을 쳤다. 비스코스 소재의 얇은 커튼으로 붉은빛이 비쳐 들었다. 남자도 여자의 목덜미를 파고들었다.

저쪽에서 다 보여. 여자는 커튼 너머를 바라봤다.

커튼에 가렸잖아, 저쪽에선 안 보여. 남자가 여자의 스웨터 안에 손을 넣었다.

씻어야 해. 여자가 건너편 유리창을 의식하며 몸을 피했다. 남자가 여자를 소파에 눕히고 그 위에 비스듬히 누웠다.

밤에도 같이 있으니까 좋다. 남자가 손가락으로 여자의 가슴에 원을 그렸다.

하지만 오늘뿐인걸. 여자가 눈을 감았다.

그래도 오늘은 같이 있잖아. 그게 중요해. 출근해서 같이 점심도 먹고, 같이 퇴근하고, 저녁도 먹고, 술도 마시고, 게다가 지금 여기까지 왔잖아. 남자가 여자의 스웨터를 걷어올리고 가슴에 키스했다.

회사나 집에서 알게 되면 둘 다 잘려.

괜찮아. 남자가 자신의 옷을 벗어 바닥에 떨어뜨렸다. 여자의 옷도 벗겼다. 여자가 몸을 살짝 들어 남자를 도왔다. 남자가 여자의 몸에 키스하며 아래쪽으로 내려갔다.

흐음, 냄새. 여자의 다리 사이에서 남자가 음미하듯 말했다.

냄새나? 여자가 고개를 쳐들고 남자의 정수리를 바라봤다.

아니, 좋은 냄새야. 남자가 여자의 질에서 나온 투명한 액체를 혀로 핥았다. 신음하며 몸을 비틀던 여자가 남자의 배 위에 올라

탔다.

내가 해줄게. 여자가 남자의 눈을 내려다봤다. 최대한 더럽게
빨 거야. 여자의 말에 남자가 몸을 뒤로 젖혔다. 둘은 서로의 몸을
물고 빨고 핥았다. 엎치락뒤치락하며 위아래로 앞뒤로 움직였다.

잊을 뻔했어, 콘돔. 여자가 엉덩이를 비틀어 남자의 성기를 빼
냈다.

밖에다 하면 돼. 남자가 손바닥으로 여자의 어깨를 지그시 눌
렀다.

안 돼. 새.

안 새. 설마 이러고 나갔다 오라고? 남자가 눈을 동그랗게 뜨고
여자를 봤다.

그럼 그냥 집에 있는 거 쓰자. 다시 사다놓으면 모를 거야.

사놓는다고? 남편이 그걸 다 세?

그건 모르지.

그런 걸 세고 있는 남자는 없어.

여자는 대답하지 않고 침실로 들어갔다. 남자도 따라갔다.

씻어야겠어. 섹스가 끝난 후에 남자가 말했다.

왜 그렇게 급하게 했어? 여자가 아쉬운 듯 몸을 꼬았다.

모르겠어.

남자는 정액이 든 콘돔을 가지고 욕실로 들어가 변기 물에 딸려

내려가는 콘돔을 물끄러미 내려다봤다. 샤워부스에서 몸을 씻고 나온 남자는 거울에 비친 제 얼굴을 꼼꼼히 뜯어봤다. 그러고는 세면대 위에 놓인 전기면도기를 살펴보다 벽에 걸린 수납장을 열었다. 차곡차곡 쌓인 하얀 수건 옆엔 전동칫솔 두 개가 나란히 놓여 있었다. 남자가 면도용 오일을 꺼내 턱에 발랐다. 전기면도기로 삐죽이 돋아난 수염을 정리한 후에 남성용 로션도 발랐다. 느릿느릿 욕실 밖으로 걸어나오는 남자의 몸에서 화장품 냄새가 났다.

남편 걸 쓰면 어떻게 해, 그러니까 꼭 남편 같잖아? 밖에서 기다리던 여자가 남자를 흘겨보고는 욕실로 들어갔다. 여자의 손엔 무선전화기가 들려 있었다. 잠시 후 욕실 밖으로 가느다란 목소리가 새어나왔다.

남자는 주방 정수기에서 물을 따른 뒤 거실로 나갔다. 남자의 시선은 그들이 벗어놓은 옷가지를 지나 거실 벽을 장식한 몇 개의 액자에 가닿았다. 액자엔 여자와 여자의 남편과 그들 부모의 사진이 담겨 있었고, 모두 같은 미소를 띠고 있었다. 녹색 천으로 얼굴을 가린 환자 옆에서 이쪽을 바라보는 여자의 남편을, 남자가 들여다봤다. 이상한데. 남자가 뒷걸음쳤다. 어둠 탓에 남자의 얼굴이 유리 액자에 반사됐다. 사진 속 얼굴 위로 남자의 얼굴이 겹쳐졌다.

바람이 창틈을 비집고 들어왔다. 비집은 틈으로 눈 치우는 소리가 딸려왔다. 간혹 사이렌이 울렸다.

아침이야. 잠에서 깨어난 여자가 잠긴 목소리로 말했다.

졸려. 남자가 여자를 끌어안은 팔에 힘을 줬다.

잠을 잘 못 잤어. 꿈을 꿨는데 이상한 꿈이야. 여자가 말했다.

남자가 눈을 감은 채 한쪽 손을 움직여 여자의 등을 쓸어내렸다.

꿈속에서 눈이 내렸는데, 어젯밤처럼 말이야, 도시가 눈에 잠겼어. 세상엔 아무것도 없었어. 듣고 있어? 여자가 남자의 얼굴을 바라봤다.

남자는 말없이 고개를 끄덕였다.

우린 너무 신이 나서 눈 위에서 데굴데굴 굴렀는데 갑자기 주위가 어두워지더니 사람들이 눈이 붉어져서 모두 똑같이 움직이는 거야. 듣고 있어? 여자가 다시 물었다.

그래서 어떻게 됐는데? 남자가 건성으로 대꾸했다.

삽을 든 사람들이 저벅저벅 다가와서 우릴 에워쌌어. 유령처럼 움직였는데 다들 웃고 있었어.

괜찮아. 지금 우린 같이 있잖아. 남자가 한쪽 눈을 찡그리며 장난스럽게 말했다.

여자도 살며시 웃으며 남자의 가슴팍에 제 뺨을 가져다댔다. 남자가 여자의 어깨를 살짝 밀어 가슴을 어루만질 때 현관 벨이 울렸다. 둘은 눈이 휘둥그레져서 벌떡 일어났다.

누구지? 여자가 침대 밖으로 튕겨 나왔다.

남편이야? 남자는 거실에 벗어놓은 옷을 서둘러 챙겨 입었다.

그럴 리 없는데.

확인해봐.

무서워.

벨은 계속 울렸다. 여자가 천천히 걸어가 거실 벽에 걸린 비디오폰을 확인했다. 옆집 여자가 얼굴을 들이대고 있었다.

아침부터 왜 저러지? 여자가 망설였다.

받아봐. 별일 아닐 거야. 남자가 여자의 어깨에 손을 올렸다.

여자가 통화 버튼을 누르자 화면 저편에서 옆집 여자가 웃었다.

안녕하세요? 우리 아파트 부녀회에서 나왔어요. 옆집 여자가 공손하게 말했다.

여자는 무슨 일이냐고 물었다.

문 좀 열어주세요. 옆집 여자가 미소 띤 얼굴로 기다렸다.

지금은 곤란해요. 무슨 일이에요? 여자가 다시 물었다.

옆집 여자는 어쩔 수 없다는 표정을 지으며 말을 이었다.

내 집 앞 눈 치우기에 자발적인 참여를 부탁하러 왔어요. 아시다시피 간밤에 폭설이 내렸잖아요. 아파트 경비 인력으로 제설하기엔 한계가 있어요. 아이들이나 노인들을 보호하기 위해서라도 꼭 필요한 일이에요. 오늘 같은 날 미끄러지면 뼈도 못 추리거든요. 지금 모이기 시작했어요. 빗자루 들고 나오세요. 옆집 여자가 준비해놓은 대사를 외듯 빠르게 말했다.

지금은 나갈 수 없어요. 대답하는 여자의 목소리가 떨렸다.

옆집 여자는 글자가 빼곡히 들어찬 A4 용지를 화면에 갖다댔다.

내 집 앞 눈 치우기는 오전 열한시까지 해야 하는 것으로 조례
에 규정되어 있어요. 어젯밤처럼 폭설이 내린 경우는 조례에서 규
정하는 바가 조금 다르기는 하지만, 우리 아파트는 조금 뒤에 시
작할 거예요. 물론 자발적이지만 모두 하는데 안 하겠다고 하면
좀 그래요. 문이라도 열어보세요. 이웃끼리 얼굴 보고 얘기해야
정도 생겨나지요. 눈을 치운 다음엔 식사도 함께할 계획이에요.
이웃과 화합할 수 있는 좋은 계기죠. 말이 빨라질수록 옆집 여자
의 낯빛이 붉어졌다.

여자가 미안하다고 말하자 옆집 여자는 기다리겠다는 말을 남
기고 화면 밖으로 사라졌다. 남자와 여자는 멀뚱히 서서 꺼진 화
면을 바라봤다. 검은 화면에 둘의 얼굴이 비쳤다. 둘의 입술을 통
해 한숨 섞인 웃음이 픽, 터져나왔다.

옷 입은 꼴 좀 봐. 남자가 말했다.

여자는 헐렁한 티셔츠를 뒤집어 입고 있었다.

나가야겠어. 여자가 불안한 듯 말했다.

벌써?

벌써라니? 나가서 밥도 먹고 콘돔도 사야지.

콘돔? 그걸 진짜 채워넣게?

들키기 전에 해놔야지.

움직이기 싫은데.

안 돼. 니가 구해야지.

그걸 왜 나보러 구하래?

그럼 내가 그걸 어떻게 구하니?

여자가 현관문을 열고 주위를 살폈다. 복도에 걸린 CCTV는 작동중이었다. 아무도 없어. 여자가 속삭였다. 남자가 어깨를 비틀어 밖으로 나가 엘리베이터 호출 버튼을 눌렀다. 위층에 멈춘 엘리베이터에서 웅성대는 소리가 났다. 비상구로 내려가. 여자가 문틈으로 얼굴만 살짝 내민 채 다급하게 말했다. 엘리베이터가 도착하자 엉거주춤 서 있던 남자가 재빨리 비상구 문을 열었다. 여자는 현관문을 닫고 문 안쪽에 기대 한숨을 내쉬었다. 현관 센서 등이 켜졌다 꺼졌다 다시 켜졌다. 마룻바닥에 하얗게 말라붙은 발자국을 여자는 보지 못하고 지나쳤다. 여자가 커튼 안쪽에서 창밖을 내려다봤다. 비질하거나 삽질하는 소리가 유리창을 넘어 집안으로 들어왔다. 단지에 모인 주민을 바라보던 여자의 시선이 앞 동 건물에 가닿았다. 건너편 집에서 남자 하나가 여자를 처다보고 있었다. 여자가 몇 발짝 뒤로 물러서다 커튼이 쳐진 것을 깨닫고는 피식 웃었다. 웃는 여자의 얼굴이 일그러졌다. 조금 뒤 여자는 외투에 달린 모자를 뒤집어쓰고 집에서 나왔다. 여자가 엘리베이터에 올라탔을 때 빗자루를 들고 있던 주민들이 서로 인사하며 알은체했다.

정원수에 쌓인 눈이 허공에 날렸다. 눈은 바닥에 닿자마자 녹아버렸다. 길 위엔 발자국들이 어지럽게 찍혀 있었고 그 안엔 물이 고였다. 물웅덩이엔 살얼음이 꼈다. 살얼음 위에 눈이 내렸다. 우비 입은 경비원들이 눈삽으로 눈을 밀어냈다. 주민들이 비질하며 그 뒤를 따랐다. 관리인은 염화칼슘과 소금을 번갈아가며 바닥에 뿌렸다. 아이들이 길 가장자리에 쌓인 눈더미 위에서 뛰어놀았다. 경비원이 여자를 알아보고 눈인사를 건넸다. 여자는 못본 체했다. 외출하시나봐요. 소금 자루를 든 관리인이 말을 걸었다. 여자는 당황한 표정을 숨기려고 고개를 푹 숙였다. 바닥이 질척대는 탓에 여자의 걸음은 느렸다. 내 집 앞 눈 치우기에 많은 주민이 참여해주고 계세요. 모범 아파트답게 말입니다. 관리인이 말하자 주민들이 미소 지었다. 옆집 여자도 있었다. 사장님은 아직 안 돌아오셨나보군요. 며칠 전에 세미나 가신다고 해서 제가 트렁크를 옮겨드렸는데. 단지 입구에서 여자를 바라보고 있는 남자를 흘깃대며 관리인이 말했다. 트렁크라고요? 여자가 되물었다. 관리인이 여자를 바라봤다. 여자는 애써 미소 지으며 관리인을 지나쳤다. 혼자만 바쁜가? 다들 바쁘지. 옛말 틀린 거 하나도 없어요. 일하는 사람, 노는 사람 따로 있다잖아요. 요즘 젊은 사람들은 시민의식이 없는 게 문제예요. 도덕도 양심도 없는 게 더 큰 문제지요. 주민들이 여자의 뒤통수에 대고 한마디씩 거들었다. 여자가 인상을 잔뜩 찌푸리고는 뒤돌아봤다. 주민들은 모른 척 고개 돌렸다. 남자가 여자를 보고 단지 밖으로 걸어나갔다. 여자는 남자와 조금 떨어져 걸었다. 그들 사이로 아이가 뛰어왔다. 여자가 살짝 몸을 피했다. 아이가 엉덩방아를 찧으며 넘어졌다. 아이를 쫓아온 아이 엄마가 품에 든 성경을 팽개치듯 땅바닥에 내려놓았다. 성경에 물이 스며들었다. 아이 엄마가 아이의 엉덩이를 털며 잔소리했다. 남자와 여자는 골목을 돌아 대로변으로 나왔다.

뭐 먹으러 갈까? 남자가 한숨을 뱉어내며 물었다.

송이버섯이나 바나나나 아스파라거스나 길쭉한 거 먹을 거야. 여자가 남자의 눈치를 살피며 콧소리를 냈다.

길쭉하다고 다 같은 맛이 아니야. 고기 먹을래? 남자가 힘없이 웃었다.

아침부터 고기?

싫어?

아니. 그런데 지금 문 연 데가 있을까?

찾아보자.

그럼 콘돔도 사러 가자.

식당엔 택시기사들이 많았다. 기사들은 각자 떨어져 앉아 식사했다. TV에선 기상청을 비난하는 뉴스가 나왔다. 전문가는 매번 빗나가는 기후예측 시스템을 새로 구축해야 한다고 주장했다. 뉴

스는 재산피해, 낙상 사고, 교통문제 등 수백 건에 이르는 폭설 피해 소식을 비중 있게 전했다.

이런 날은 밥값만 축내지. 택시기사가 채널을 돌렸다. 어린이 채널에선 성탄 특집 방송—알고 보면 성탄절과 동지冬至는 이웃사촌이라는 제목이었다—을 내보냈다. 화면 속에서 선생이 친절한 목소리로 설명했다. 12월 25일은 이교도의 명절이었는데 우리나라로 치면 동지였다고 해요. 화면 속의 아이들은 아하, 하며 소리쳤다. 이교도들은 밤이 가장 긴 이때를 새로운 빛이 생겨나는 시기라고 믿었어요. 아이들이 다시 아하, 하며 방긋댔다. 나중에 기독교도들은 자기들이 이교도를 정복했다는 것을 알리기 위해 이교도의 명절을 그리스도의 탄생일로 정했대요. 선생의 말에 TV를 보던 기사 몇이 으음, 하고 고개를 끄덕였다.

그러니까 크리스마스에 밤이 가장 길다는 거네. 여자가 돼지고기 볶음을 젓가락으로 뒤적였다.

밤이 지나면 세상이 리셋된다잖아. 남자가 입을 우물댔다. 맛있다! 먹어봐. 남자가 여자의 밥그릇에 돼지고기 한 점을 올려놨다.

이교도의 명절이 그리스도의 탄생일로 둔갑한 게 새로운 빛이야? 여자가 돼지고기 한 점을 남자의 입에 넣어주었다.

그거야 상황마다 다르겠지. 아무튼 사이에 껴 있는 시간이잖아, 오늘은. 남자가 고기를 삼켰다.

돼지고기 볶음도 빨간데. 생각에 잠겨 있던 여자가 불쑥 말했다. 트리나 팥죽이나 나쁜 걸 없애려고 생겼다잖아. 여자가 고기를 입에 넣고는 고추를 집었다. 앗, 요 봐라. 요거, 고추다. 길쭉하게 씹어야지. 여자가 일부러 크게 소리 내 고추를 씹었다. 상추에도 싸 먹어야지. 고추 쌈. 여자가 다시 소리 내 입안에 든 것을 씹었다.

기사들은 소리 나게 수저를 내려놓고 테이블에서 일어났다. 둘은 주변의 눈치를 보며 돼지고기 볶음을 입에 넣었다.

기사들이 자판기에서 커피를 뽑아 밖으로 나갔다. 유리문 옆은 비닐을 씌워 만든 흡연구역이었다. 흡연구역은 이미 만원이었다. 길을 걷던 부랑자가 흡연구역으로 다가갔다. 종이 박스와 은색 돗자리가 든 비닐봉지를 손에 들고 있었다. 흡연구역 안으로 들어간 부랑자가 귀퉁이에 쪼그리고 앉았다. 삼선 슬리퍼엔 청색 테이프가 감겨 있었는데 때가 껴서 지저분했다. 그는 발가락을 꼼지락대며 모래 항아리를 뚫어져라 바라봤다. 기사들이 부랑자를 피해 밖으로 나왔다. 부랑자가 천천히 일어나 항아리에 버려진 담배꽁초를 신중하게 골라냈다. 주머니로 꽁초 몇 개가 들어갔다. 부랑자는 누군가 마시다 만 커피를 들고 스토브에서 몸을 녹였다.

25일 오전 열한시, 시는 비상근무체제를 2단계로 격상했다. 시와 자치구 공무원 6,500명과 제설 차량 1,060대가 동원됐다. 3,200톤의 염화칼슘과 소금이 도로에 뿌려졌다. 1단계 비상근무에 비해 세 배나 늘어난 투입 인력이 강설로 인한 2차 피해에 대비할 것이라고 발표했다. 시민들에게는 내 집 앞 눈 치우기, 대중교통 이용, 외출 삼가 등을 당부했다. 제설차는 도로에 쌓인 눈을 치웠다. 도로는 군데군데 검은 바닥을 드러냈다. 도로변엔 더러워진 눈이 산처럼 쌓였다. 형광 옷을 입은 미화원이 보도에서 퍼낸 눈을 도로에 뿌리자 스노체인을 장착한 차들이 눈뭉치를 밟고 지나갔다. 도로는 젖었고, 검은 물은 하수구로 흘러들었다.

여기도 가보자. 여자가 편의점 앞에서 말했다.

점원이 점포 앞에 쌓인 눈을 치우다 그들을 따라 편의점 안으로 들어왔다. 남자는 콘돔 진열대를 한 바퀴 돌았다. 여자는 온장고 앞에 서 있었다. 진열대를 훑어보던 남자가 고개를 저으며 뒤돌아섰다. 여자는 뜨거운 캔커피를 샀다. 점원이 둘을 안타깝게 쳐다보다가 계산대 앞에 놓인 박스를 은근슬쩍 가리켰다. 콘돔이 은빛 포장재에 싸여 있었다.

우린 하나둘 콘돔을 찾고 있어요. 남자가 작은 목소리로 말했다.

한화 콘도요? 점원이 어이없다는 표정을 지었다.

아니요. 하나둘 콘돔이요. 남자가 둘에 힘을 줘 말했다.

막 문을 열고 들어온 노인이 불쾌한 표정으로 그들을 쳐다봤다. 남자와 여자는 노인의 지팡이를 피해 밖으로 나왔다.

발음이 안 좋아서 어떡해. 연필 입에 물고 연습하면 좋아진다던데. 여자가 말했다.

콘돔 구하기도 바쁜데 언제 발음까지 연습해? 남자가 볼멘소리를 했다.

이제 어떻게 하지?

다 돌아봤잖아. 니 남편은 무슨 콘돔을 그렇게 귀한 걸 쓰냐?

그렇게 귀한 건 줄 누가 알았나?

그냥 버렸다고 해. 남자의 목소리에 짜증이 섞였다.

그러다 정말 들키면 어쩌려고 그래?

뭐가 무서워서 그래? 남자가 소리쳤다.

유부녀라 편하다고 할 땐 언제고 그래? 너도 가진 게 없어서 오히려 잘됐다고 했잖아. 진짜 사랑은 금기에서 나온다며 가만히 있는 사람을 꼬셔놓고는. 여자가 서운한 표정을 지었다.

그땐 그랬지. 남자가 말했다.

지금은 아니라는 거야? 여자가 눈썹을 추켜세우고 남자의 대답을 기다렸다.

잘 모르겠어.

니가 잘 모른다면 나는 가진 거라도 잘 지켜야지.

그래야 할지도 모르지. 그런데 니가 가진 게 도대체 뭐야?

그건 좀 천천히 생각해보자. 지금은 콘돔을 찾는 게 먼저야.

알았어. 하지만 니가 원하니까 하는 거야, 내가 원하는 건 아니야.

그럼 니가 원하는 건 뭔데?

동대문에 가보자. 거긴 약국이 많으니까 아마 찾을 수 있을 거야.

그들은 버스 정류장에서 눈을 피했다. 남자가 노선표를 확인했다. 버스에 올라탄 둘은 뒷좌석으로 가 앉았다. 버스는 가다 서다 미끄러지며 앞으로 나아갔다. 기사가 브레이크를 밟아대자 버스가 옆으로 밀렸다. 엄마야! 그들 앞에 앉은 소녀가 소리쳤다. 흘러넘친 탄산수가 소녀의 옷을 적셨다. 병뚜껑을 닫아! 소녀 옆에서 선생이 외쳤다. 소녀가 멍한 표정으로 선생을 바라봤다. 탄산수는 병목에서 거품을 일으키며 밖으로 흘러넘쳤다. 병뚜껑을 닫으라고! 선생이 근엄한 목소리로 다시 말했다. 소녀가 병뚜껑을 닫았다. 그렇지, 잘했어. 이제 닦아! 선생이 핸드백에서 휴지를 꺼내 소녀에게 건넸다. 소녀가 휴지로 옷에 묻은 얼룩을 닦았다. 버스 안에서는 병뚜껑을 열면 안 돼. 열어도 아무 문제가 없다는 확신이 들 때만 열 수 있는 거야. 확실하지 않으면 버스 안에서 병뚜껑을 열면 안 된다는 것을 앞으로는 잊지 마. 알겠니? 선생이 단발머리를 귀 뒤로 쓸어넘겼다. 소녀가 표정 없이 고개를 끄덕였다. 그래야 착하지. 선생이 소녀의 등을 토닥이며 미소 지었다.

여자가 남자의 허벅지를 일부러 짚고는 화났어? 하고 물었다. 아니. 남자가 여자의 손을 치웠다. 여자가 애교 섞인 표정을 하고 남자의 바지 불룩한 곳으로 손을 가져갔다. 여자의 손은 코트에 가려졌다. 까불지 마. 섰어. 남자가 말했다. 선생이 매서운 눈으로 뒤돌아봤다. 선생의 표정을 흉내낸 소녀도 매섭게 뒤돌아봤다. 기사가 거울에 비친 남자와 여자를 보며 눈을 치켜떴다. 원래가 약한 사람들이 까부는 거야. 주변의 눈치를 보던 여자가 시무룩해져서 말했다.

둘은 정류장 근처 대형 약국으로 들어갔다. 그들을 보고 흰 가운을 입은 약사 넷이 동시에 일어났다. 남자가 구석에 서 있는 약사에게 다가갔다. 여자도 따라갔다. 하나둘 콘돔 있어요? 남자가 힘없이 물었다. 약사는 무슨 말인지 알았다는 듯 콘돔이 진열돼 있는 선반으로 다가갔다. 하나둘이라고 하셨죠? 약사가 손가락으로 콘돔 상자를 훑었다. 그건 없는데요. 다른 거로 드릴까요? 둘은 동시에 고개를 저었다. 회사 이름이 뭡니까? 약사가 물었다. 여자는 가방을 뒤적거리다 그만두었다. 어지간하면 다른 거 쓰세요. 오늘 약국들이 거의 휴무인데다 그쪽 분야가 대목이잖아요. 아마 없을 거예요. 약사의 말에 실망한 둘은 피로회복제 두 알과 비타민 음료를 사서 나눠 먹고는 약국을 빠져나왔다.

가로수엔 목화솜만한 눈덩이들이 가지마다 매달려 있었다. 눈발이 굵어지면서 함박눈이 내리기 시작했다. 음료수 때문에 배가 부르다고 투덜대는 남자의 입에서 입김이 나왔다. 여자는 손을 덜덜 떨며 휴대폰을 확인했다. 전화는 아무데서도 오지 않았다. 시장 쪽으로 들어서자 간판이 없는 대형 상점이 나왔다. 졸고 있던 점원이 풍경 소리에 놀라 눈을 떴다. 그들은 매장을 한 바퀴 돌아서 콘돔 진열대 앞에 섰다. 이번에는 여자도 남자와 함께 움직였다.

여긴 신기한 게 많은데? 여자가 말했다. 직접 닿지 않고도 직접 닿은 느낌이래. 여자가 콘돔 상자를 남자에게 건넸다.

콘돔이 다 그렇게 말하지 뭐. 직접 닿지 않았는데 어떻게 직접 닿은 느낌이겠어? 남자가 퉁명하게 대꾸했다.

그들을 지켜보던 점원이 슬며시 다가와 남자의 손에 들린 콘돔을 가리켰다.

일반적인 초박형 콘돔이 그냥 초박형이라면 얘는 아주 그냥 극초박형이죠. 불과 얼마 전까지만 해도 콘돔계의 선두를 달리던 애였지만 지금은 약간 밀렸어요.

밀렸다고요? 뭐한테요? 남자가 관심을 가졌다.

여자도 점원을 쳐다봤다.

폴리우레탄이라는 신소재한테요. 지금 들고 계신 건 라텍스거든요. 폴리우레탄은 전 세계 최소의 얇기를 자랑하죠. 라텍스는 0.03밀리가 한계지만 폴리우레탄은 궁극의 얇기, 0.01밀리에 열전도성도 뛰어나서 안 끼웠을 때보다 더 좋다는 얘기가 나올 정도예요. 개당 오천원이에요. 비싸긴 해도 화이트 크리스마스엔 권할 만하죠.

우린 다른 걸 찾아요. 여자가 태연한 체하며 말했다.

아, 진작 말씀하시지. 특이한 것도 있어요. 얘는 멘톨 향인데

1,350개의 도트가 박혀 있어요. 그리고 이건 사정지연형. 약품이 묻어 있어서 그게 마비되는 효과가 있거든요. 남자들이 좋아하고요.

그게 마비된다고요? 남자가 놀라서 점원을 바라봤다.

그렇게 놀랄 필요 없어요. 한 시간 정도면 풀리니까. 그게 진짜 마비되면 허가가 나겠어요? 점원이 웃었다.

어떻게 그렇게 잘 아세요? 점원의 설명을 듣고 있던 여자가 물었다.

매뉴얼에 다 나와 있죠. 사실 이런 건 기본이에요. 하루가 다르게 발전중이거든요.

풍경이 흔들렸다. 그들 셋은 소리 나는 쪽을 바라봤다. 어린 노숙자가 씨익 웃으며 들어와서 박스! 하고 소리쳤다. 점원은 콘돔 진열대로 시선을 돌리며 없어! 하고 외쳤다. 어린 노숙자는 나가지 않고 간편식품이 놓인 냉장고 앞을 서성댔다.

CCTV가 다 찍고 있다. 너 어디서 자는지도 다 안다. 점원이 어린 노숙자에게 말했다.

그럼 이쪽은 뭐예요? 여자가 물었다.

그건 애견용이에요. 일명 도그 콘돔.

여자는 입이 쩍 벌어져서 도그 콘돔을 집어들었다.

개 좆 까는 소리 그만하고 박스 줘! 어린 노숙자가 다가와서 소리쳤다.

남자와 여자가 어린 노숙자를 피해 뒤로 물러났다.

너, 정말 이럴래! 지금 일하는 거 안 보여? 점원이 어린 노숙자를 밀어내는 동시에 여자를 향해 미소 지었다.

노콘칠사가 갑이다! 이 멍청이들아! 어린 노숙자가 점원의 팔에 매달려서 외쳤다. 남자와 여자가 놀란 표정을 짓자 점원이 쩔쩔맸다.

아, 그건 매뉴얼에 나와 있지 않은 건데요. 그렇다고 모른다는 뜻은 아니고요. 그게 그러니까…… 점원이 머뭇댔다.

노 콘돔, 그냥 질에 싸! 줄여서 노콘질싸! 쪽팔리니까 순화해서 노콘칠사! 촌스럽기는. 어린 노숙자가 재미있다는 듯 셋의 반응을 기다렸다.

네. 그런 거죠. 무책임하고 안전 불감한 짓이죠. 점원이 안절부절못하며 손바닥을 비벼댔다.

질에 싸기 싫으면 배에 싸, 입에 싸도 있어. 참, 얼굴에 싸도 좋은데. 어린 노숙자가 으헤헤 웃었다.

낯빛이 붉어진 여자가 남자 뒤에 숨어서 어린 노숙자를 빤히 쳐다봤다. 품보다 큰 점퍼는 군데군데 뜯어져 실밥이 드러났다. 여자의 시선을 알아챈 어린 노숙자가 눈을 깜빡대면서 여자의 표정을 따라 했다. 점원은 하는 수 없다는 듯 뒤돌아섰다. 어린 노숙자가 점원의 뒤를 쫓았다. 점원이 창고에서 박스를 한가득 가지고 나왔다.

우아, 오늘은 빵 먹을 수 있겠네. 어린 노숙자가 좋아서 폴짝폴짝 뛰었다. 또 들를게요, 형. 어린 노숙자가 우유 하나를 집어들고 입구 쪽으로 향했다.

너, 진짜 신고할 거야. 미성년자가 발랑 까져서 뭐가 되려고 그래? 점원이 소리쳤다.

형은 그렇게 살아서 뭐가 되려고 그러는데! 어린 노숙자가 뒤돌아서서 말하고는 밖으로 뛰어나갔다.

셋은 말없이 입구 쪽을 바라봤다.

결국 하나둘 콘돔은 없다는 거네요. 남자가 생각난 듯 말했다.

아, 찾는 게 그거예요? 그런 이름은 아직 들어본 적이 없는데.

점원이 진열대에 내걸린 매뉴얼을 뒤적거리다 서랍에서 철 지난 매뉴얼을 꺼내 살폈다.

하나둘, 하나둘, 여기 있네요. 그런데 이건 이 년 전에 생산 중지되었다는데요. 어디 보자, 압박감이 너무 강했다네요. 발기장애 때문에 컴플레인이 많았군요. 이런 걸 뭐하러 찾아요? 점원이 이해할 수 없다는 듯 남자를 쳐다봤다.

남자는 여자를 바라봤다. 여자는 창밖을 내다봤다. 사람들이 우산 속에서 눈을 피했다. 둘의 눈치를 살피던 점원이 말했다.

뭐라 위로의 말씀을 드려야 할지 모르겠네요. 이럴 땐 야광 콘돔을 써보시는 건 어떠세요? 기분전환이라도 할 겸 말이에요.

남자는 대답하지 않고 밖으로 나왔다. 여자가 남자의 뒤를 따랐다.

니가 그렇게 애타게 찾는 하나둘 콘돔은 단종된 지가 이 년이나

지났다는데. 남자가 이죽거렸다. 여자는 대답하지 않았다. 남자가 여자를 바라보다가 고개를 돌렸다. 둘의 표정이 복잡했다.

도대체 뭐 때문에 그러는 거야? 남자가 앞을 보고 말했다.

여자는 대답 대신 우산 밖으로 손바닥을 내밀었다. 하늘을 펄펄 날던 눈이 여자의 손바닥에 닿았다. 눈은 손바닥 위에서 사르르 녹았다. 우산 위에 쌓인 눈이 간혹 우산의 굴곡을 따라 아래로 미끄러졌다.

남편이 알게 될 거야. 여자가 중얼거렸다.

니 남편은 하지도 않으면서 콘돔만 세냐?

남편은 아직도 나를 사랑해.

난 니가 멋진 유부녀라고 생각했어. 남자는 여자를 쳐다보지 않았다.

난 착한 유부녀였어. 널 만나기 전까지는.

그럼 나 때문에 이렇게 되었다는 거야?

이제 어떻게 하지? 여자가 휴대폰을 들여다봤다.

홍대에 가보자. 남자가 체념한 얼굴로 여자를 바라봤다. 거긴 콘돔만 파는 전문점이 있다니까 어쩌면 있을지도 모르지.

생산을 안 한다잖아.

혹시 모르지. 재고가 남아 있을지도.

정류장 의자에 눈이 쌓였다. 남자가 전광판을 바라봤다. 버스

도착 시간은 지연되고 있었다. 그들 옆 포장마차에선 노인이 어묵을 팔았다. 천막 밖으로 빠져나온 연기가 허공으로 떠올랐다. 여자는 국자로 국물을 휘휘 젓는 노인을 쳐다봤다.

춥지? 노인이 국물을 담은 종이컵을 불쑥 내밀었다.

둘은 주변을 훑어봤다. 아무도 없었다.

마셔봐. 이게 게랑 무랑 듬뿍듬뿍 넣고 오래 끓여서 국물이 좋아. 오늘은 손님도 없어서 국물이 더 좋아.

노인이 건넨 종이컵을 남자가 얼떨떨한 표정으로 받아들었다.

호호 불어가며 마셔. 안 사도 돼. 어차피 오늘 장사 땡 쳤어.

여자도 종이컵을 받아들었다.

마셔봐, 정신이 번쩍 들어. 노인이 둘을 번갈아 봤다. 이것도 줄까? 노인이 무를 건져 남자의 종이컵에 넣었다. 이게 진짜 좋은 거로 만든 거야. 국물 봐봐. 진하지? 노인이 어묵 통을 가리켰다. 스테인리스 통은 국물이 눌어붙어 지저분했고 어묵은 불어터져 있었다. 노인이 흐무러진 어묵꼬치 하나를 집어들었다. 어묵 윗부분이 이리저리 휘어졌다. 이것도 먹어봐. 오늘만 공짜야. 눈 오는 크리스마스잖아. 노인이 누런 이를 드러내며 웃었다.

여자는 어묵을 받아들고 서서 휴대폰을 확인했다. 남자는 종이컵을 양손에 쥐고 버스가 오는 쪽을 바라봤다.

하늘에선 함박눈이 펑펑 쏟아졌다. 시는 3단계 비상근무체제를 발령했다. 시의 모든 공무원이 비상근무에 들어갔다. 시장은 종합

방재센터로 나가 피해 상황 파악과 복구를 위한 현장 활동을 직접 지휘한다고 발표했다. 세상은 얼었다가 녹고, 녹았다가 얼었다.

보자 보자 하니까 진짜

황현경(문학평론가)

하지만 왜, 왜 우리를 함께 가둬둔 거죠?
—장 폴 사르트르, 「닫힌 방(Huis Clos)」

 '이것이 우리의 모습이다.' 특별한 결론도 아니니 맨 앞에다 쓰
자. 어떠한 소설이든 얼마간 다 그러하고 특별한 이야기가 아니
라면 더 그러할 것인바 이렇듯 우리 생의 평범한 하루가 그려졌
을 뿐인 소설들이라면 더더욱 그러하겠다. 「전에도 봐놓고 그래」
처럼 생일을 핑계로 먹고 떠드는 생生의 하루日 같은 것. 그런데도
그 낯익다 생각했던 풍경이 차츰 낯설어 보이다 새삼 좀 그렇게
느껴지는 건 왜일까. 상 위에 육류 가금류 어패류가 올랐어도, 아
예 그들이 채식주의자들이었어도 별반 다를 건 없을 테니 개라서

는 아니다. 이렇게까지 가까이서 본 적이 없어서일 것이다. 악착
같이 넝쿨손을 뻗는 담쟁이의 생명력에 여자가 쫓기듯 물러섰던
것처럼, 너무 가까이 보면 생은 확실히 사람을 좀 질리게 하는 구
석이 있다.

다들 할말이 뭐 그리 많은지, 엄청나게 시끄러운 소설들이다.
어떤 소설을 펼쳐도 이처럼 말 못해 죽은 귀신이라도 씐 듯 끊지
도 말아달라며 들입다 쏟아내는 인물들을 만나게 된다. 듣다 듣다
누군가 "항문이 입에 달린 걸까"(「한밤의 손님들」, 130쪽) 의문을
품었을 만치 태반은 말인지 똥인지 모를 것들이다. 그런 말사위가
무대만 여덟 번 옮겨가며 줄기차게 펼쳐지는 이 난장을 '아무 말
대잔치'라 부르자. 이런 소설을 쓴다는 것은, 근近과거의 작가들이
었다면 그 말들로부터 없으면 만들어서라도 찾아내었을 내면이라
든지 자아라든지 하는 진정한authentic 무언가를 이 작가는 믿지 않
는다는 의미다. 그렇다면 우리도 이 무의미의 축제를 한껏 즐기면
되나? 막상 그렇게가 잘 안 된다. 까닭은 당신도 아실 터, 이 축제
가 우리에게 처음이 아니어서 그렇다.

노모가 먼저 입을 뗀다. "설교중에 끄면 벌받는다."(「전에도 봐
놓고 그래」, 142쪽) 그것을 시작으로 말 한마디 한마디 듣고 있기
가 고역이다. 찬물을 마신 탓에 혈관에서 굳어버린 콜레스테롤이
느릅나무 거죽 끓인 물을 마시면 빠져? 만약 얼음물을 쫙 들이켜
야 혈관이 뻥 뚫린다는 말을 들었다면 그렇게 하고도 남았을 위인

아닌가. "내가 말하는 게 아니"(143쪽)라고 말은 해도 어디서 주워들은 말을 별다른 의심도 없이 믿기로 작정했기에 믿는 중임을 모르는 것이리라. 성찰이라는 게 없는 것인데, 노모를 한심하게 여기는 노부도 실은 그렇고("개는 밖에서 먹어야 제맛이다"(148쪽)), 아니나 다를까 남자도 그 부모에 그 자식이다("원래 그래"(150쪽)).

저런 시아버지의 생일에 저런 시어머니와 저런 남편이라니 참혹한 상황임은 분명하나 여자도 거기 함께 있을 자격이 충분하다. 핵심이 개가 아니므로 그녀가 개를 안 먹는 것도 핵심은 아닐진대, 하물며 그것은 윤리적 동기에 의한 선택이지도 않다. "원한을 가지고 죽은 애들이 몸에 좋을 리 없"(150쪽)다는 게 전부지만 이도 맹신에 가깝고, 겨우 그런 걸 근거라고 남편에게 이래라저래라 하는 그녀에게서는 스멀스멀 노모의 향기가 난다. 애초부터 누가 낫고 못하고 가려볼 일도 아니다. 저마다의 믿음에 귀의하지 않고서야 생 자체만을 위한 그 동물적 생의 허虛함을 무엇으로 채우겠는가.

실컷 먹고 떠들었으면 다음은 「메리 크리스마스」다. 아주 전형적인 불륜 관계의 남녀가 아주 전형적으로 오로지 성性만 교환한다. 이 년 전 단종된 콘돔이 집에 그대로 있다면 여자와 남편 간의 교환은 활발하지 않으리라 짐작되는바, 그 결여분이 회사 동료인 남자와의 관계에서 채워지는 셈이다. 관계의 유일한 매개가 성이어서인지 그들의 소통(?)은 서로의 육체를 탐하는 은밀한 순간에만 원활하다(최정나 소설에서 시선의 의미는 차차 논한다. 우선은 이웃의 시선에 대한 여자의 강박적 회피가 그 은밀함을 위해서라고만 이해해두자). 타이트 숏tight shot으로 각별히 묘사되는 그 순간에 그들은 시방 헐벗은 짐승이다.

다시금 맹신이 뒤따를 차례다. 통장잔고를 더 자주 확인하는 이가 대개는 더 가난한 것처럼, 그들이 거듭 확인하려는 것으로 보아 정작 '사랑'은 거기 없는 거겠다. 물론 이번에도 가난한 것은 그들만이 아니다. 히말라야로 트레킹 간다며 떠난 남편이 아파트 관리인에게는 세미나를 간다 일렀음을 뒤늦게 알게 되었다면 여자는 지금 남편이 어디 있는지도 모른다. '그냥 사랑'도 아니고 심지어 '영원한 사랑'의 서약으로 맺어지는 부부라는 관계도 실상은 고작 이렇다. 그러니 사랑 찾아 콘돔 찾아 떠도는 그들의 모습도 한심스럽게 볼 것까진 없다. 그들 또한 없는 의미를 만들어서라도 믿으려는 것일 뿐이니까.

그 무의미를 벗어나려는 무의미한 순례의 성스러운 풍경이 상점에 나타난 어린 노숙자에 의해 흔들린다. 노부부네의 고기도 훔치고 우리네의 시선도 훔치던scene stealer 저 "정신 나간 할망구"(「전에도 봐놓고 그래」, 159쪽)와 역할이 같은 이 거리의 현자의 말씀을 감히 요약하자면 '섹스!'일 터, 과연 그들 관계의 모든 것을 설명해버리는 말이다. 진실이 공개되자 당황하며 외면하려는 그들과, 그걸 "모른다는 뜻은 아니"(242쪽)지만 모르는 게 약이라는 양 입바른 소리로 덮어버리려는 점원까지 어우러진 그 장면은 딱 코미디다. 세상은 얼었다가 녹고 녹았다가 어는데 기껏 콘돔 하나가 기약 없는 손님처럼 나타나질 않아서, "사이에 껴 있는 시간"(234쪽)인 성탄절에 그들은 제자리만 맴맴 도는 중이다. 이렇듯 멀리서 보면 희극이고 가까이서 보면 비극이라던 그것은 더 가까이서 보니 다시 희극이다.

아닌 게 아니라 연극을 보는 것 같다. 그들의 말투가 묘하게 '연극 투'여서만이 아니라, 그들 생에 없는 무언가를 믿으며 그게 거기 있다는 듯 살아가는 그 모습이 일종의 가장假裝이어서다. 인간인 척하는 동물인 그들은 '의미 있는 삶'을 연기하는 가짜들이며, 이것까지가 우리 가난한 생들의 숙명이다. 이 정도는 딱히 반박할 게 없지만 그다음이 좀 석연찮다. 미리 조금 이야기하자면 이 소설들의 주장은, 누가 봐도 인간일 만큼 그 연기가 완벽하다면 진짜 인간이나 다름이 없다는 식이다. 그렇다면 그 연기의 궁극적인 경지는 명확할 터이다. 오로지 남들의 시선으로만 제 정체성을 구성하는 인간, '내가 보는 나'가 아니라 '남이 보는 나'가 전부인 인간, 동물의 최종 진화형인 그들의 이름은 속물snob이다.[1]

---

1) '속물'의 사전적 정의(교양이 없거나 식견이 좁고 세속적인 일에만 신경을 쓰는 사람을 속되게 이르는 말)부터가 그러하듯 우리에게는 이 단어에 대한 부정적 선입견이 있다. 그러한지라 이 소설들이 말하려는 바를 일단 경청하려면 읽는 동안만이라도 그 선입견을 접어두려는 각별한 성의가 필요하다. 안 그러면 기껏해야 '저렇게 살지 말아야지' 하는 정도의 뻔한 결론에 그치게 되는데, 사실 그러한 예

*

실컷 먹고 떠들었고, 잤고, 그렇게 우리 기나긴 생의 나날들 '사이에 껴 있는' 하루가 지나갔으니 다음은 뭘까. 만약 저 허망한 하루하루를 벗어날 계기가 마련되고 그로부터 새로운 국면이 시작된다면, 그리하여 그들이 저 경직된 생의 순간들로부터 '진짜 삶' 쪽으로 걸음을 옮기게 된다면, 그것은 최정나 소설이 아닐 것이다. 알다시피 희극comedy의 원천 요소 중 하나는 천연덕스러운 반복인바, 최정나 소설은 다시 같은 자리에서 다시 같은 인물들이 다시 같은 짓을 하고 있는 그곳으로 다시 돌아간다. 그러다보니 전부가 하나같이 느껴지기도 하는 게 그의 소설이지만, 유독 쌍둥이같이 닮은 두 편이 「한밤의 손님들」과 「케이브 인」이다.

뭔가를 먹겠다며 식당에 모여는 앉았는데 아직 주문도 하지 않은 음식은 나올 기약이 없는 쪽이 「한밤의 손님들」이다. 소설의 이야기는 이 이상으로 요약할 것이 없고, 이런 이야기일 뿐인 소설은 어떻게도 요약하려야 할 수가 없다. 프랜시스 베이컨의 〈개와 함께 있는 남자〉에서 따온 모티프를 앞뒤로 배치한 본론에서는 벽

시들은 굳이 소설에서 찾을 것 없이 현실에 이미 넘쳐나므로, 결과적으로는 이 소설들을 애써 읽어온 시간을 다 낭비하는 게 되어버린다.

속물에 대한 논의뿐 아니라 이 해설 전체가 김홍중의 『마음의 사회학』(문학동네, 2009) 제1부 '마음의 레짐─진정성의 운명'을 (보시다시피 편협하고 피상적으로) 참고하며 쓰였음을 내친김에 밝힌다.

에 걸린 에드워드 호퍼의 〈밤을 지새우는 사람들〉 속 사람들이 움직인다. 그렇듯 그림으로부터 발생한 현실 같은 환영과, 그림 속에서 튀어나온 듯한 인물들이 눈앞에 나타나는 환영 같은 현실이 뒤섞여 서로의 경계가 무의미해진 이 소설에서 우리는 정확히 무엇을 본 것이라 할 수 있을까.

이 작품이 수록작 중 유일한 일인칭이라는 것을 유념하며 답하건대 그것은 화자인 '나'의 '마음'이다. "어딘가로 쑥 빨려 들어가는 기분"(112쪽)과 함께 자의와는 무관하게 너무 환한 불빛의 희극 무대로 옮겨진 '나'의 눈에 오리와 돼지가 들어온다. 식당 테이블에 그 동물들이 얌전히 앉아 있을 수는 당연히 없고, 즉각 엄마와 동생임이 밝혀진다. "엄마는 늘 꽥꽥댔고 동생은 늘 꿀꿀댔으므로 어쩐지 그렇게 부르고 싶어졌다"(같은 쪽)나. 이 소설을 어떻게 읽어야 하는지에 대한 친절한 안내다. '나'에게 엄마는 오리처럼 동생은 돼지처럼 '보인다'. 곧 이는 그들의 실체가 아닌 그들을 보는 '나'의 마음에 대한 묘사다.

사위 일영에게 병원비를 독촉하는 것으로 모자라 '나'를 낳아 키우고 가르치느라 들어간 돈을 셈하는 엄마와 그 옆에서 맞장구를 쳐대는 동생에게 있어 한 인간은 돈이나 학벌 등 세속적 가치들의 집합체에 다름 아니다. 물신物神을 열렬히 숭배하는 중생衆生인 그들은 이미 자아나 내면 같은 것에 미련이 없다. 그것들을 대신하는 것이 타인의 시선이기에 그들에게는 "목소리를 낮추어라.

남들이 듣겠구나"(119쪽) 같은 대사가 시그니처다(그렇게 본다면 「메리 크리스마스」의 남자가 동물인지는 모르겠으되 여자는 확실히 속물이다. 과연 여자에게는 사랑보다 콘돔을 구하는 게 더 중요해 보인다). 그런 그들, 그리고 먹는 것 하나까지 전부 돈으로 환산중인 옆자리의 가족들, "어쩌면 그들 모두 같은 사람일지도 몰랐다"(131쪽).

'나'? 일영이 저를 사랑한단다. "내가 원하는 걸 마련해주"고 "뭐든 알아서 척척 하니까 집이 더 근사해"진다고(126쪽). 최정나 소설에서 구해낼 만한 이가 단 한 사람도 없을지 모르겠다는 예감이 슬슬 밀려온다. 그게 동생 말마따나 그냥 '돈'이나 '시종' 아닌가. '나'도 속물이다. 다만 '나'는 자신이 속물임을 모른다. 이런 이들은 자신이 누구인지를 자꾸 자기 자신에게 묻지만, 저는 알든 말든 이미 속물인 이상 제 내면에도 진정한 무언가는 있을 리가 없다. 그러니 없는 그것을 찾으려는 그 성찰의 순간은 아이러니하게도 '나'의 속물성이 찬란한 빛을 뿜는 순간이 된다. 더욱이 '나'가 찾으려던 그것은 무려 '영혼'이다.

'나'는 내연남을 '영혼의 동반자', 곧 '소울메이트'라 말한다. '소울메이트'를 들먹이는 그림 속 신사가 휴대폰 저편의 상대를 기만하는 장면을 방금까지 상상했으면서. 자신이 자신을 속이기에 자신은 속는 줄도 모르고 속는 중이다. "자기가 무슨 말을 하는지 알지 못하는"(136쪽) 이는 남 욕할 것도 없이 '나'다. 그런 '나'

의 눈에(만) 현실 같은 환영을 찢고 나온 손이 보인다. 그것이 가리키는 창밖에는 (앞서의 '정신 나간 할망구'나 '어린 노숙자'처럼) 진실을 발설하고 떠난 옆 테이블의 아이가 있고, 모든 풍경을 지켜보았을 개 한 마리가 있다. 그 개의 맹렬하게 짖는 소리와 어딘가에서 들려오는 "낄낄낄길, 웃는 소리"(137쪽)가 모순과 기만으로 똘똘 뭉친 자신을 향한 일갈과 조소임을 '나'는 끝내 모르리라.

(시원스레 열리지 않는 입구 미닫이문으로 인해) 타의로 고립된 ('동굴' 같은) 공간, 도무지 진행될 기미가 없는 이야기, 제가 누구인지도 모르는 주인공, 여기까지는 「케이브 인」도 같다. 물론, 불판 위에서 무사히 익어가고 있는 고기(소고기)보다 더 중요한 차이가 있다.

①개 짖는 소리가 났다. 여자가 창밖을 살폈다. 고기 쌈을 입에 넣는 노모와 노부의 모습이 유리창에 비쳤다. 남자는 휴대폰을 확인하고 있었다. 검은 그림자가 그들의 모습을 지우며 다가왔다. 여자가 놀라 고개를 돌렸다. 종업원이 새로 가져온 불판을 화로에 올렸다. 살점이 붙어 있던 불판에서 기름이 뚝뚝 떨어져 숯에 닿았다.(205쪽)

②유리창에 식당 내부가 비쳤다. 얇은 물막 때문에 창에 비친 모든 것이 번들댔다. 자리를 옮겨 앉은 어린 남자의 넓적다리 안쪽

을 나이든 여자가 쓰다듬었다. 어린 남자가 고기를 입에 넣고 신음 하듯 우물거렸다. 창에 비친 둘의 얼굴이 비명을 지르는 것처럼 비틀어졌다. (……) 창에 비친 그림자들이 꿈틀꿈틀 움직였다. 그림 자들은 하나의 큰 덩어리로 합쳐졌고, 하나의 큰 덩어리는 격자 창 호에 갇혀 여러 형태로 바뀌었다. (a) 미닫이문에 시선을 고정하고 있던 여자가 갑자기 자리에서 일어났다. 입구 쪽으로 걸어가는 여 자의 모습이 어딘가는 끊어지고 어딘가는 연결됐다.(210~211쪽)

①에서 창에 비친 식당 안 풍경을 바라보는 이는 여자다. 같은 연출이 ②의 시작에서도 반복된다. 이 시점 숏point-of-view shot이 포착하는 식당 안에는, 한참 돈 돈 돈 주문을 외다 수순처럼 서로 를 탐하기 시작한 남녀와 몸에 입이 달린 게 아니라 입에 몸이 달 린 듯한 편집증적 미식가들과 취한 여자를 희롱하며 거푸 술을 권 하는 색정광들이 있고, 거기에 '품위'를 위해 가족 내부의 작지만 은 않은 균열들을 덮으며 "있는 일을 없는 일로 만드"(214쪽)느 라 바쁜 노모와 노부와 남편이 더해진다. 그러다 (a), 줄곧 여자의 눈을 대신하던 일인칭 카메라가 관찰자로 돌변하는 그 순간, 이제 "어딘가는 끊어지고 어딘가는 연결"(211쪽)되는 불안정한 피사 체일 뿐인 여자가 프레임 속 저 비틀어진 군상에 합쳐진다. 곧이 어, 여자로부터 "당신은 지금 위험해요"(211쪽) 경고를 들었던 취 한 여자가 같은 말을 여자에게 되돌려준다. '너를 모르는 네가 가

장 위태롭다.'

다시 카메라가 뒤로 빠진다. 「케이브 인」, 줌아웃. 저 희극의 무
대가 원경이 되며 지금껏 프레임 밖에 있던 누군가의 뒷모습이 프
레임 안으로 들어온다. 객석에 앉아 저 '극중극'을 지켜보는 그는
자신 또한 관객의 역할을 맡은 배우임을 모르는 것 같다. 이윽고
너무 환한 조명이 객석 위로 켜지고, 극중극의 여자를 연기하던
배우가 손을 뻗어 객석 저 너머의 어둠을 가리키자 어딘가에서 개
짖는 소리와 "낄낄낄낄, 웃는 소리"가 효과음으로 들려온다. 비로
소 저도 배우였음을 알아차리게 된 그를 향해 여자가 준비된 대사
를 읊는다. "안다는 건 불편한 거예요. 안 그래요?"(217쪽) 말문
이 막힌 채 두리번거리며 어딘가에 숨어 있을 연출가와 보이지 않
는 출구를 찾는 그가 누구인지 우리는 안다. '이것이 우리의 모습
이다.'

'속물이 되라'는 명령으로 오해해선 곤란하다. 확인했듯 최정나
소설에서 사회적 인간Homo Communicus이란 결국 세속의 인간, 곧
'속물'이므로 여기까지는 우리 모두의 기본값이다. 다만 속물임을
아는 속물과 모르는 속물이 있을 뿐이므로 이 소설들의 주장은 차
라리 '너 자신을 알라'에 가깝다. 너의 속물성을 성찰하라는 의미
가 아니라 성찰 따위 이만 됐고 주어진 역할이나 충실하게 연기하
라는 의미다. 아무리 우리가 '속물'이라는 표현에 편견을 갖지 않
으려 애쓰며 우선 들어나보자 하고는 있지만 이런 말들은 역시 당

장은 좀 이상하게 들린다. 한데 어째 조금씩 설득당하는 기분이
드는 건 나뿐인가.

*

또하나의 가족극 「잘 지내고 있을 거야」는 그 관계가 다소 복잡
하다. 앞서는 피를 나눈 이들이 기본이고 '딸 같은 며느리'(딸 아니
거든요……)나 '아들 같은 사위'(아들 아니라고요……) 하나씩이
옵션으로 추가된 형태였다면, 이번에는 오빠 종훈과 여동생 종미
에다가 종훈의 아내 문영과 종미의 남편 영도가 추가된다. 서로에
게 처남댁妻男宅과 시매부媤妹夫가 되는 둘은 알다시피 호칭부터가
어중간한 사이다. 그러고 보니 종훈과 종미도 어머니의 간병비 문
제로 틀어져 오 년 동안 왕래가 없다가 다시 만난 지 일 년밖에 안
된 사이다. 얼마간 가족, 얼마간 남남. 멀다기엔 가깝고 가깝다기엔
멀어서 그들은 정확히 어떤 배역을 연기해야 하는지 헷갈려한다.
　뭐든 간에 일단은 속물이 먼저다. 종훈이 알려주는바 속물의 행
동 지침은 '자랑'이고 '자기 피알'이다. 내가 누구인지는 남이 정
해주므로 그럴싸해 보이는 것들은 자꾸 보여줘야 한다는 말이겠
다. 예컨대 최고급 사양으로 신차를 뽑았으면 제가 나서서 열심히
'피알'해야 한다. 그런데 그들은 남이나 다름이 없다고는 해도 어
쨌거나 가족이기에 그 '피알'은 어머니의 간병비는 못 낸다며 차

는 어떻게 샀냐는 식으로 종미가 비죽거리자 즉각 중지된다. 얼마 못 가 드러나지만 종미 또한 효녀라서 하는 소리는 아니다. 더욱 이 세상을 뜬 아버지가 어머니의 간병에 쓰라며 남긴 가족 통장으로 골프나 치는 주제에 서로 그런 말 할 처지도 아니다. "암튼 끼리끼리 다니"(57쪽)는 법이다.

어쩔까. '교양'과 '체면'을 유지하려면 피차 돈이 필요하니 모르는 체할 수밖에. 병든 어머니는 또다른 여동생 종숙이 돌보니 됐고, 아버지는 하늘나라에서 잘 지내고 계실 테니 됐고, 이렇게 서로 가끔 한 번씩 만나 골프나 치고 같이 여행 갈 계획('같이'라는 환상만 같이 꿈꾸면 되니 갈 것까진 없다)이나 세우는 그런 가족을 피차 연기하는 수밖에 없지 않을까. 애초에 딱 그 정도의 오순도순한 가족을 연기하려 다들 가면을 쓰고 무대에 오른 거니까. 가짜면 또 어떤가. 쓰레기가 매립된 땅 위를 매끈하게 다듬어 만든 골프장부터 종훈의 홀인원까지 다 가짜인데. 빈 홀 컵을 확인하기 전 그들의 모습은, 호들갑스럽게 홀인원을 외치는 캐디에게도, 뒤 팀 잘 만났으니까 맥주나 한잔 사라던 '닌자와 가부키'에게도, 그리고 우리에게도, 영락없는 '진짜 가족'이지 않던가. 이 정도 혼이 (안) 실린 연기를 보았다면 박수를 보내 마땅하다.

이 이야기를 그림으로 그려가며 정리해보면 「해피 해피 나무 작업실」 같은 모양새가 된다. 소설의 공간은 둘로 나뉜다. 한쪽에는 기술자 우재의 작업장, 한쪽에는 사장 일호의 전시장. 작업장 구석에는 삽날로 만든 스탠드나 사람의 몸을 닮은 소파 등 우재 마음대로 만든 "쓸데없는"(166쪽) 가구들이 쌓여 있다. 아마도 그의 의도(라는 게 있을까?)가 더 충실히 반영된 것은 그런 가구들일 테니, 환한 불빛과 값비싼 소품들로 눈부신 전시장의 '가짜 거실' '가짜 주방' '가짜 침실' '가짜 서재'에 옮겨지는 것들은 우재에게는 가짜일 수도 있겠다. 이제 이 알레고리를 풀자. 여기서 가구는 지금껏 우리가 진력나게 보았던(들었던) 그것, '말'이다.

전시장의 가구(말)들은 일호의 화려한 언변으로 포장되어 다시금 '더 가짜'로 팔려나간다. 사기라면 사기지만 일호는 비싸게 팔았으니 좋고, 손님은 진실이 뭐든 어쨌거나 '진짜 좋은' 가구를 산 셈이 되었으니 좋고, 아무도 손해본 사람이 없다. 우재? 동업중이라고는 하나 실상은 우재가 일호에게 종속된 관계다. 도면에 누락된 수치를 '사장님'께 일일이 확인받는 장면을 봐도 그렇지만 무엇보다 그가 두 공간 사이에 놓인 유리벽과 작업장 천장에 달린 CCTV를 통한 감시와 지배의 시선 아래 놓여 있기에 그렇다. 이 규율은 벗어나는 것 자체가 쉽지 않을뿐더러 사실 벗어날 이유도 없다. 우재 역시 손해볼 건 없으니까. 누군가는 대타자the big Other 니 상징계the Symbolic니 하는 개념들을 떠올리고 있을 터라 마저 이어보건대, 실재the Real가 돌출하지만 않는다면 상징계는 안전하다.

실재라. 우재가 마음껏 만든 그 가구들 말인가. 어디 내놓을 수도 없는, 일호도 손님도 "이해할 수 없는"(176쪽) 그것들을 왜 만들었는지 우재인들 알까? 지금 우재는 '예술'을 하고 있는 게 아니며, 이것은 어디까지나 예술이라는 환상까지 물물 가치로 환산되어 가격에 더해지는 '실용'의 세계다. 우리가 손님이라면 변기를 뜯어 만든 식탁에 앉고 싶을까? 거기 담긴 진짜 의도를 확인하고 싶을까 아니면 그냥 밥맛 떨어지게 생겼다는 생각만 들까. 이 대답은 소설의 것과 내 것과 당신의 것이 일치하리라. 그건 우리도 결국 이 안락한 '가짜'의 세계에서만, 그것을 '진짜'로 믿으며 '해피 해피'하게 살아가고 싶어한다는 의미인가. 아니고는 싶지만 아닌 건 아닌 것 같다.

*

이번에는 '친구'다. '가족'도 이데올로기적 환상에 불과한데 '친구'는 뭐, 서로가 거기 '우정' 따위의 뭔가가 더 있는 척하며 맺는 남남인 관계다. 「말 좀 끊지 말아줄래?」에서는 '선생'의 장례식장에 망자의 조카인지 손자인지 하는 조씨의 친구 우씨와 이씨(이름도 참. '우 씨, 뭐! 이 씨, 어쩌라고!')가 도착한다. 우씨는 어딘가 나사가 하나 빠진 느낌이고, 이씨는 (마치 '골드버그 장치'처럼) 쓸데없이 부품이 너무 많은 기계처럼 느껴지니, 이런 둘이라면 코미디가 충분히 가능하고도 남을 환상의 콤비 되시겠다. 이어 조씨 등장하시고, 이 화려한 '대잔치'도 서서히 끝을 향해 달려간다.

내내 이 '아무 말'들의 축제를 즐겨온 우리라지만 「사적 하루」와 함께 근작에 속하는 이 작품은 정말이지 장관이다. 그 수많은 말들을 한 문장으로 요약하면 "말하는데 자꾸 말 끊지 말아줄래?"(24쪽) 정도가 될 것인데, 끼어들 타이밍을 잡느라 듣는 척만 하는 중인 그런 걸 대화라 불러도 될지 고민이 된다. 그들뿐인가. 옆자리에서 앞에 앉은 여자에게 '배움'의 소중함을 설파하는 검은 뿔테 안경 낀 남자의 말(예컨대 "술 때문에 말이 엇나가는 것이지 술에 취한 것은 아닙니다"(39쪽))은 각별히 '개소리'라고 챙겨 불러주고 싶을 정도로 독보적이다. 그들은 뭘 하고 있나. 옆자리에 앉았다 불쑥 끼어든 사내의 표현을 빌리자면 '놀이'다. 놀고들 있네.

장례식장 냉장고 안에 있는(지 없는지 모를) 고급 소주를 빼돌려 사업을 하니 어쩌니 하다 사내까지 합세해 막걸리로 건배하고 우정 사진 찍는 것이 절정이다. 뭐하냐 싶기는 한데, 아니면 뭘 하나 싶기도 하다. 장례식장이라는 곳이 본디 잠시간 "침통하게 앉아 있다가 조심스레 근간의 이야기를 꺼"내고 "그런 다음 목소리를 높"이고 "맞장구치다가 이내 설전을 벌이기도" 하며 적당히 앉아 떠들다 가라고 마련된 자리다.(17쪽) 어차피 "공장에서 나온 폐기물처럼"(11쪽) 장례식이 끝나면 금방 치워질 쓰레기에 불과한 화환에서부터 담배를 피우러 식장을 나온 세 친구들이 도착한 휴게 광장 천장에 그려진 하늘까지 다 가짜다. 진짜를 따지고 들면 거기 앉아 음식이나 축내는 중인 우씨 이씨는 장례식장만 전문적으로 돌아다니는 거지인 그 사내와 다를 게 없다.

어쩔까. 첫 장면의 소년처럼 천진하게 울며 뛰쳐나가기에는 이미 너무 타락했는데, 그 사내처럼 몸소 진실을 폭로하기라도 해? 아니, 그들은 그냥 조씨 보러 왔다. 병풍 뒤에 말없이 누워 있는 그 사람 말고. 그들은 그가 왜 세상을 떴는지도 모르는데, 그건 뿔테 안경도 문제의 그 사내도 심지어 유족인 조씨(끝내 우씨도 이씨도 우리도 그가 조카인지 손자인지 모른다)도 모른다. 곧 그 세트장에서 세 친구들의 배역은 "진정한 친구"(37쪽) 이상도 이하도 아니다. 냉장고 옆에 교복 입고 앉아 있던 세 소녀들처럼 과자를, 그러니까 말을 나누는 그들은 보다시피 당장 동업을 넘어 아예 나라라도 하나 세울 기세다. 그 순간만은 우씨마저도 "인간의 모습에 제대로 적응"(12쪽)하고 있는 것처럼 보인다. 그들이 금방 다시 만날 일은 없으리라는 예감은 들지만, 우리도 그들도 연극이 끝나고 난 뒤의 일까지 염려할 건 없다.

이제 인조 바위와 인공폭포로 장식된 온천으로 무대만 옮기면 얼추 「사적 하루」다. 결혼 후에 이렇게 멀리까지 혼자 나와본 적이 없다는 종은에게 수연은 핑계에 불과한 듯 보인다. 게다가 종은은 중병에 걸린 친구 수연을 동정 sympathy 한다. 공감 empathy 하는 게 아니라 불쌍히 여긴다는 말이다. 남편과의 통화 끝에 내뱉은 한마디, "몸이 아픈 애도 저렇게 재미있다고 잘 사는데!"(100~101쪽) 이게 할말인가. 수연은 못 들었으니 다행이고, 우리도 안 듣는 편이 나을 뻔했다. 이번에도 그들 관계에 붙이기에 '우정'이라는 단어는 너무 고상하다. 다시금 이것은 형이하학의 세계, 오로지 눈앞에 보이는 것만이 진짜.

비슷한 관계들이 줄을 잇는다. 하긴 표만 팔면 그만일 매표소 직원은 수연이 아프다는 좋은의 말은 귓등으로 들었을 것이다. 두 친구의 대화에 귀기울이던 중년 부인들도 호기심 이상은 아니었을 테지만 뭔가 듣기는 들었는지 화제가 건강으로 전환은 되는데, 처음에는 서로 "맞아" "맞아" "맞아"(88~89쪽) 맞장구를 치던 그들 또한 남 얘기 듣는 것보다 제 얘기 떠드는 게 더 절실했음이 금방 드러난다. 뒤로 갈수록 점점 더 맥락이라는 걸 찾아보기 힘들어지는 수연과 좋은의 대화도 마찬가지다. 서로를 향하는 것도 아니며 딱히 선의도 악의도 담기지 않은 투명하기만 한 말들. 그저 형식일 뿐인, 그저 시간을 때우고 친교를 가장하기 위한 대화들.

진실이야 늘 간결하다. "모두 누군가를 걱정했고 그런 다음 불평을 늘어놓았다. 그러고는 이해하는 체했다."(100쪽) 실상은 서로 무엇도 주고받지 않았으니 모두에게 지극히 '사적인 하루'일 뿐이겠다. 그러나 그들 모두가 들어주고 이해하는 연기를 하기에, 제 역할을 모르는 이도 없고 다들 큰 실수도 없기에, 그들의 연기는 기가 막히게 합이 잘 맞는다. 몇 번의 잔실수들, 가령 "얼마 전에 너 아프다는 얘기 듣고 나도 건강에 신경 좀 써야겠더라고"(92쪽) 같은 좋은의 말들을 수연은 듣고 넘긴다. 우리는 무슨 사이냐고, 너에게 나는 뭐냐고, 너는 도대체 누구냐고, 굳이 묻고 답하며 확인할 이유가 없기 때문일 것이다. 뭔 말인지 물을 시간에 뭔 말이든 하는 게 나으니까.

말하자면 그들에게 중요한 건 '우정'이라는 내용이 아니라 이렇게 목욕까지 함께하며 서로의 속을 터놓(는 척할 수 있)는 '친구 사이'라는 형식이 전부다. 때를 밀어달라는 할머니가 있으면, 더구나 "때보다는 때를 미는 데 관심이 있는 것 같"(106쪽)다면, 까짓것 한 두어 번 밀어주는 척 좀 해드리면 서로가 편할 터이다. 시늉만, 형식만. 모두가 때수건을 챙겨야 할 필요도 없다. '무슨 형식'인지가 중요한 게 아니라 '뭐든 형식'이기만 하면 되고, 입은 다 하나씩들 챙겨 왔으니 그것으로 해결하면 될 일이다. 아무 대답도 하지 않는 결말의 종은을 수연은 "죽은 사람처럼"(107쪽) 느끼지 않던가. 해解 없이 끝없이 말들이 오가는 동안만 그들은 함께 사는 중이다.

앞서 읽은 그 어떤 소설의 풍경에도 비할 수 없을 정도로 너무 평화로운 하루가 그렇게 흘러간다. 물론 우리는 이 평화가 썩 마뜩잖다. 그들에게도 그들의 관계에도 뭔가 중요한 게 빠져 있기 때문인데, 결국 또 진정성authenticity이다. 그것이 '나는 진정하다'는 말을 통해 즉각 획득되는 것이 아님을, "진정성이 부재한다는 인식 속에, 진정성을 추구하는 행동 속에 존재"(황종연)하는 것임을 우리라고 모르지 않는다. 그러나 이 소설들에 줄기차게 시달린 결과로 우리는 진정성을 향한 지금의 갈구가 모순과 기만이 아님을 확신하기도 어려워졌다. 무엇보다 이러한 논의는 이 작품들의 주장을 반박할 만큼 결정적이지 않다. 만약 우리가 저 수다스러운 유물론자들에게 진정성을 들먹인다면, 저들은 아마 그것을 이리 가져와 보이라고 말할 것이다. 그게 도대체 뭐냐고, 보이지도 않는 것을 어떻게 믿느냐고, 그런 걸 들먹인 이들은 전부 저 닫힌 문밖으로 뛰쳐나갔으니 그리 가서 알아보라고.

거울에 비치지 않는다면 그것은 여기 없는 것일 수 있다. 어찌할까. 저 미끈한 역할극의 속없는 평화가 '우리의 모습'임을 이제 그만 받아들여야 하나. 반대로 생각하자면 저들은 진정한지는 몰라도 진정 함께하는걸. 하긴, 인정을 차지하려는 투쟁을 서로가 서로에게 '좋아요'를 건네는 품앗이로 바꿔낸 우리에게 타인을 지옥이라 부를 자격이 있을까. 도리어 가고 가는 말들에 힘입어 절묘한 안정감마저 선보이는 저들이야말로 진정 우리의 모습'이어야 한다'고까지 말해야 할는지도 모른다. 어쩌면 당신은 여전히 이 결론이 마음에 들지 않을 것이다. 내가 딱 그런 심정이어서, 나는 지금 좀 혼자 있고 싶다.

작가의 말

내 친구는 건물과 건물 사이로 끌려 들어가 그의 친구에게 얻어 맞았다고 했다. 그러니까 내 친구가 얻어맞았고, 그의 친구가 폭력을 휘둘렀고, 다시 내 친구가 복수를 감행했다는 골목 사건의 전모를 들었을 때 나는 처음에 화를 냈다. 그런 다음에는 킥킥 웃었는데 그건 친구도 마찬가지였다. 그때 나는 건물과 건물 사이에 있는 좁고 어두운 골목에서 행패를 부리는 사내들과 골목 밖까지 늘어진 두 개의 길쭉한, 슬로모션으로 움직이는 아름다운, 그림자를 상상했다.

내가 좋아하는 골목도 건물과 건물 사이에 있다. 그곳은 길과 길을 연결하는 공ㅗ자형 골목이고, 이 블록에서 저 블록으로 빠르게 넘어갈 수 있는 통로이기도 해서 바람이 지나듯 늘 행인이 지난다. 길과 길이 만나는 곳에는 다양한 목소리와 다양한 이야기, 다양한 사건과 그 자취가 생겨나고 그것들은 서로 부딪친다.

골목 안으로 들어서면 창을 개방한 작은 테이크아웃 커피집이 있다. 창으로 들여다보이는 가게는 내부랄 것도 없이, 음료를 만들 수 있는 최소한의 기계와 한 사람이 겨우 움직일 수 있을 정도의 공간이 전부다. 사람이 들어 있는 음료 자판기라고 하면 말이 될까? 아무튼 테이크아웃 음료 판매를 위해 최적화된 공간이다. 나는 매일 아침 그곳으로 가서 커피를 산다. 탁자를 사이에 두고 의자 두 개가 나란히 붙은 일체형 커플 벤치가 맞은편 건물 외벽을 따라 일렬로 이어져 있는데, 나는 들어가는 길 쪽에서 첫번째에 있는 커플 벤치, 그중에서도 두번째 자리를 좋아한다. 거기에 앉아 있으면 내가 외벽인지 의자인지 사람인지 구분이 되지 않는 것 같은 기분이 드는 게 재미있기도 하지만, 등뒤에 바로 높은 벽이 있어 좀 안전하게 느껴지는데다 멀지도 가깝지도 않은 적당한 거리에서 골목을 지나는 사람들이나 길과 길이 교차하는 거리의 풍경을 바라볼 수 있기 때문이다. 내가 그들을 바라보듯 그들도 나를 바라본다. 골목을 찍는 카메라 셔터 소리가 나고, 나는 어느새 그들의 사진 속 배경이 된다. 벤치에 앉아 있는 여자7쯤?

골목을 오가는 사람들은 목적이 있는 듯한 걸음걸이로 걷는다. 목적에 따라 멈춰 섰다가 목적에 따라 다시 걸어간다. 그들 사이로 골목 상인들과 아르바이트생, 전단 가방을 짊어진 중년과 근처

회사원들이 머물렀다가 이내 사라진다. 골목 입구에서 골목 안쪽을 한동안 바라보고 있는 여자는 이 거리에 셋 있는 노숙자 중 하나다. 그녀는 무릎까지 내려오는 하얀 셔츠를 입고 긴 생머리를 늘어뜨린 채 바퀴 달린 여행 가방을 유모차처럼 끌고 다닌다. 막 골목 안으로 들어와 인형 탈을 벗은 청년을 그녀가 바라본다. 청년은 머리카락에 맺힌 땀방울을 닦아내고는 바람을 쐰다. 그런 다음 다시 인형 탈을 머리에 뒤집어쓰고 골목 밖으로 나간다. 그 뒤를 그녀가 쫓는다.

나는 특별히 갈 곳도 없고 해야 할 일도 없어서 건들건들 의자에 앉아 시간을 보낸다. 그러다가 심심해지면, 사실 심심할 틈이 별로 없는데, 자세를 약간 바꿔 골목 이쪽 끝에서 반대쪽 끝을 바라본다. 고양이가 길을 간다. 고양이는 뛰는 건지 걷는 건지 알 수 없는 속도로 골목 안으로 들어와 빗물받이 홈통을 올려다본다. 그러고는 펄쩍 뛰어올라 돌출된 외벽 장식 위를 사뿐사뿐 걷는다. 왜 길이 아닌 데로 가는 거야? 나는 고양이에게 말을 걸어본다. 그러면 고양이는 고개를 한번 갸웃하고는 다시 더 위에 있는 장식 턱으로 뛰어오른다. 위태로운 길로 잘도 다니는군. 나는 눈으로 고양이의 길을 따라가본다. 그 길을 따라 골목과 건물, 홈통과 장식 턱이 구부러지고 휘어진다. 혹은 솟아오르거나 꺼지면서 새로운 길이 만들어진다. 간혹 건물 유리창 밖으로 내던져진 쓰레기가 아래로 떨어지고, 외벽 기기에 맺혀 있던 물방울이 낙하한다. 새는 멀리서 지저귀다가 허공을 가로지른다.

자정이 되면 갈빗집 직원이 골목 입구에 세워둔 입간판을 안아 들고 게처럼 걸어 다시 골목 안으로 들어온다. 입간판의 불이 환하게 켜져 있기 때문에 직원의 몸은 커다란 간판처럼 보인다. 그의 가슴에서 갈빗집이라는 글자가 붉은색으로 빛난다. 그와 눈이 마주친다. 그가 멋쩍게 미소 짓는다. 나도 멋쩍게 미소 짓는다. 그리고 조금 뒤 그가 퇴근한다. 포장마차를 끄는 청년들도 줄줄이 주차장으로 돌아가는 행렬에 합류한다. 뒤늦게 귀가하는 몇몇 행인이 그들과 섞여 길을 걷는다.

사람들이 떠난 거리에 대형 화물차가 주르르 들어와 불을 밝힌 매장들 앞에 정차한다. 똑같은 유니폼을 입은 직원들이 기다렸다는 듯 재빠르게 나타나 화물차에서 빼낸 상품을 매장 안으로 옮긴다. 화물차와 매장을 오가는 길쭉한 그림자들은 거대한 컨베이어처럼 움직인다. 골목 입구에는 쓰레기봉투가 산처럼 쌓인다. 청소차가 천천히 다가와 쓰레기를 실어나른다. 그 뒤에서 물청소차가 바닥을 정비한다. 그리고 그들마저 떠나면 골목은 암전되다시피 깜깜해진다.

나는 조금 떨어진 데서 공工자형 골목을 바라본다. 그러면 붉은 입술 안으로 들어가 부드러운 살덩어리를 지나 식도와 내장을 거쳐 곧바로 항문으로 빠져나온 것 같은 기분이 든다.

비어 있는 골목에는 수많은 소리가 남아 있다. 나는 그 소리들

을 채집하고 기록한다. 그리고 좌판을 깔듯 이야기들을 펼쳐놓는
다. 그러니까 여기 실린 여덟 편의 소설은 이런 이야기이다. 의자
에 앉아 있는 여자와 그를 지나치는 사람들에 관한.

2019년 5월
최정나

| 수록 작품 발표 지면 |

말 좀 끊지 말아줄래? ····· 『문학동네』 2018년 겨울호

잘 지내고 있을 거야 ····· 『한국소설』 2016년 10월호

사적 하루 ····· 문장 웹진 2019년 5월호

한밤의 손님들 ····· 『문학의오늘』 2017년 겨울호

전에도 봐놓고 그래 ····· 2016년 문화일보 신춘문예 당선작

해피 해피 나무 작업실 ····· 『문학들』 2016년 가을호

케이브 인 ····· 『현대문학』 2016년 4월호

메리 크리스마스 ····· 『21세기문학』 2016년 가을호

문학동네 소설집
말 좀 끊지 말아줄래?
ⓒ 최정나 2019

1판 1쇄 2019년 5월 30일
1판 2쇄 2019년 6월 25일

지은이 최정나
펴낸이 염현숙
책임편집 김내리 | 편집 정은진 이성근 이상술
디자인 김이정 유현아 | 마케팅 정민호 박보람 나해진 최원석 우상욱
홍보 김희숙 김상만 이천희 오혜림
제작 강신은 김동욱 임현식 | 제작처 영신사

펴낸곳 (주)문학동네
출판등록 1993년 10월 22일 제406-2003-000045호
주소 10881 경기도 파주시 회동길 210
전자우편 editor@munhak.com | 대표전화 031) 955-8888 | 팩스 031) 955-8855
문의전화 031) 955-3576(마케팅) 031) 955-8864(편집)
문학동네카페 http://cafe.naver.com/mhdn | 트위터 @munhakdongne
북클럽문학동네 http://bookclubmunhak.com

ISBN 978-89-546-5650-4 03810

* 이 책의 판권은 지은이와 문학동네에 있습니다.
  이 책 내용의 전부 또는 일부를 재사용하려면 반드시 양측의 서면 동의를 받아야 합니다.
* 이 도서의 국립중앙도서관 출판예정도서목록(CIP)은 서지정보유통지원시스템 홈페이지
  (http://seoji.nl.go.kr)와 국가자료공동목록시스템(http://www.nl.go.kr/kolisnet)에서
  이용하실 수 있습니다.(CIP 제어번호: CIP2019019338)
* 서울문화재단 이 책은 서울문화재단 '2018년 첫 책 발간 지원사업'의 지원을 받아 발간되었습니다.

www.munhak.com